UWE KLAUSNER

Sisis schwerste Stunden

UWE KLAUSNER

Sisis schwerste Stunden

Historischer Kriminalroman

GMEINER

Immer informiert

Spannung pur – mit unserem Newsletter informieren wir Sie regelmäßig über Wissenswertes aus unserer Bücherwelt.

Gefällt mir!

Facebook: @Gmeiner.Verlag
Instagram: @gmeinerverlag

MIX
Papier | Fördert gute Waldnutzung
FSC® C014496

Besuchen Sie uns im Internet:
www.gmeiner-verlag.de

Im Ehnried 5, 88605 Meßkirch
Telefon 07575/2095-0
info@gmeiner-verlag.de

1. Auflage 2024

Lektorat: Claudia Senghaas, Kirchardt
Herstellung: Mirjam Hecht
Umschlaggestaltung: U.O.R.G. Lutz Eberle, Stuttgart
unter Verwendung eines Bildes von: © https://commons.wikimedia.org/wiki/File:Elisabeth_of_Austria,_by_Franz_Xaver_Winterhalter.jpg
Druck: GGP Media GmbH, Pößneck
Printed in Germany
ISBN 978-3-8392-0731-4

HAUPTFIGUREN (fiktiv)

Pater Alban, *Kustos*

Emil Prohaska, *Journalist*

Severin, *Albans Mentor und Lehrer*

B.F., *Albans Mutter*

HAUPTFIGUREN
(real)

Johann Loschek (1845-1932), Kammerdiener des Kronprinzen

Hermann von Widerhofer (1832-1901), Leibarzt Rudolfs

Franz Joseph I. (1830-1916), Kaiser von Österreich

Elisabeth (1837-1898) alias »Sisi«, seine Frau

Graf Eduard Taafe (1833-1895), K.u.k. Ministerpräsident

Irma Sztaray (1864-1940), Sisis Hofdame

STAMMBAUM

FAMILIE HABSBURG

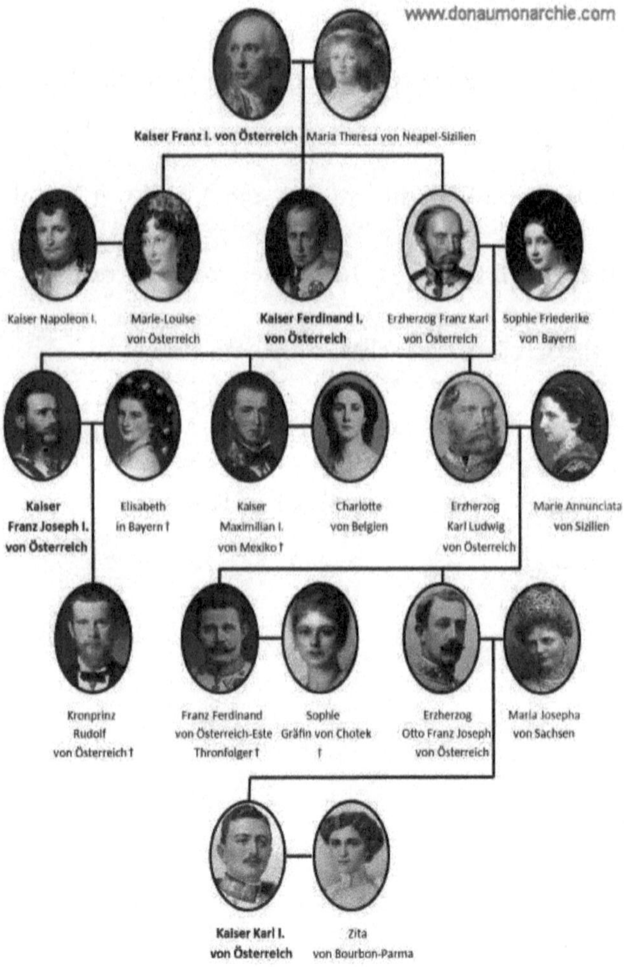

K. K. Hofburgtheater

In Folge plötzlichen Ablebens Sr. K. und K. Hoheit des durchlauchtigsten

Kronprinzen Erzherzogs
Rudolph

bleiben die k. k. Hoftheater

heute geschlossen.

Wien, am 30. Jänner 1889

EINS
TODESPAKT

HERMANN VON WIDERHOFER, LEIBARZT DES KRONPRINZEN (56 JAHRE)

1

Jagdschloss Mayerling im Wienerwald, Mittwoch, 30. Jänner 1889, 12.00 Uhr

»Wie furchtbar, mir fehlen die Worte!«, nahm mich Loschek vor dem Ostflügel in Empfang, sah mich an, als stünde der Weltuntergang bevor, und trottete zum Kutschbock, um das Fahrtgeld zu bezahlen. Fast wäre er dabei ins Stolpern geraten, ohne Blick für den überfrorenen Schnee, der wie ein Grabtuch auf dem Hof des Jagdschlosses lastete. Unweit der Tür hatte sich ein Schwarm Raben niedergelassen, leicht vornübergebeugt, wie Bestatter beim Herablassen des Sarges. Unheil lag in der Luft, so peinigend wie die klirrende Kälte, die sich wie Eisnadeln durch den Kaschmir bohrte. »In den besten Jahren, und dann so etwas. Das begreife, wer will.«

Meinen Arztkoffer in der Hand, kletterte ich aus dem Fond und sah mich um. Vom Personal, ansonsten recht zahlreich, keine Spur, auch die Leibjäger wie vom Erdboden verschluckt. Fast schien es, als sei das Schloss mit einem Bannfluch belegt, so öde und verlassen sah es aus.

»Hier, das ist für Sie.« Loschek drückte dem Fiaker einen Dukaten in die Hand. Allemal genug, um sich sein Schweigen zu erkaufen. Letztendlich aber gut angelegtes Geld. Je weniger Mitwisser, desto besser für den Ruf der Monarchie. Und desto mehr Chancen, die Klatschblätter außen vor zu lassen.

Es sei denn, ein Reporter winkte mit den Scheinen.

Und ein Domestike im Schloss packte aus.

Geschähe, was nicht geschehen durfte, dann würde der Kaiser im Kreuzfeuer stehen. Nebst Gattin, von Franz Joseph liebevoll »Sisi« genannt. »Seiner Mutter wird es das Herz brechen, die arme Frau!«

Besser, ich sagte nichts dazu.

Der Mann hatte schon genug am Hals.

Einen Seufzer konnte ich mir dennoch nicht verkneifen. Das waren noch Zeiten, als ganz Wien der Kaiserin zu Füßen lag. Mit heute, jenseits der 50, kaum mehr zu vergleichen. Eher geduldet als geliebt, hatte Sisi ihren Kredit verspielt. Und dann erst die ewigen Kapricen, mit denen sie ihre Trabanten in Aufregung versetzte. Dazu einer meiner Kollegen, weiland Badearzt im bayerischen Brückenau, der den Narziss unter die bewährten Fittiche nahm: »Blutarm, menschenscheu und gemütskrank.«

Ein hartes Urteil, mag sein.

Doch näher an der Wahrheit, als man denkt.

Aber wehe, man sprach dies offen aus. Auch jetzt noch, nach dreieinhalb Jahrzehnten Ehe, ließ der Kaiser nichts auf die Egomanin kommen. Da hielt ich mich doch lieber bedeckt. Dabei wusste ich aus erster Hand, wie ambivalent das Verhältnis zu ihren Kindern war. Und wie sehr der Kronprinz darunter litt. Respektive gelitten *hatte*. Von einem innigen Miteinander, das sei in aller Deutlichkeit betont, konnte wahrhaftig keine Rede sein. Eine Tatsache, die ihm zeitlebens zu schaffen machte. Und die Rudolf darin bestärkte, einen Schlussstrich zu ziehen.

Wie am heutigen Mittwochmorgen geschehen.

»Willkommen in Mayerling, Herr Doktor. Ich hoffe, Sie hatten eine angenehme Fahrt?«

»Sie haben vielleicht gut reden, Loschek«, antwortete ich verstimmt, heilfroh, die Rutschpartie im Zweispänner hinter mir zu haben. Vier Stunden über Stock und Stein, in halsbrecherischem Tempo, bei Schnee, Glatteis und Temperaturen wie im Gefrierkeller.

Mit fast 57 Jahren auf dem Buckel.

Das musste ich erst mal verdauen.

Steif vor Kälte, trat ich wie ein Derwisch auf der Stelle. Noch nie war mir eine Fahrt so endlos vorgekommen, und noch nie war ich so aufgewühlt gewesen wie heute. Ein denkwürdiger Tag, das konnte man jetzt schon sagen. Vergleichbar mit einem Erdbeben, das die Monarchie in den Grundfesten erschüttern würde.

So sie den Skandal, der sich gerade anbahnte, überstand.

Der Kronprinz leblos aufgefunden, viel schlimmer hätte es nicht mehr kommen können.

Trotz Mantel mit Pelzbesatz am Erfrieren, seufzte ich bekümmert auf. Wäre ich dazu imstande gewesen, ich hätte den Tag aus dem Kalender getilgt. Mit einem Federstrich, ohne darüber nachzudenken. »Schwamm drüber, für die Kälte können Sie ja nichts.«

»Sie sagen es, Herr Doktor«, pflichtete mir Loschek bei, wartete ab, bis sich der Zweispänner außer Hörweite befand, und lamentierte: »Aber es stimmt schon: Eine Fahrt im Winter ist nicht so ohne, der Fiaker kann einem leidtun.«

»Wobei ich nicht weiß, was schlimmer war – das Wetter oder die Schaulustigen«, gab ich mit Blick auf meine Taschenuhr zurück, deren Zeiger exakt auf 12 Uhr deuteten. »Und wenn wir gerade dabei sind, Loschek: Ich weiß über alles Bescheid.«

»Wie das?«

»Prinz Coburg ist mir ein Stück entgegengefahren. Um mich auf den neuesten Stand zu bringen. Die vielen Reporter, Sie wissen schon.« Seinem Naturell entsprechend hatte Prinz Philipp von Sachsen-Coburg und Gotha, Schwager und Jagdgefährte des Kronprinzen, bei der Schilderung der Tragödie kein Blatt vor den Mund genommen. Und hatte mich darum gebeten, Stillschweigen zu bewahren. Für mich ginge es nur darum, mir ein Bild von der Lage zu machen. Aus Sicht des Experten, wenn man so wolle. Auf meine Frage, warum die Polizei nicht schon längst in Aktion getreten sei, hatte der Prinz denn auch prompt eine Antwort parat. Der Kreis der Eingeweihten, so der Intimus des Toten, müsse so klein wie nur irgend möglich bleiben. Denn nur so könne man einen Skandal vermeiden. Davon abgesehen sei das Gelände in Privatbesitz, will heißen: Auf den Schlössern, die zum Eigentum der Krone zählten, stünde es der Polizei nicht zu, ihre Befugnisse wahrzunehmen. Es sei denn, man bitte sie darum. Was aus Gründen der Staaträson zu unterbleiben habe.

Zitat Ende.

Der Kronprinz tot, natürliches Dahinscheiden ausgeschlossen. Vor ein paar Stunden, als ich das Telegramm aus Mayerling in Händen hielt, hatte sich das alles ganz anders angehört. Seine Hoheit sei schwer erkrankt, stand da zu lesen, verbunden mit der Bitte, mich nach Mayerling zu begeben. Und zwar unverzüglich, der Zustand des Patienten sei ernst. Dass Rudolf zu dem Zeitpunkt schon tot war, konnte ich freilich nicht ahnen. Geheimhaltung geht vor, so lautete offenbar die Devise, selbst auf die Gefahr, als Lügner dazustehen.

Ob es gelänge, die Pressemeute aus Wien hinters Licht zu führen, daran hegte ich meine Zweifel. Wurde das Schloss doch förmlich belagert, den Sturmböen zum Trotz, die wie eine Sense über die Häupter der Schaulustigen fegten. Schlechte Kunde verbreitet sich bekanntlich schnell, kaum verwunderlich, dass es vor Gaffern nur so wimmelte. Darunter auch Dutzende von Reportern, die das Tor wie ein

Heuschreckenschwarm umlagerten. Fast so vielköpfig wie das Heer von Polizisten, allen voran die Agenten aus dem Präsidium, als Zivilisten getarnt, wie könnte es anders sein.

Kaum verwunderlich, dass die Gerüchte nur so ins Kraut schossen. Da behaupteten die einen, der Kronprinz sei einem Komplott zum Opfer gefallen, die andern, offenbar in der Mehrheit, ein gehörnter Gatte sei gewaltsam bei ihm eingedrungen, habe Rudolf in flagranti mit seiner Frau ertappt, zur Pistole gegriffen und den Homme à Femmes aus dem Weg geräumt. Ein Blutbad so recht nach jedermanns Geschmack, wie die erregt geführten Debatten bewiesen.

Armes Österreich-Ungarn, mehr fiel mir dazu nicht ein.

»Wenn Sie jetzt bitte mitkommen wollen«, lud mich Loschek mit belegter Stimme ein, ihm ins schwach erleuchtete Parterre zu folgen, auf dem Weg zum Entreezimmer des Kronprinzen, dessen Fensterläden von innen verriegelt worden waren. »Bitte hier entlang, Doktor Widerhofer, es ist alles noch so, wie wir es vorgefunden haben.«

»Und die Tür da, wer hat sich daran zu schaffen gemacht?«, richtete ich das Wort an den schwermütigen Begleiter, wie kaum ein anderer mit dem Privatleben Rudolfs vertraut. »Sieht mir nach einem Einbruch aus, oder was meinen Sie dazu?«

Johann Loschek, langjähriger Intimus des Kronprinzen, Anfang 40, stattlich und absolut loyal, schüttelte das bärtige Haupt. »Das war ich«, bekannte er geknickt, fuhr mit dem Handrücken über die Augen und hatte Mühe, die Contenance zu bewahren. »Mit einem Hammer.«

»Sonst noch was?«

»Nicht, dass ich wüsste«, zögerte das Faktotum die Replik hinaus, sah sich um, als befände sich ein unsichtbarer Lauscher im Raum, und strich eine angefeuchtete Haarsträhne hinters Ohr. »Seinen Jagdgefährten zu verlieren, für den Prinzen war das ein großer Schock. Wie es aussieht, wird er ihn so schnell nicht verwinden.«

»Wer außer Ihnen beiden war noch vor Ort?«

»Graf Josef Hoyos, ein langjähriger Freund des Hauses«, tat sich Loschek auch jetzt mit seiner Antwort schwer, darauf bedacht, die Worte sorgsam zu wählen. »Gestern Abend hat er mit dem Kronprinzen zu Tisch gesessen – und die Nacht im Mayerlinger Hof verbracht.«

»Und weiter?«

»Also, das war so: Da Prinz Philipp nicht imstande war, dem Kaiser die Nachricht vom Sui…« Zutiefst erschrocken, brach Loschek überhastet ab, lockerte den Livree-Kragen und raunte mir von links ins Ohr: »Da der Prinz mit den Nerven am Ende war, fiel Graf Hoyos die schwere Aufgabe zu, den kaiserlichen Hoheiten Bericht zu erstatten. Unter uns, Herr Doktor: Wer reißt sich denn schon darum, den Kaiser über das Dahinscheiden seines Sohnes zu informieren, in seiner Haut hätte ich wirklich nicht stecken wollen.«

»Wann genau ist Hoyos nach Wien aufgebrochen?«

»Vor dreieinhalb Stunden. Wie ich ihn kenne, hat er sich keine Pause gegönnt.«

»Daraus folgt, der Kaiser dürfte im Bilde sein«, erwiderte ich matt und ließ den Blick durch das rustikale Entreezimmer schweifen, an dessen Wänden Dutzende von Jagdtrophäen prangten. Durch den Spalt zwischen den Läden sickerte das Tageslicht hindurch, kaum mehr als ein schwaches Aufglimmen, das den Raum in diffuses Dämmerlicht tauchte. Wie bei derlei Anlässen üblich, wurde das Mobiliar von dunklen Tüchern verhüllt, desgleichen der Spiegel zu meiner Linken, so breit wie die gesamte Wand. »Dann lassen Sie mal hören, Loschek«, forderte ich das Faktotum auf, den Blick auf die eingeschlagene Tür gerichtet, hinter der sich das Schlafzimmer des Kronprinzen befand. »Was genau ist heute Morgen passiert?«

Loschek seufzte. »Als ob wir beide das nicht wüssten.«

»Wenn wir gerade dabei sind: Ich weiß es zu schätzen, wenn man mir die Wahrheit sagt. Besonders dann, wenn es sich um heikle Angelegenheiten dreht. Oder um Belange von nationaler Tragweite, falls Sie verstehen, was ich damit zum Ausdruck bringen möchte.«

»Ein Telegramm geht durch viele Hände, das wissen Sie so gut wie ich.«

»Verschleierung um jeden Preis, verstehe«, presste ich mit mühsam unterdrücktem Unmut hervor, versenkte meinen Blick in denjenigen meines Begleiters und sagte: »Ich schlage vor, wir bleiben beim Thema. Und darum abermals: Was ist hier vorgefallen, jetzt lassen Sie sich doch nicht alles aus der Nase ziehen!«

»Ganz wie Sie wünschen, Herr Doktor.«

»Frage: Wann haben Sie Seine Hoheit zum letzten Mal gesehen?«

»Um zehn nach 6 Uhr in der Frühe.«

»Bei welcher Gelegenheit?«

»Der Kronprinz kam zu mir ins Zimmer«, leitete Loschek die Schilderung der Vorkommnisse ein, wies mit dem Kinn auf die Tür zu meiner Rechten, wo sich das Domizil des diensthabenden Kammerdieners befand, und stieß ein halblautes Verlegenheitsräuspern aus. »Und erteilte mir den Befehl, die Pferde einzuspannen. Ich war noch nicht richtig draußen, da hörte ich auch schon zwei Schüsse.« Das Faktotum warf einen neuerlichen Rundblick durch den Raum, umklammerte seinen Hals, als drohe er zu ersticken, und deutete auf die demolierte Schlafzimmertür. »Die von dort drüben kamen, da bin ich mir ganz sicher.«

»Und dann?«

»Klopfen zwecklos, keine Reaktion. Die Frage war, was tun. Da sich Prinz Philipp noch in Wien befand, blieb mir nichts übrig, als mich an Graf Hoyos mit der Bitte um Instruktionen zu wenden.«

»Der Ihnen befahl, die Tür aufzubrechen.«

»Ganz recht. Das Loch in der Türfüllung war gerade einmal groß genug, dass ich meine Hand hineinzwängen und die Tür von innen aufsperren konnte. Welch grauenhafter Anblick, ich kann es immer noch nicht fassen!«

»Und der Schwager Seiner Hoheit, was war mit ihm?«

»Er kam erst kurz nach 8 Uhr hier an. Familienfeier am Vorabend – Sie verstehen.«

»Ich bemühe mich darum«, fiel es mir schwer, die Schilderung des Kammerdieners nachzuvollziehen. »Habe ich Sie da richtig verstanden: Die beiden Schüsse fielen zehn Minuten nach 6 Uhr?«

Loschek bejahte stumm.

»Was würden Sie schätzen, wann haben Sie sich Zugang zum Schlafzimmer verschafft?«

»Circa zwei Stunden später.«

»Wie bitte, erst zwei Stunden später?«, wiederholte ich konsterniert, ließ den Blick zwischen Loschek und der Tür hin- und herpendeln und fragte: »Und Sie sind sich da auch wirklich sicher?«

»Der Kronprinz hatte mich angewiesen, ihn um 7.30 Uhr zu wecken.«

»Alles, was recht ist, aber jetzt verstehe ich überhaupt nichts mehr.«

»Er hat sich eben noch mal hinlegen wollen!«, begehrte der Kammerdiener auf, hatte sich jedoch rasch wieder unter Kontrolle. »Was gibt es denn da zu verstehen?«

»Nur um es sich am Ende anders zu überlegen«, kam ich nicht umhin, mich in Sarkasmus zu üben, mehr denn je im

Zweifel, ob es Sinn machte, die Unterredung zu vertiefen. »Aber lassen wir das, schließlich stehen wir erst am Anfang.« Meinen Arztkoffer in der Hand, wies ich mit der Kinnspitze zur Tür. »Nach Ihnen, Loschek, jetzt wird es ernst!«

2

13.40 Uhr

Einen Tatort zu untersuchen, das war nichts für schwache Nerven. Besonders dann, wenn man den Toten kannte.

Oder wenn man geglaubt hatte, ihn zu kennen.

Mortui vivos docent. Klingt gut, aber nur in der Theorie. Einmal angenommen, ich fand die Wahrheit heraus: nichts schlimmer, als wenn sie publik werden würde.

Schweigen um jeden Preis.

Nur darauf kam es heute an.

Um ganz ehrlich zu sein, Begängnisse waren meine Sache nicht. Falls möglich, zog ich es vor, ihnen aus dem Weg zu gehen. Selbst jetzt noch, mit 30 Dienstjahren im Gepäck. Außer vielleicht, man hatte keine Wahl.

So wie heute, am Tag eins der Kaiserdämmerung.

Dein Pech, Herr Doktor.

Da musst du durch.

Was weiß ich, woran das lag. Expertise besaß ich zur Genüge, vor allem, was den Beschau von Mordopfern betraf. Da gab es den betagten Sandler, tot aufgefunden unter der Franz-Joseph-Brücke, vom Täter mit 16 Messerstichen traktiert. Des Weiteren das strangulierte Flitscherl, abgelegt in einem Hinterhof in Neulerchenfeld, gerade einmal 14 Jahre alt. Oder die Wasserleichen aus der Donau, aufgedunsen, entstellt und mit Bisswunden übersät. Und da gab es natürlich auch die Toten, für die sich kein Mensch zu interessieren schien, viele davon mittellos, beim Auffinden bereits stark verwest. Ein Anblick, bei dem sich einem das Herz zusammenkrampfte, selbst jetzt noch, Jahrzehnte später.

Jedoch nichts im Vergleich zu der Szene, auf die ich an jenem Mittwoch stieß.

Der Raum, in dem die Tragödie ihren Lauf genommen hatte, lag an der Südostecke des Wohntrakts, mit vier Fenstern an jeder Seite, vergittert und mit dunklen Klappläden davor. Grob geschätzt war er etwa 50 Quadratmeter groß, reich möbliert und mit allem ausgestattet, was der Kronprinz während der Jagd benötigte. Als da wären ein Schreibsekretär, eine bequeme Sitzgruppe, ein Waschtisch mit Frisierspiegel und dergleichen mehr. Das Badezimmer lag gleich nebenan, ein nicht alltäglicher Luxus, von dem der Kaiser in der Hofburg nur träumen konnte.

Doch genug davon, blicken wir den Tatsachen ins Auge. Um zu begreifen, was sich hier abgespielt hatte, musste man kein Kriminalbeamter sein. Auf dem Bett, das sich an der nördlichen Wand befand, lag die Leiche einer jungen Frau, laut Loschek Rudolfs Geliebte, gerade einmal 17 Jahre alt. Wie sich herausstellte, handelte es sich um eine Baronesse, nur eine von zahlreichen Amouren, die der sinnenfrohe Kronprinz unterhielt.

Mary Vetsera war der Typ von Frau, den man gemeinhin als Kokette bezeichnet, ungewöhnlich hübsch, auch noch im Tod. Wie sie so dalag, zwar allenfalls mittelgroß, jedoch dunkelhaarig, mit vollendeter Figur, Schmollmund und mandelförmigen Augen, den Körper der Länge nach ausgestreckt, erweckte sie den Eindruck einer Schlafenden, ein unergründliches Lächeln im Gesicht. Am Körper trug sie eine schwarze Plüschjacke, für Normalsterbliche kaum erschwinglich. Umso mehr, da sie laut Etikett aus der Werkstatt des k.-u.-

k-Hofschneiders Fischer stammte. Hinzu kamen ein beigefarbener Rock, eine Skunkboa, um den schlanken Hals zu drapieren, sowie ein paar lederne Sommerpumps, auch sie von erlesener Qualität.

Ganz anders hingegen der Kronprinz, dessen Kopf und Oberkörper aus dem Bett ragten, wobei seine Rechte den Boden berührte. Dort hatte sich eine große Blutlache gebildet, deren Spuren bis an den Rand des Läufers reichten. Auch das Laken war mit Blutspritzern übersät, ein Anblick, den ich mein Lebtag nicht vergessen werde.

Und dann lag da auch noch dieser Infanterierevolver, Kaliber neun Millimeter, Dienstwaffe eines Offiziers der k.-u.-k.-Armee.

Keine weiteren Fragen, Herr Doktor.

Zumindest vorläufig.

In Gesprächen hatte der Kronprinz nie ein Blatt vor den Mund genommen. Auch dann nicht, wenn es um heikle Themen ging. Je älter er wurde, desto klarer trat sein Hang zum Morbiden hervor, ein Erbteil seiner bayerischen Mutter, wie mir scheint. Nur ein Beispiel unter vielen: Auf seinem Schreibtisch in der Hofburg, so wird übereinstimmend berichtet, habe sich außer dem Offiziersrevolver auch ein Totenschädel befunden, mit dem er mitunter sogar Zwiesprache hielt. Ich zitiere: »Manchmal brenne ich förmlich darauf, einen Sterbenden zu sehen und ihn dabei zu beobachten, wenn er seine letzten Atemzüge tut. Das Merkwürdige dabei ist, dass von allen Personen, die ich sterben sah, jede anders aus dem Leben geschieden ist. Was mich betrifft, ziehe ich einen Schuss in die Schläfe bei Weitem vor. Ein kurzer Handgriff, und es ist vorbei.«

Genau das waren seine Worte gewesen, nicht nur mir gegenüber.

Worte, die von niemandem ernst genommen wurden.

Es tat weh, ihn so zu sehen. In der Blüte seiner Jahre, gerade einmal 30, schlank, vollbärtig und hochgewachsen, zu Lebzeiten ein Mensch, der über eine ungewöhnliche Aura und den sprichwörtlichen Wiener Charme verfügte, mit dem er seine Mitmenschen, allen voran solche weiblichen Geschlechts, in den Bann zu ziehen verstand. Ein Charakterzug, der nicht ohne Folgen blieb. Auch und gerade, was Rudolfs Gesundheit betraf. An galanten Krankheiten, das kann ich aus langjähriger Erfahrung bestätigen, herrschte beim Kronprinzen von Österreich kein Mangel. Halbseidene Damen hatten es ihm seit jeher angetan, der Grund, weshalb Rudolf, wiewohl bereits verheiratet, drei Jahre vor Mayerling an Gonorrhoe erkrankte. Ob Quecksilberkuren das richtige Mittel waren, um den Thronfolger dauerhaft zu kurieren, wage ich indessen zu bezweifeln. Tatsache ist, Rudolf ergriff die Flucht nach vorn, wie er mit sarkastischem Timbre bemerkte, machte die Nächte zum Tag und betrank sich, am liebsten mit Champagner und Kognak, was seinen Verfall umso mehr beschleunigte. Damit nicht genug, kamen Morphium und Kokain hinzu, eine Mixtur, die selbst hartgesottene Naturen in den Ruin getrieben hätte.

Morphium, Alkohol und Frauen, so lautete seine Marschroute, was, wie ich meine, den kaiserlichen Hoheiten nicht entgangen sein dürfte. Erstaunlich genug, dass selbst der Kaiser sich weigerte, davon Notiz zu nehmen. Ein Umstand, der kein gutes Licht auf das Vater-Sohn-Verhältnis wirft. Was die Kaiserin betrifft, neigte auch sie dazu, die Augen vor der Realität zu verschließen, eine Egozentrikerin von hohen Gnaden, wenn die Bemerkung des Menschenkenners gestattet ist. Ihre jüngste Tochter war und blieb nun mal ihr Augapfel. Kein Wunder also, dass Rudolf rotsah, wenn die Rede auf Marie Valerie kam.

Drei Frauen, drei Gegenspielerinnen, die eigene Ehefrau an vorderster Front: Was seine unmittelbare Umgebung betraf, hatte Rudolf nichts zu lachen gehabt. Eine Tatsache, an der er indes nicht unschuldig war. Wie sehr Kronprinzessin Stephanie, Tochter Leopolds II. von Belgien, unter seiner Untreue litt, entzieht sich zwar meiner Kenntnis. Dass es aber für böses Blut sorgt, wenn man seine Frau mit Gonorrhoe infiziert, liegt ja wohl auf der Hand.

Wechselnde Liebschaften, Alkohol und Drogen, so auch Morphium in hoher Dosierung: Wen wunderte es da, wenn das Folgen hatte. Frühzeitiges Altern war nur eine davon, hinzu kamen Schlafstörungen, permanente Kopfschmerzen und Appetitlosigkeit. Krass ausgedrückt, es gab Tage, an denen Rudolf aussah wie der Tod.

Aber lassen wir das.

Anderes Thema.

Nicht etwa, dass ich allwissend bin. Oder dass ich mich für unfehlbar halte. Gegen Allüren, die man den Angehörigen meiner Profession gern nachsagt, war und bin ich immer noch immun. Dessen ungeachtet ließ die Recherche nur ein Fazit zu, allen anderslautenden Hypothesen zum Trotz.

Und zwar das nun folgende: Nach eingehender Prüfung stand für mich fest, dass Rudolf zuerst seine Geliebte erschoss und im Anschluss Suizid beging, nicht etwa binnen Minuten, wie sich beim Beschau der 17-Jährigen herausstellte. Hundertprozentig sicher war ich mir zwar nicht, aber was die Merkmale der Totenstarre betraf, befand sich der Kronprinz Mary gegenüber im Rückstand, will heißen: Nachdem er seine Geliebte getötet hatte, muss er noch längere Zeit mit sich gerungen und gezögert haben, den Entschluss zum Selbstmord in die Tat umzusetzen. Ich persönlich würde von einer Differenz von drei Stunden ausgehen, wenn nicht gar von vier.

Was den genauen Hergang betrifft, möchte ich mich nicht festlegen. Tatsache ist jedoch, Marys Tod erfolgte durch Fremdeinwirkung. Der Einschuss fand an der linken Schläfe statt, wobei sich das Austrittsloch des Projektils am rechten Ohr befand. Bei genauerem Hinsehen konnte ich feststellen, dass die Haare neben dem Ohr leicht angesengt wurden, verursacht durch die Hitze des Mündungsfeuers, Indiz für einen Schuss aus nächster Nähe. Da keinerlei Kampfspuren oder Verletzungen zu erkennen waren, die auf ein Handgemenge hindeuteten, war weiterhin davon auszugehen, dass sich die Getötete nicht zur Wehr setzte. Die Tat erfolgte also im Einvernehmen, so bizarr die Vorstellung auch anmuten mag.

Daraus ergibt sich folgendes Fazit, mangels Instrumentarium aus der Pathologie jedoch ohne Gewähr: Während Mary Vetsera auf der linken Bettkante sitzt, stellt sich Rudolf unmittelbar neben sie hin, zückt den Revolver und zielt auf die linke Schläfe, die nur um Haaresbreite von der Mündung entfernt ist.

Dann drückt er ab.

Das Projektil durchschlägt den Schädel und dringt in den rechts vom Bett befindlichen Nachttisch ein. Die Baronesse ist tödlich getroffen, fällt seitlich nach hinten und wird von ihrem Liebhaber nach links gelegt.

Respektive von ihrem Mörder.

Erst Stunden später rappelt sich der Kronprinz auf, setzt sich auf die rechte Bettkante, den Armeerevolver in der Hand. Um sicherzugehen, den richtigen Einschusswinkel zu erwischen, benutzt er dabei einen Handspiegel, der sich in seiner Linken befindet.

Dann drückt er abermals ab.

Wie nicht anders zu erwarten, dringt das Projektil in die rechte Schläfe ein, durchschlägt den Schädel und bleibt nach dem Austritt in der Mauer stecken.

Der Kronprinz liegt entseelt auf dem Bett.

Todeszeitpunkt 6.10 Uhr, vor siebeneinhalb Stunden.

»Sie haben zwei Schüsse gehört, habe ich Sie da richtig verstanden?«

»Aber natürlich, wo denken Sie hin«, setzte sich Loschek vehement zur Wehr, rang nach Luft, als sei er am Ersticken, und fingerte einen Zettel aus der Uniformjacke hervor. »Hier, nehmen Sie. Ich denke, damit erübrigen sich sämtliche Fragen.«

»Und wo haben Sie ihn her?«

»Er lag auf dem Nachttisch«, antwortete Loschek bedrückt, drückte mir die Notiz in die Hand und wischte sich eine Träne aus dem Gesicht. »Sein letzter Wille, kurz vor seinem Tod zu Papier gebracht.«

»Den man ihm nicht erfüllen wird, so viel steht fest.« Jetzt war ich es, dem es schwerfiel, Haltung zu bewahren. Um zu begreifen, was da stand, musste ich den Text gleich mehrfach lesen. Der Schrift nach zu urteilen, die ich auf Anhieb wiedererkannte, war die Abfassung in großer Hast erfolgt, als laufe dem Verfasser die Zeit davon: »*Lieber Loschek*«, war auf dem Bogen mit dem Stempelaufdruck des Jagdschlosses zu lesen, »*holen Sie einen Geistlichen und lassen Sie uns in einem Grab im Kloster Heiligenkreuz beisetzen. Die Pretiosen meiner teuren Mary nebst Brief von ihr überbringen Sie der Mutter Marys. Ich danke Ihnen für Ihre jederzeit so treuen und aufopferungsvollen Dienste. Den Brief an meine Frau lassen Sie ihr auf kürzestem Wege zukommen.*«

Ein Abschiedsbrief an seine Frau.

Damit hatte ich nun wirklich nicht gerechnet.

Vor allem, die Ehe hatte nur noch auf dem Papier Bestand. *Toute Vienne* wusste darüber Bescheid. Nun gut, anfangs sah es danach aus, als hätten sich die beiden zusammengerauft. Speziell nach der Geburt ihrer Tochter, an der Rudolf mit jeder Faser hing. Doch damit war es längst vorbei. Kaum unter der Haube, ging er beim Heurigen ein und aus, verkehrte mit Fiakern, Müßiggängern und Ganoven. Oder trieb sich in halbseidenen Etablissements herum, besonders häufig im Salon von Madame Wolf, einem Bordell für gehobene Ansprüche – und für Leute, die mit Geld nur so um sich warfen.

Dass sich Stephanie den Affront nicht bieten ließ und es deshalb immer öfter zu Disputen kam, verwundert indessen kaum. Tragisch nur, dass sich die Wertschätzung für die Betrogene in Grenzen hielt, auch und vor allem bei der Kaiserin. Aus ihrer Antipathie hatte sie nie einen Hehl gemacht und besaß auch keine Hemmungen, ihre Schwiegertochter vor anderen als »Trampeltier« zu bezeichnen. Der Kaiser hingegen tat genau das, was er auch sonst in heiklen Situationen machte: Er schaltete auf Durchzug. Dass er über Rudolfs Eskapaden Bescheid wusste, davon gehe ich jedoch aus. Denn wozu gab es schließlich die Personenschützer, allesamt Polizeiagenten, die ihn rund um die Uhr im Auge behielten. Egal wo, ob im Bordell oder beim Heurigen, Eskapaden aller Art mit eingeschlossen. Offiziell handelte es sich zwar um Leibwächter, aber wer sich damit auskennt, weiß, dass die Regierung nichts dem Zufall überließ, an ihrer Spitze Graf Eduard Taafe, Ministerpräsident, Duzfreund des Kaisers und Rudolfs erbittertster Widersacher. Ihm allein war es zu verdanken, dass der Kaiser auf Distanz zu Rudolf ging, so er ihm denn jemals nahestand. Prosaisch ausgedrückt: Franz Joseph traute seinem Sohn nicht über den Weg, weder politisch noch anderweitig. Was die Kaiserin betraf, sie lebte in ihrer eigenen Welt, auf der Flucht vor den Vorboten des Alters, vor denen sie eine Heidenangst hatte.

»Fragt sich, was man davon halten soll«, murmelte ich stirnrunzelnd vor mich hin, steckte den Zettel ein und hatte

Mühe, die Fassung zu bewahren. Der Mief im Raum, ein Gemisch aus Leichengeruch, Kerzenrauch, verbrauchter Luft und Schweißdunst, tat ein Übriges, um meine Beklommenheit noch zu steigern. Nichts lieber, als auf Nimmerwiedersehen zu verschwinden, gerade so, als ließe einen der Anblick kalt.

Dem war jedoch nicht so. Der Tod der beiden Weltflüchtigen ging mir nah, den Erkenntnissen vor Ort zum Trotz. Umso mehr, da mir bewusst war, wie der Hof auf die Tragödie reagieren würde. Die Verantwortlichen würden einen Teufel tun, dem letzten Willen des Paares zu entsprechen, allen voran der Kaiser, dem das Ansehen der Familie über alles ging. Das Ziel lautete, den sich anbahnenden Skandal zu vertuschen, koste es, was es wolle, mit allen zur Verfügung stehenden Mitteln.

Endstation Kapuzinergruft, etwas anderes käme für den Kaiser nicht infrage.

Und Mary?

An das, was mit ihrem Leichnam geschehen würde, wollte ich jetzt lieber nicht denken.

»Und da wäre noch etwas.«

Aus den Gedanken gerissen, sah ich Loschek aus dem Augenwinkel an.

»Nämlich ihre Abschiedsbriefe«, fügte der Adlatus des Kronprinzen hinzu, überreichte mir eine schwarze Ledermappe, auf der sich die Initialen »HV« befanden, und vollendete mit halblautem Raunen: »Die Abkürzung steht für den Namen ihrer Mutter. Sie heißt Helene.«

»Ich weiß. Die Dame ist mir vom Sehen bekannt. Versteht es blendend, sich in Szene zu setzen.« Ein flaues Gefühl im Magen, nahm ich die Mappe mit dem Aufdruck in Empfang, klappte sie auf und entnahm ihr ein versiegeltes Kuvert, wie der Notizzettel auf dem Nachttisch mit einem Aufdruck versehen. »Wie dem auch sei, eine unüberlegte Tat sieht anders aus.«

Der Kammerdiener nickte stumm.

»Eins freilich gibt mir zu denken.«

»Und das wäre, Herr Doktor?«

»Gegenfrage: Finden Sie es nicht merkwürdig, dass Rudolf an seine Frau schrieb, um Adieu zu sagen? Nach allem, was zwischen den beiden vorgefallen ist? An Personen, die ihm wirklich etwas bedeutet haben, hat ja weiß Gott kein Mangel geherrscht.«

»Mitnichten«, erklärte mein Gegenüber lapidar, zog einen Schlüssel hervor, um das Geheimfach von Rudolfs Schreibsekretär zu öffnen, und förderte ein versiegeltes Konvolut zutage. »Hier, Herr Doktor: die Briefe an seine Mutter, an seine Schwester Valerie, an Baron Hirsch, einen Freund des Hauses, sowie an Szögyény-Marich, einen Freund und engen Vertrauten. Und das Schreiben an die künftige Witwe, wenn ich das mal so sagen darf.«

»Macht zusammen fünf.«

»Sechs, um ganz ehrlich zu sein. Es ist nämlich auch ein Brief an die Kaspar dabei.«

Mizzi Kaspar, die Grande Cocotte von Wien.

Wie konnte ich sie nur vergessen.

Um ihre Gunst zu gewinnen, so der Tratsch hinter vorgehaltener Hand, habe sich der Kronprinz in tiefe Schulden gestürzt. Da traf es sich recht gut, dass Baron Hirsch, Duzfreund und schwerreicher Bankier, nicht zögerte, Rudolf aus der finanziellen Patsche zu helfen. Wann genau die Affäre mit der Salonprostituierten begann, darüber kann ich zwar nur mutmaßen, dass Rudolf jedoch Unsummen auf den Tisch blätterte, um sich die bei Madame W. in der Pilgramgasse beschäftigte Soubrette gewogen zu machen, entspricht den Tatsachen. Nur ein Beispiel unter vielen: Dank der Zuwendungen des Kronprinzen war die Kaspar in der Lage, ein dreistöckiges Haus auf der Wieden zu ergattern, zum Kaufpreis von 60.000 Gulden. Mithin eine ansehnliche Summe, auch für mich, der ich aus dem Vollen schöpfen konnte. Wie praktisch, dass es sich mitten im 4. Bezirk befand, genauer gesagt in der Heumühlgasse 10, per Fiaker von der Hofburg in Kürze zu erreichen.

Dass es vor dem Liebesnest vor Naderern nur so wimmelte, und das rund um die Uhr, versteht sich beinahe von selbst. Wovon Rudolf indessen nichts ahnte, war, dass die Kaspar längst nicht so diskret agierte, wie sie ihm gegenüber vorgab. Wie sonst wäre das Sicherheitsbüro an Details gekommen, die es befähigten, sein Intimleben auszuschnüffeln. Hatte Rudolf doch nie einen Hehl daraus gemacht, wie sehr er mit seinem Dasein haderte – und dass er nichts lieber täte, als sich zu absentieren.

Apropos: Wie ich erst Monate später erfuhr, hielt sich Rudolf auch vorgestern bei Mizzi auf, verlässlichen Quellen zufolge bis drei Uhr morgens, um sich im Anschluss mit Mary nach Mayerling zu begeben. Nicht genug damit, erteilte er die Anweisung, die Kaspar mit 30.000 Gulden zu bedenken, auszuzahlen nach seinem Tod, als Dank für die »geleisteten Dienste«.

Da fällt mir gerade ein: Als unentbehrlich, weil verschwiegen wie ein Grab, hatte sich ein gewisser Bratfisch erwiesen. Vorname Josef, geboren in Wien und Fiaker von Beruf. Sowie Sänger in einschlägigen Lokalen, zumeist beim Heurigen. Soweit ich weiß, war er Rudolf bei einem Zechgelage begegnet, zusammen mit einem gewissen Hans Schrammel, Mitglied des gleichnamigen Quartetts. Begeistert von dessen Sangeskünsten, fasste der Kronprinz den Entschluss, Bratfisch zu seinem Leibfiaker zu ernennen. Mit der Zeit wurde eine Art Freundschaft daraus, in deren Verlauf es zu manch zünftiger Jause kam, auch im Beisein von Mizzi Kaspar, die von Liptauer nicht genug bekommen konnte.

Doch zurück zum Thema. Als Leibfiaker hatte Bratfisch die Aufgabe, die Vetsera zum Rendezvous mit dem Kronprinzen zu chauffieren. So auch vorgestern, wie ich aus berufenem Munde erfuhr. Vom vereinbarten Treffpunkt, der Marokkanergasse im 3. Bezirk, ging es weiter zum Roten Stadl, einem Gasthof vor den Toren Wiens – und von dort aus direkt nach Mayerling. Erst gestern noch, so ein Gewährsmann im Präsidium am Schottenring, sei Bratfisch von Rudolf gebeten worden, ihm im Beisein von Mary ein paar Lieder vorzutragen.

Soweit die Informationen aus erster Hand. Um wen es sich handelt, tut nichts zur Sache.

Wirklich geliebt, das hat sich im Nachhinein erwiesen, hat Rudolf die Vetsera nicht. So schwer es mir fällt, dies auszusprechen, die Wahrheit muss auf den Tisch. Mag sein, Rudolf sehnte den Tod herbei, aber ihm mutterseelenallein ins Auge zu blicken, dazu besaß er nicht den Mut. Mary Vetsera kam ihm da gerade recht, bereit, ihr Schicksal mit dem seinigen zu teilen.

Ein Wunsch, den die Kaspar von sich wies, mit Wissen des hiesigen Polizeipräsidenten. Baron Krauss unterließ es jedoch, die nötigen Schritte zu ergreifen, mit welchen Folgen, wurde binnen Kurzem klar.

Wie gesagt: Was seine Liebschaften betrifft, rangierte die Soubrette an erster Stelle, längst nicht mehr nur Maitresse, sondern Vertraute und Ersatz für eine Mutter, mit der er zeitlebens nicht richtig warm geworden war. Von seinem Vater, der ihn für unwürdig hielt, sein Nachfolger zu sein, nicht zu reden.

»Ein Brief an die Kaspar, sagen Sie?«, erwiderte ich zerstreut, kaum mehr imstande, mich auf meine Aufgabe zu konzentrieren. »Die stadtbekannte Prostituierte?«

Loschek nickte.

»Wenn wir gerade von den Abschiedsbriefen reden«, spann ich den Gedanken beharrlich fort, den Blick auf das verschnürte Bündel gerichtet, das ich mit nachdenklichem Blick betrachtete. Und fügte nach einem Verlegenheitsräuspern hinzu: »Sind Sie sich sicher, dass das Konvolut hier vollständig ist?«

»Absolut«, bekräftigte Loschek, heftete den Blick auf Rudolfs Leichnam und kämpfte dabei mit den Tränen. »Um Ihre Frage vorwegzunehmen, Herr Doktor: Von einem Brief an den Kaiser weiß ich nichts. Hätte mich auch gewundert, wenn Seine Hoheit einen geschrieben hätte – nach allem, was zwischen den beiden vorgefallen ist!«

3

Arbeitszimmer des Kaisers in der Hofburg, Donnerstag, 31. Jänner 1889, 7.00 Uhr

»Und wenn Sie sich nun irren, Widerhofer – was dann?«

Da saß er nun, um Haltung bemüht, nur mehr ein Schatten früherer Tage. Und weigerte sich, der Wahrheit ins Auge zu blicken. »Auch ein Leibarzt macht mal Fehler, das wissen Sie so gut wie ich.«

Es zerriss mir das Herz, den Kaiser so zu sehen. Egal, was zwischen den beiden vorgefallen war, das hatte der Mann nicht verdient.

Kein Vater der Welt hatte das verdient.

»Ich wünschte, dem wäre so, Majestät«, antwortete ich mit Bedacht, entschlossen, nichts zu beschönigen. Als Arzt hatte ich die Pflicht, die Dinge beim Namen zu nennen, so sehr mir die Tragödie auch naheging. »Aber nach allem, was ich weiß, ist an der Sachlage nicht zu rütteln. Die Indizien sprechen für sich. So schwer es mir fällt, es offen auszusprechen: Der durchlauchtigste Kronprinz hat Suizid begangen. Allem Anschein nach mithilfe seiner Dienstwaffe, einem Infanterieoffizier-Revolver vom Typ *Gasser-Kropatschek*, Kaliber neun Millimeter. Wie Eurer Majestät bekannt sein dürfte, wurde ihm die Waffe in Prag übergeben. Am Beginn seiner Dienstzeit beim Infanterieregiment Nr. 36. Sie verblieb in seinem Besitz, wie bei höheren Dienstgraden üblich.«

»Ich nehme an, der Revolver wurde konfisziert?«

Ich nickte.

»Dann sorgen Sie dafür, dass er mir ausgehändigt wird – und zwar unverzüglich«, forderte mich der Kaiser im Befehlston auf, für einen Moment wieder ganz der Alte, nur um im Anschluss umso tiefer in Apathie zu versinken. »Was in Mayerling passiert ist, muss unter uns bleiben, nicht auszudenken, wenn etwas durchsickert.«

»Fragt sich, wie das zu bewerkstelligen ist.« Ohne eine Antwort abzuwarten, nahm ich meine Aktentasche zur Hand, ließ den Verschluss aufschnappen und griff hinein. Zum Vorschein kam ein sorgsam umwickelter Gegenstand, Gewicht circa 750 Gramm, das Corpus Delicti schlechthin. »Wenn Euer Majestät geruhen würden, einen Blick darauf zu werfen. Hier ist er.«

Der Kaiser zögerte, die Hände um die Kante seines Schreibtischs gekrallt, ein herzerweichendes Bild des Jammers. Dann riss er die rechte Schublade auf, streckte die Hand aus und nahm den Revolver in Empfang. Ein leichter Schubs, und die Tatwaffe entschwand meinen Augen.

Um zu seinen Lebzeiten nicht mehr aufzutauchen.

Dass damit eine Grenze überschritten wurde, war uns beiden klar. Fortan ging es nicht nur darum, einen Skandal zu vertuschen, sondern um die Frage, ob ein Mord vorlag. Was mich betraf, gab es am Tatbestand nichts zu rütteln, weder aus juristischer noch aus medizinischer Sicht. Als Rudolf zur Waffe griff, um Mary Vetsera zu töten – sprich: um einen sorgsam ausgeklügelten Mord zu begehen –, konnte von einer Affekthandlung nicht die Rede sein. Weiterhin galt es festzuhalten: Laut Loschek habe Rudolf normal gewirkt, er sei, so die exakte Wortwahl, »sogar regelrecht vergnügt« gewesen, im Vollbesitz seiner geistigen Kräfte, und das unmittelbar vor der Tat.

Vermindert schuldfähig, da geistig verwirrt?

Nie und nimmer.

Wenn überhaupt, dann depressiv. Ein Umstand, der seiner Umgebung – Vater und Mutter mit einbezogen – trotz Scheuklappen nicht entgangen sein dürfte.

»Und dann wären da noch seine Abschiedsbriefe«, ergriff ich beherzt das Wort, zog ein verschnürtes Bündel hervor und drückte es dem Kaiser in die Hand. »Ich habe mir erlaubt, sie in Verwahrung zu nehmen. Damit sie nicht in die falschen Hände gelangen.«

»Wie ich sehe, kann man sich auf Sie verlassen«, wurde mir unerwartetes Lob zuteil, während der Kaiser das Konvolut in Augenschein nahm. »Und an wen sind sie gerichtet?«

Ich zögerte.

»Mich kann nichts mehr erschüttern, machen Sie sich da mal keine Sorgen«, versetzte der aschfahle Monarch, legte das Bündel auf den Schreibtisch und sah mich an. »Ich kann mir schon denken, was jetzt kommt, wir beide hatten ja nicht viel gemeinsam.«

Nicht viel gemeinsam.

So konnte man es natürlich auch formulieren.

In Wahrheit waren sie sich spinnefeind gewesen, und das seit geraumer Zeit. Der Kronprinz habe nicht das Zeug dazu, sein Nachfolger zu sein, so der Kaiser im vertraulichen Gespräch. Und das gleich mehrfach, auch mir gegenüber.

Deutlicher konnte man sein Missfallen nicht zum Ausdruck bringen. »Nun reden Sie schon, Widerhofer – an wen hat er alles geschrieben?«

»An insgesamt sechs Personen, so wurde mir von Loschek berichtet«, unternahm ich den Versuch, die Klippe, auf die das Gespräch zusteuerte, zu umschiffen. »Unter anderem an seine Frau.«

»Und an wen noch?«

»Wenn mich mein Gedächtnis nicht trügt, befindet sich auch ein Brief an ...«

»Weichen Sie mir nicht aus, ich möchte die Wahrheit erfahren!«, fiel mir der Kaiser gereizt ins Wort, umklammerte die Lehne seines Stuhls und blitzte mich aus dem Augenwinkel an. »Ich nehme an, seine Mutter war ihm die Mühe wert?«

Ich bejahte schweigend.

»Und seine Geschwister, was ist mit denen?«

»Schenkt man dem Kammerdiener Glauben«, zog ich es vor, meine Hinhaltetaktik zu beenden, holte tief Luft und deutete mit dem Zeigefinger auf den Stapel, »so befindet sich ein Brief an Erzherzogin Valerie darunter, des Weiteren eine Nachricht an Baron Hirsch sowie an den Sektionschef im Ministerium des Äußeren.«

»Macht zusammen fünf.«

»So ist es, Majestät.«

»Mit anderen Worten, ich komme am Schluss.«

»Bitte untertänigst um Vergebung, Eurer Majestät widersprechen zu müssen, aber ...«

»Aber was?«

»Den Angaben seines Kammerdieners zufolge ist der Brief, von dem hier die Rede ist, an seine Geliebte gerichtet. Majestät dürften im Bilde sein, um wen es sich dabei handelt.«

Das Schweigen, das nun folgte, versetzte mir einen Stich ins Herz.

So sehr die beiden auch miteinander gehadert hatten, seinem Vater tut man so etwas nicht an.

Punktum.

»Das begreife, wer will«, seufzte Franz Joseph gepeinigt auf, die Gesichtszüge wächsern und bleich, binnen Tagesfrist um Jahre gealtert. Davon abgesehen sah er aus wie immer, der Backenbart sorgfältig gestutzt und bekleidet mit einem hechtgrauen Bonjour-Rock, an dessen Samtkragen die scharlachroten Paroli prangten. Die Leiste über der Brust, passend zum Kragen in der gleichen Farbe, wurde von sorgsam polierten Goldknöpfen gesäumt, parallel gereiht, wie bei einer Generalsuniform. »Egal wie schlimm es um ihn steht, ein Angehöriger des Hauses Habsburg erschießt sich nicht, tut er es dennoch, ist er ein Feigling.«

Etwas zu erwidern stand mir nicht zu. Es sei denn, ich wurde nach meiner Meinung gefragt.

Soweit das spanische Hofprotokoll.

Der Kaiser war nun einmal eine Respektsperson, und wenn ich das sage, meine ich es auch so. Und ein Vorbild in Sachen Disziplin, von dem auch ich mir eine Scheibe abschneiden konnte. Denn wer stand denn schon in aller Herrgottsfrühe auf, nahm sein Frühstück am Schreibtisch ein – zumeist Kaffee oder Tee, dazu Buttersemmerl mit Schinken oder warme Kipferln – und begann um 5 Uhr mit der Arbeit.

Doch wohl nur die Wenigsten, oder?

Jeden Tag der gleiche Trott, Woche für Woche, Monat für Monat, falls nötig, sogar in Bad Ischl. Aktenstudium von früh bis spät, gefolgt von Besprechungen, Audienzen, Konferenzen, Kabinettssitzungen und dergleichen mehr – wahrlich nicht jedermanns Sache.

Und schon gar nicht die meinige, wenn ich ehrlich bin.

Dass der Kaiser großen Wert auf Ordnung legte, versteht sich beinahe von selbst. Rechts die erledigten und linker Hand die unerledigten Akten, so war es jahrzehntelang der Brauch gewesen. Wehe dem, der es wagte, daran zu rühren. Ein falscher Handgriff, und Franz Joseph geriet in Wut.

So wie jetzt, als er mich prüfend musterte.

»Wie konnte er uns das antun, der Kaiserin und mir bleibt doch nichts erspart!«

Anstatt zu antworten, deutete ich ein Kopfnicken an. Wer

war ich, dass es mir zustand, meine Meinung zu äußern. Noch dazu, da es pietätlos wäre, Klartext zu reden.

Und so tat ich genau das, was jeder andere an meiner Stelle getan hätte: Ich verzog keine Miene.

Und schwieg mich aus.

Wider alle Hoffnung ließ der Kaiser jedoch nicht locker. »Und wie denken Sie darüber?«, richtete er unvermittelt das Wort an mich, die Brauen leicht in die Höhe gezogen, während die stahlblauen Augen meinen Blick auffingen. »Nur Mut, Widerhofer – von mir haben Sie nichts zu befürchten.«

»Euer Majestät sind sehr gnädig«, tastete ich mich behutsamer denn je voran, wie ein Soldat auf vermintem Terrain. Ein falsches Wort, noch dazu in einer solchen Situation, und das Gespräch würde in einen Eklat münden. Gerade danach stand mir jedoch nicht der Sinn, wie mein Gesprächspartner spürbar in Mitleidenschaft gezogen – und übernächtigt obendrein. »Wie Kaiserliche Hoheit wissen, standen der Kronprinz und ich auf vertrautem ...«

»Würden Sie mir einen Gefallen tun, Herr Doktor?«, fiel mir der Kaiser halb befehlend, halb resigniert ins Wort, wandte den Blick ab und stierte ins Leere.

»Aber natürlich, Majestät.«

»Sprechen Sie den Namen meines Sohnes nicht mehr aus. Zumindest nicht in meiner Gegenwart. Aus Rücksicht auf die Kaiserin und mich.«

»Wie Majestät wünschen«, willigte ich widerstrebend ein, von der Bitte, die einem Befehl gleichkam, wie vor den Kopf geschlagen. Man konnte über den Kaiser sagen, was man wollte, aber was sein Verhalten betraf, war er mir gegenüber immer jovial gewesen, mitunter sogar mitfühlend, ein überaus seltener Zug an ihm.

Und jetzt dies.

»Nun reden Sie schon, Widerhofer: Was gibt es aus Ihrer

Sicht zu sagen?«, hakte der Kaiser unerbittlich nach, nur zum Schein mit einer dicken Akte beschäftigt, die zuoberst auf dem sich auftürmenden Stapel lag. Die Lampe auf dem Schreibtisch spendete trübes Licht, kaum heller als die Vorboten des Tages, der vor dem Fenster zum Innenhof heraufdämmerte. Wären die Familienporträts nicht gewesen, die dem Sanktuar eine persönliche Note verliehen, man hätte sich ins Büro eines Notars versetzt gefühlt. Ob Lesebrille, Schreibgriffel oder Briefbögen samt aufgedrucktem Monogramm, für jedes Objekt gab es einen ganz bestimmten Platz, hier herrschte noch Ordnung, im Gegensatz zur Welt da draußen. »Sie haben ihn doch gut gekannt, oder gehe ich diesbezüglich fehl?«

»Ich denke schon, Majestät.«

»Aus Ihrer Sicht betrachtet, mit was für einem Menschen hatten Sie es zu tun?«

Hatten.

Gerade mal einen Tag nach Rudolfs Tod.

Aber wer weiß, vielleicht hatte ich mich auch verhört.

In Ehrfurcht erstarrt, nahm ich all meinen Mut zusammen. Und rang mich dazu durch, mein Herz sprechen zu lassen: »Mit einem charmanten, intelligenten, weltoffenen und überaus feinfühligen jungen Mann«, versetzte ich mit angestrengtem Blick, bemüht, meiner Stimme mehr Festigkeit zu verleihen. »Was mich betrifft, war es mir eine Ehre, seine Bekanntschaft gemacht zu haben.«

»Auch wenn das Krepierl kein Ehrgefühl besaß?«

»Wenn Majestät die Bemerkung gestatten: Da ich mich glücklich schätzen kann, Seine Hoheit schon von Kind auf gekannt zu haben, bin ich es gewohnt, die Dinge differenziert zu betrachten.«

»Er hat sich entleibt, schon vergessen?«

»Wie könnte ich, Majestät«, erwiderte ich matt, kurz davor,

den roten Faden zu verlieren. »Aber wäre es nicht besser, Euren Sohn so in Erinnerung zu behalten, wie er war?«

»Als Morphinisten, Bigamisten und Freigeist, der keine Gelegenheit ausließ, um dem Ansehen der Monarchie zu schaden?«

»Er war todunglücklich, Majestät. Im Begriff, an sich und der Welt zu verzweifeln.«

Jetzt war es heraus.

Auf alles gefasst, richtete ich den Blick zur Tür. Der Hinauswurf stand kurz bevor, höchste Zeit, sich mit dem Gedanken vertraut zu machen.

Doch ich hatte mich getäuscht.

Der Kaiser war eben immer für eine Überraschung gut, im Guten wie im Schlechten. »Sie haben ihn gemocht, stimmt's?«

»Das kann man wohl sagen.«

»Im Wissen um seine Charakterschwäche?«

»So ist es.« Außerstande, dem Kaiser nach dem Mund zu reden, gab ich meine Reserviertheit auf. Selbst auf die Gefahr hin, ab sofort in Ungnade zu fallen. »Wer von euch ohne Sünde ist, der werfe den ersten Stein«, erwiderte ich bestimmt, nicht bereit, von meinem Urteil abzurücken. An der Wertschätzung gegenüber meinem Schützling würde sich nichts ändern, ob mit oder ohne Plazet von oben. »Ist es nicht so, Majestät?«

»Schauen S' her, Widerhofer«, hielt Franz Joseph nach lang anhaltendem Schweigen dagegen, moderat im Ton, wie ich erleichtert konstatierte. »Als Christ, da gebe ich Ihnen recht, bin ich gehalten, mich in Barmherzigkeit zu üben. Und natürlich auch als Vater, so schwer mir dies mitunter fiel. Aber als Kaiser, der ich nun mal leider bin, bringe ich es nicht über mich, auch nur einen Funken Verständnis aufzubringen.«

»Mit anderen Worten, Sie können Ihrem Sohn nicht verzeihen.«

»Damit wir uns nicht falsch verstehen, Widerhofer: Ich habe ihn immer geliebt, bis zum heutigen Tag. Und werde ihn immer lieben. Obwohl er nichts ausließ, um sich selbst und das Haus Habsburg in Verruf zu bringen. Anders geht es ja auch nicht, schließlich war er mein eigen Fleisch und Blut.«

»Das war er in der Tat, Majestät. Nur eben nicht stark genug, um die Probleme, die auf ihn einstürmten, zu meistern.«

Franz Joseph schnaubte resigniert. »Das sagt sich so leicht, Widerhofer. Einmal angenommen, ich würde ihm den Affront verzeihen – damit wäre die Sache längst nicht aus der Welt. Schenkt man Ihren Ausführungen Glauben, dann hat mein Sohn einen Mord begangen, ob im Einvernehmen mit der kleinen Vetsera oder nicht, spielt keine Rolle.«

»Das sehe ich genauso, Majestät.«

»Und was folgt daraus, Herr Doktor?«

»Bei allem schuldigen Respekt, Majestät: Meine Aufgabe als Leichenbeschauer bestand allein darin, den Umständen, unter denen …«

»Mein Sohn zu Tode kam, auf den Grund zu gehen, ich weiß!«, verschärfte der Kaiser seinen Ton, schob die Akte beiseite, die er zuvor vom Stapel genommen hatte, und durchbohrte mich mit seinem Blick. »Und damit hat es sich, das wollten Sie doch gerade sagen, oder?«

»Dass sich Eure Majestät in einer prekären Lage befinden, dessen bin ich mir bewusst.«

»Und das ist noch harmlos ausgedrückt.« Die Hände auf der Kante des Schreibsekretärs, stand der Kaiser schwerfällig auf, rieb sich die Schläfen und bewegte sich tastend vorwärts, als suche er festen Halt. An der Tür angekommen, drehte er sich um und sagte: »Die Sache muss unter uns bleiben, oder es gibt einen Skandal, der sich gewaschen hat. Sie wissen doch, wie das ist: Für die Journalisten käme das Drama wie gerufen, die warten nur darauf, mich aufs Korn zu nehmen. Den

Kanaillen ist doch nichts mehr heilig, Hauptsache, die Kasse klingelt. Was kümmert es die Herren schon, wenn ihnen der Zensor auf die Finger sieht, wo ein Wille ist, das Kaiserhaus durch den Kehricht zu ziehen, da gibt es auch einen Weg«, konstatierte der Kaiser klipp und klar, die Hände krampfhaft hinter dem Rücken verschränkt. »Aber auch so dürfen wir uns keine Blöße mehr geben, sonst ist unser Nimbus dahin, und zwar für immer. Die Leute sollen zu uns aufschauen, und damit dies geschieht, haben wir uns gefälligst am Riemen zu reißen. Ich will ja nicht jammern, aber wenn ich mir überlege, wie viele Knüppel mir zwischen die Füße geworfen wurden, dann frage ich mich, wie lange sich die Monarchie noch über Wasser halten kann. Die Lombardei verloren, Venetien verloren, die Schmach von Königgrätz als Krönung: Was Katastrophen betrifft, kam es knüppeldick für mich. Und dann erst mein präpotenter Bruder, der nichts Besseres zu tun hatte, als zum Herrscher über den Augiasstall in Mexiko zu avancieren. Hätte er auf mich gehört, der Traumtänzer wäre noch am Leben. Aber nein, er musste sich ja unbedingt beweisen, mit welchem Ergebnis, ist hinlänglich bekannt. Ein Habsburger in der Hand des Pöbels, erschossen wie ein räudiger Hund. Also wenn das kein Grund ist, den Kopf in den Sand zu stecken, welcher dann?« Im Begriff, sich in Rage zu reden, verharrte der Kaiser auf der Stelle, atmete hastig durch und fuhr fort: »Hätte es den Ausgleich mit den Ungarn nicht gegeben, wer weiß, was aus Österreich geworden wäre. Im Grunde kann ich die Rabauken ja nicht ausstehen, aber was tut man nicht alles, um das Land vor Schaden zu bewahren. Was kann ich denn dafür, wenn wir keinen Radetzky mehr haben – oder keinen Metternich, so verhasst er dem Pöbel auch gewesen sein mag. Ob Sie es wahrhaben wollen oder nicht, Widerhofer: Wir stehen mit dem Rücken zur Wand, und wenn wir so weitermachen, dann stecken uns die

Preußen in die Tasche. Dieser Bismarck macht doch sowieso schon, was er will, von Kaiser Wilhelm ganz zu schweigen. Wenn wir nicht achtgeben, zieht uns der Schaumschläger in einen Krieg hinein, und dann sei uns der Herrgott gnädig. Auf dem Balkan warten sie doch nur darauf, uns zum Teufel zu jagen, und was die Tschechen betrifft, nun ja, auch für die würde ich die Hand nicht ins Feuer legen.«

»So dürfen Majestät nicht denken.«

»Wie dem auch sei, um die Stellung zu behaupten, gibt es nur eins, nämlich Stärke demonstrieren. Und das bedeutet: Würde publik, was in Mayerling geschah, hätten unsere Gegner leichtes Spiel. Dann würden die Demagogen aus ihren Löchern kriechen, genau wie Anno 48, als es um Kopf und Kragen ging. Was mich betrifft, ich verspüre keinen Drang, so ein Fiasko noch mal zu erleben, und wie ich Sie kenne, denken Sie genauso darüber. Auf die Gefahr hin, mich zu wiederholen: Nichts schlimmer, als ausgerechnet jetzt in einen Skandal verwickelt zu werden. Es würde uns das Genick brechen, so wahr ich hier stehe. Der Kronprinz der k.-u.-k.-Monarchie als Mörder überführt, etwas Schlimmeres könnte uns nicht passieren!«

»Und was, wenn die Frage gestattet ist, gedenken Euer Majestät zu tun?«

»Fragen Sie mich lieber, was *Sie* tun könnten. Damit wäre mir wesentlich mehr gedient.«

»Bedaure, aber ich kann Eurer Majestät nicht folgen.«

»Jetzt machen Sie aber mal einen Punkt, Herr Doktor – das kaufe ich Ihnen nicht ab.« Zurück am Schreibtisch, nahm der Kaiser mit vergrämter Miene Platz. »Wenn der Erzbischof davon erfährt, was dann? Oder am Ende gar der Papst? Jetzt tun Sie doch nicht so, Widerhofer, Sie wissen doch genau, was für die Monarchie auf dem Spiel steht. Egal wen Sie fragen, kein Priester würde sich dafür hergeben, einem Selbstmörder das letzte Geleit zu geben. Und der Pater Guardian der Kapuziner schon gar nicht. Und wenn ich mit Engelszungen reden würde, die Antwort stünde im Voraus fest. Wer die Sünde begeht, Suizid zu begehen, dem bleibt es verwehrt, in geweihter Erde zu ruhen. Von der Kaisergruft erst gar nicht zu reden, auch sie bliebe meinem Sohn verschlossen.«

»Euer Majestät verlangen Unmögliches. Ich bin gehalten, meine Aufgabe nach bestem Wissen zu erfüllen. In meiner Eigenschaft als Arzt wie auch als Beschauer.« Einen Kloß im Hals, fügte ich hinzu: »So sehr mich das Schicksal des Kronprinzen schmerzt, ein Gutachten anzufertigen, das auf Halbwahrheiten beruht, dazu wäre ich nicht imstande.«

»Und ob Sie dazu imstande wären, Herr Doktor Widerhofer!«

Vorhang auf. Die tragische Heldin betritt die Bühne.

Auftritt im richtigen Moment, die Kaiserin besaß ein Gespür dafür.

Unter dem Türsturz postiert, rührte sie sich kein Haarbreit von der Stelle. In der Rechten hielt sie einen Fächer, der aus Federn eines schwarzen Marabu bestand, zum einen ein Requisit, um sich vor Gaffern zu schützen, zum anderen dazu da, um ihre Zahnlücken zu verbergen. Eine Marotte, die eher harmlos anmutete, doch beileibe nicht die einzige.

Die Kaiserin hasste es, fotografiert zu werden. Je älter sie wurde, desto mehr setzte sie sich dagegen zur Wehr. Begonnen hatte die Phobie schon mit 30, als der Kult um ihre Person den Zenit erreichte. War sie doch manisch darauf bedacht, ewig jung zu erscheinen. Eine Idée fixe, die, einmal entstanden, ihrem Hang zum Narzissmus den Weg ebnete. Keine Methode, die sie nicht anwandte, um attraktiv zu wirken, darunter auch Gesichtsmasken aus Leder, die man vor Gebrauch mit zerdrückten Erdbeeren bestrich. Als Arzt konnte ich darüber nur schmunzeln, denn was ihr Aussehen betraf, bestand kein Grund, in die Trickkiste zu greifen. Sisi war konkurrenzlos hübsch, in dem Punkt waren sich alle einig gewesen, ihre Neider bei Hof mit eingeschlossen. Dessen ungeachtet ließ sie nichts aus, um ihre Schönheit zu voller Blüte zu bringen.

An Mitteln, um reihum für Bewunderung zu sorgen, herrschte auf ihrem Toilettentisch kein Mangel. Je nach Jahreszeit wurden bestimmte Pasten aufgetragen, im Winter vor allem Crême Céléste, eine Mixtur aus Wachs, Walrat und Mandelöl, vermischt mit einer Prise Glycerin. Im Sommer kam dann eine erlesene Cold Creme zum Zug, mit Rosenwasser, Mandel- oder Sesamöl versetzt. Gebräunte Haut galt als verpönt, für Sisi ein Grund mehr, einen Schirm parat zu haben. Ein Schleier aus Gaze durfte dabei nicht fehlen, auch und gerade im Sommer, damit nur ja kein Lichtstrahl auf sie fiel. »Ob wahr, beschönigt oder unwahr: Ich appelliere an Sie, uns beizustehen. Das sind Sie dem Kaiser schuldig. Und mir auch. Ich hoffe, Sie wissen, was Sie zu tun haben. Wenn nicht, täte es mir leid für Sie.«

Eins möchte ich gleich vorausschicken, damit hier kein falscher Eindruck entsteht. Die Frau tat mir von Herzen leid, und wenn ich mir vorstelle, was sie gerade durchmachte, dann bekam ich das kalte Grausen. Den eigenen Sohn zu verlieren, noch dazu auf solch tragische Art, das war das Schlimmste, was einer Mutter widerfahren konnte.

Ein Stich ins Herz, doch beileibe nicht der einzige in ihrem Leben. Begonnen hatte es mit dem Tod ihrer Ältesten, von den Eltern liebevoll »Baby« genannt, die im Alter von zwei Jahren der Ruhr erlag. Wie von Sinnen vor Trauer, hatte die Kaiserin weniger den Ärzten, sondern sich selbst die Schuld dafür gegeben. Kein Wunder, dass sie fortan unter Depressionen litt, für all jene, denen die 20-Jährige ein Dorn im Auge war, Wasser auf die Mühlen ihrer Neidgefühle. Und als dann auch noch ihr Schwager in Querétaro exekutiert und ihr Vetter Ludwig ertrunken aufgefunden wurde, war der Weg ins Abseits vorgezeichnet. Je älter die Kaiserin wurde, desto stärker drohte sie in den Bann des Todes zu geraten. Eine Reise, deren Ziel sie seit dem Vortag sehr nahgekommen war.

»Wie sieht es aus, wir können uns doch auf Sie verlassen?«

Aus den Gedanken gerissen, blickte ich fragend auf. Sisi stand da wie angewurzelt, wachsbleich und in ein hochgeschossenes schwarzes Seidenkleid mit Taillengürtel gehüllt, wobei der Plastronkragen besonders hervorstach. Das Haar, kastanienbraun und bis zu den Waden reichend, seit jeher ihr Ein und Alles, war zu einem kunstvoll verschnörkelten Kranz geflochten. Ein echter Blickfang, mit dem sich ihre Coiffeuse ein Denkmal setzte. Bis zu drei Stunden täglich, so wurde hinter vorgehaltener Hand kolportiert, würden benötigt, um die Haarpracht zu voller Geltung zu bringen. Je mehr Strähnen während der Prozedur auf der Strecke blieben, desto schlechter die Laune der Kaiserin.

Auch jetzt, mit 51, immer noch gertenschlank, sah Sisi blass und übernächtigt aus. Keine Spur mehr von der Anmut früherer Tage, vom sprichwörtlichen Liebreiz, ihrem Markenzeichen, gar nicht erst zu reden. Von Natur aus selbstverliebt und eitel, war sie zum Opfer des eigenen Schlankheitswahns geworden, mit einem Gewicht von maximal 50 Kilo, verteilt auf 1,72 Meter Körpergröße.

Was sie dazu bewog, sich selbst zu kasteien, darüber wurde viel gerätselt. Ich selbst hielt mich wohlweislich zurück – und dachte mir meinen Teil. Ob Parforceritte, Gymnastikübungen, Gewaltmärsche im Hochgebirge oder Reisen um die halbe Welt dazu taugten, ihre Flucht vor sich selbst zu beenden, wagte ich indessen zu bezweifeln.

»Entscheiden Sie sich, Herr Doktor. Damit wir wissen, woran wir mit Ihnen sind«, ließ die Kaiserin partout nicht locker, klappte den Fächer ruckartig auf und beharrte: »Steht doch geschrieben: Wer nicht für mich ist, der ist gegen mich.«

»Matthäus 12, Vers 23.«

»Wie ich sehe, kennen Sie sich aus. Anders hätte ich es auch nicht erwartet.«

»Zu viel des Lobes, Majestät«, fiel es mir schwer, über meinen Schatten zu springen, hatte ich doch nicht vor, mir die Pistole auf die Brust setzen zu lassen. »Mit Verlaub: So einfach, wie Majestät sich das vorstellen, ist die Sache nicht.«

»Ich werde nicht dulden, dass das Andenken meines Sohnes durch den Schmutz gezogen wird. Nehmen Sie das bitte zur Kenntnis«, fuhr mich die Kaiserin zornfunkelnd an, wechselte einen Blick mit ihrem Mann und ließ die Tür hinter sich ins Schloss fallen. »Und das bedeutet: Entweder Sie sorgen dafür, dass Rudolf ein christliches Begräbnis bekommt, oder ...«

»Ich bin mir sicher, der Doktor weiß, was auf dem Spiel steht«, fiel der Kaiser seiner Frau ins Wort, den Blick auf die Staffelei hinter dem Schreibtisch gerichtet, auf der sich ein Porträt seiner Gattin befand. Die Kaiserin als junge Frau, ins Licht des anbrechenden Tages getaucht, im Morgenmantel und mit offenem Haar, das ihrer Gestalt ein feenhaftes Aussehen verlieh.

Hier die Königin der Elfen, dort die Mater Dolorosa.

Ein Kontrast, wie er auffälliger nicht hätte sein können.

»Und dass es Zeit ist, eine Entscheidung zu fällen«, fügte der Kaiser nach einer wohlkalkulierten Kunstpause hinzu, blickte zu mir auf und runzelte die Stirn.

»Und wie soll das gehen, Majestät?«

»Das überlasse ich Ihnen, Widerhofer«, gab Franz Joseph leichthin zurück, vollführte eine finale Handbewegung und wandte sich dem Studium seiner Akten zu. »Sie werden das schon machen, handeln Sie nach eigenem Gutdünken, der Dank des Vaterlandes ist Ihnen gewiss!«

VERSCHLUSSSACHE (I)

»Seine k. und k. Hoheit, der durchlauchtigste Kronprinz, ist zunächst an Zertrümmerung des Schädels und der vorderen Hirnpartien gestorben. Diese Zertrümmerung ist durch einen aus unmittelbarer Nähe gegen die rechte vordere Schläfengegend abgegebenen Schuss veranlasst worden. Ein Schuss aus einem Revolver mittleren Kalibers war geeignet, die beschriebene Verletzung zu erzeugen. Das Projektil wurde nicht vorgefunden, da es über die am linken Ohre konstatierte Ausschussöffnung ausgetreten war. Es unterliegt keinem Zweifel, dass seine k. und k. Hoheit sich den Schuss selbst beigebracht hat und dass der Tod augenblicklich eingetreten ist. Die vorzeitige Verwachsung der Pfeil- und Kranznaht, die auffällige Tiefe der Schädelgrube und der sogenannten fingerförmigen Eindrücke an der inneren Fläche der Schädelknochen, die deutliche Abflachung der Hirnwindungen und die Erweiterung der Hirnkammer sind pathologische Befunde, welche erfahrungsgemäß mit abnormen Geisteszuständen einherzugehen pflegen und daher zu der Annahme berechtigen, dass die Tat in einem Zustande der Geistesverwirrung geschehen ist.«

PATER ALBAN, KUSTOS DER KAPUZINERGRUFT IN WIEN (25 JAHRE)

4

Ahnensaal der Hofburg, Sonntag, 3. Februar 1889, 20.50 Uhr

»Die Trauernde möchte anonym bleiben«, raunte mir der Vorsteher unseres Klosters zu, am Fußende des schwarz drapierten Katafalks postiert, wo ich mit dreien meiner Brüder die Totenwache hielt. Dann spendete er dem Verstorbenen den Segen. »Das gilt es zu respektieren. Unter allen Umständen.«

Die Bahre versank in einem Meer von Blumen, umlagert von Kränzen und Gestecken, zwischen denen der Tote wie verloren wirkte. Die Kandelaber spendeten trübes Licht, und wie um den Hauch des Morbiden zu verstärken, stieg der Duft verblühender Blumen empor, ein Gemisch aus Chrysanthemen, Orchideen und Rosen, die aus Gewächshäusern im näheren Umland stammten. Um im Angesicht des Todes für Pomp zu sorgen, hatte der Hof auch jetzt keine Kosten gescheut, so wollte es die Tradition.

Bereits am Morgen hatten sich endlose Schlangen gebildet, nicht lange, und ich gab das Zählen auf. Kaum einer, der da nicht mit den Tränen kämpfte, ein Indiz für die Popularität des Toten, dem Getuschel über sein Lotterleben zum Trotz. Der Wiener liebt nun einmal das Leben, wobei die Einhaltung der Gebote zu wünschen übriglässt. »Wenn wir gerade dabei sind, Bruder, die hohe Frau legt Wert auf Diskretion.

Von daher der ungewöhnliche Zeitpunkt. Sie wird in Kürze eintreffen, im Beisein ihrer Tochter.«

»Und die Leute, die draußen Schlange stehen, was ist mit denen?«

»Die Order lautet, sie auf später zu vertrösten.«

»Aber muss das denn wirklich sein, Vater? Ich meine, die stehen sich seit Stunden die Beine in den Bauch, man kann sie doch nicht einfach wegschicken, nur weil …«

»Und wenn ganz Österreich vor der Tür stünde, mit dem Kondolieren ist für heute Schluss«, wischte der Guardian die Einwände vom Tisch, warf mir einen Blick zu, der mir nahelegte, nicht weiter in ihn zu dringen, und zischte: »Überdies sind wir hier nur zu Gast, selbst wenn ich wollte, mir bliebe nichts anderes übrig. Wir sind gehalten, uns in Demut zu üben, vergiss das nicht, mein Sohn.«

»Na schön, wenn es denn unbedingt sein muss«, schwenkte ich auf die Linie des Vorstehers ein, war dies doch nicht der Zeitpunkt, um einen Disput vom Zaun zu brechen. Der Guardian hatte nun einmal das Sagen, und wer war ich, dass es mir zustand, mich zu widersetzen. »Wenn es ihr Wille ist, dann …«

»Werden wir uns ihren Wünschen fügen, und zwar ohne Wenn und Aber«, nahm mir das Oberhaupt unseres Klosters die Worte aus dem Mund, nestelte zerstreut an seinem Gürtelstrick herum und warf einen Blick zur Tür. Die Arme unter dem Skapulier verschränkt, fügte er hinzu: »Ich verlasse mich auf dich, Bruder Alban – und auch auf euch, Brüder in Christo.«

»Seien Sie unbesorgt. Wir werden uns des Vertrauens würdig erweisen.«

»Dann bin ich ja beruhigt, Bruder«, erging sich der Guardian in Ironie, was, wie uns vieren bewusst war, die Ausnahme von der Regel darstellte. Ein Mann, den die Aura des

Väterlichen umgab, sah er davon ab, ein strenges Regiment zu führen. Nur eine von vielen Qualitäten, die der Asket mit dem schlohweißen Haar besaß. Auch deshalb stellte er für alle ein Vorbild dar. Für den Kaiser ein Grund mehr, ihn zum Beichtvater zu ernennen. »Die vergangenen vier Tage waren schlimm genug, darin stimmst du mir ja wohl zu.«

Und ob sie das waren. Als Kustos der Gruft konnte ich ein Lied davon singen. Um die Aufgabe, für den reibungslosen Ablauf der Bestattung zu sorgen, war ich weiß Gott nicht zu beneiden. Käme es zu einem Zwischenfall, wäre ich es, der den Kopf dafür hinhalten musste. Ein Gedanke, der mir schlaflose Nächte bereitete.

Schon viertel nach neun. Die Warterei auf die Anonyma zehrte an den Nerven, und so warf ich einen Blick auf die Kaiserporträts, die reihum an den getäfelten Wänden hingen. Angefangen beim Stammvater des Geschlechts, mit dem der Tote den Vornamen gemeinsam hatte, reihte sich ein Konterfei ans nächste, darunter auch Maria Theresia, deren Grabmal mich seit jeher in Bann gezogen hatte. Kaum ein Geschlecht, dessen Stammbaum so weit zurückreichte, mit Herrschern, die aus der Geschichte nicht wegzudenken waren. Ob Kaiser Maximilian, die beiden Ferdinande oder Karl V., in dessen Reich die Sonne nicht unterging, sie alle hatten unauslöschliche Spuren hinterlassen. So tief, dass der Verstorbene im offenen Sarg wie ein Fremdkörper wirkte.

Gerade so, als sei er ihrer nicht würdig gewesen.

Erschrocken über die abstrusen Gedanken, wandte ich den Blick von der Ahnengalerie ab, die dem Raum das Gepräge einer Gruft verlieh. Welche Folgen die Selbstentleibung nach sich ziehen würde, wagte ich mir einstweilen nicht vorzustellen. Hatten doch die Gerüchte, die ganz Wien in Aufruhr versetzten, auch im Kloster für beträchtliche Unruhe gesorgt.

Es gab da einige Dinge, die mir nicht behagten, daraus habe ich keinen Hehl gemacht. Weder gegenüber meinen Brüdern noch anderweitig. Aktuell gab es jedoch Wichtigeres zu tun, als sich mit Dingen zu beschäftigen, die uns nicht betrafen. Wien ohne Gerüchteküche, das war wie Berlin ohne Pickelhauben – oder wie Paris ohne die Haute Cuisine. Die Leute tratschten eben für ihr Leben gern, und was den Schmäh betraf, für die Wiener das Salz in der Alltagssuppe, konnte ihnen niemand das Wasser reichen.

Entscheidend – und unter Eingeweihten heftig umstritten – war allein das Tatmotiv. Damit einher ging eine weitere, im Nachhinein kaum mehr lösbare Frage. Häuften sich doch die Zweifel, ob es der Realität entsprach, die Tragödie als Werk eines Psychopathen einzustufen. Was mich betrifft, ich bin zwar kein Experte – und maße mir auch nicht an, über andere zu richten. Mit der Diagnose, der Kronprinz sei nicht recht bei Verstand gewesen, tat und tue ich mich dennoch schwer – wie so viele andere auch.

Das Knarren der Saaltür im Ohr, horchte ich unvermittelt auf.

Und dann betrat die Unbekannte auch schon den Raum, in Begleitung einer weiteren Frau, bei der sie sich Hilfe suchend untergehakt hatte, auch sie komplett in Schwarz. Ein älterer Herr mit Kinnbart, dem Aussehen nach zu urteilen Akademiker, hielt sich diskret im Hintergrund. Grob geschätzt Mitte 50, schien er Wert auf ein gepflegtes Äußeres zu legen, mit Anzug, Seidenschlips à la Ascot und Lodenmantel bekleidet.

Wie schlank – um nicht zu sagen abgemagert – die Anonyma doch war. Aus der Nähe betrachtet, kam mir die Frau wie eine Tragödin aus dem Burgtheater vor, in ein Kleid aus dunkler Seide samt Trauerschleier gehüllt, für ein Stück des Aischylos wie geschaffen.

Ein paar Worte seitens des Guardian, um den beiden

Damen die Reverenz zu erweisen, mehr war offensichtlich nicht erwünscht.

Nur zu gerne hätte ich ihr Gesicht gesehen, doch was den Trauerschleier betraf, hatte der Hofschneider ganze Arbeit geleistet. Und dann gab es auch noch den Fächer, auch er gleichermaßen in Schwarz, dazu bestimmt, sich den Blicken der Anwesenden zu entziehen.

Respektive sich dahinter zu verstecken.

Wie viel Zeit die Andacht in Anspruch nahm, vermag ich nicht mehr zu sagen. Was mir dagegen in Erinnerung blieb, ist die Tatsache, dass kein Laut, geschweige denn ein Schluchzen, an meine Ohren drang. Weder vonseiten der Anonyma noch aus dem Mund der Begleiterin. Das Einzige, wozu sich Letztere bequemte, war, sich dem Sarg bis auf Armlänge zu nähern und den Blick auf den darin ruhenden Thronfolger zu richten. Um die Verletzungen an der Schläfe zu kaschieren, war dessen Schädel nach der Sektion bandagiert worden – und das aus gutem Grund.

Und dann war es auch schon vorüber.

Ohne mich oder meine Mitbrüder eines Blickes zu würdigen, rauschte die Unbekannte von dannen. Dicht gefolgt vom Guardian und meinen Brüdern, die ihre liebe Not hatten, mit ihr Schritt zu halten.

»Was ist, Pater – kommen Sie nicht mit?« Die Hand auf der Klinke, machte der Mittfünfziger Anstalten, mir den Vortritt zu lassen, überlegte es sich jedoch anders und trat auf mich zu. »Höchste Zeit, in die Federn zu kommen, finden Sie nicht auch?«

»Das will ich meinen.«

»Und warum sind Sie dann noch hier?«

»Das Gleiche könnte ich Sie fragen, Herr …?«

»Wie unbedacht von mir – ich habe mich ja noch gar nicht vorgestellt«, warf der Unbekannte eilig ein, streckte mir die

Hand entgegen und nickte leicht. »Wenn Sie gestatten, Pater: Widerhofer, Leibarzt Seiner Hoheit des Kronprinzen. Hocherfreut, Ihre Bekanntschaft zu machen.«

»Pater Alban, Kustos der Kapuzinergruft«, erwiderte ich kühl, ergriff die Hand und schüttelte sie. »Die Freude ist ganz auf meiner Seite. Und was führt Sie hierher?«

»Man bat mich, die Damen zu begleiten«, hatte der Leibarzt eine plausible Erklärung parat, wies mit dem Kinn zur Bahre und zögerte, bevor er weitersprach. »Sie dürfen ihr das nicht übelnehmen.«

»Um wen es sich bei den Damen auch gehandelt haben mag, es steht mir nicht zu, ihr Verhalten zu kommentieren.«

»Sie hat viel durchgemacht«, hielt mein Gegenüber es für unnütz, sich mit der Antwort zu befassen, dämpfte den Ton und wischte sich hastig über den Mund. »Momentan kann man sie nicht aus den Augen lassen, sie wird Zeit brauchen, um das alles zu verkraften.«

»Wie wir alle.«

»Scheint so«, erwiderte Widerhofer lapidar, fuhr mit der Hand über den Nacken und seufzte. »Aber geschehen ist nun mal geschehen, was will man machen. Selbst wenn wir beide es wollten, wir können die Uhr nicht zurückdrehen.«

»Darf ich Ihnen eine Frage stellen, Herr Doktor?«

»Selbstverständlich, Pater. Fragen Sie.«

»Laut veröffentlichtem Gutachten ist davon auszugehen, der Kronprinz sei geistig verwirrt gewesen.«

»Das war aber keine Frage, Pater.«

»Stimmt.« Die Arme unter dem Skapulier verschränkt, zwang ich mich zu einem Lächeln. »Was mir als Außenstehendem zu denken gibt, ist jedoch, dass es bis dato keinerlei Anzeichen ...«

»Und woher wollen Sie das so genau wissen?«, fiel mir Widerhofer ins Wort und fingerte hektisch an seinem Seidenschlips herum. »Nehmen Sie bitte zur Kenntnis, Pater: Bei der Sektion vor drei Tagen waren außer mir noch drei weitere Fachleute anwesend, unter ihnen ein Gerichtsmediziner sowie der Vorsitzende des Pathologischen-Anatomischen Instituts, des Weiteren der Kollege Auchenthaler.«

»Das ist mir bekannt. Stand ja auch alles in der Zeitung.«

»Mit Verlaub, junger Mann: Was ist dann Ihr Problem?«

»Man macht sich so seine Gedanken, *Herr Doktor*«, passte ich mich dem Tonfall Widerhofers an, nicht bereit, mich wie ein Novize zurechtweisen zu lassen. »Das muss ja wohl erlaubt sein, oder sehe ich das falsch?«

»Um es zu wiederholen«, stieß mein Gesprächspartner mühsam beherrscht hervor, nahm sein Taschentuch zur Hand, um sich die Stirn zu betupfen, und sah sich nach potenziellen Lauschern um. Von draußen war das Geräusch von Schritten zu hören, ein Grund mehr für ihn, nervös zu werden. »Aus Sicht der Experten gibt es am Gutachten nichts auszusetzen, ob Sie es glauben oder nicht!«

»Aus Sicht des Laien schon, aber lassen wir das.«

»Darf man fragen, warum?«

»Ich kannte den Verstorbenen zwar nicht persönlich, aber …«

»Meine Wenigkeit dagegen schon!«

»Aber nach allem, was ich weiß«, fuhr ich nach kurzer Unterbrechung fort und behielt dabei die Tür im Auge, vor der sich hektische Betriebsamkeit regte, »war der Dahingeschiedene imstande, seinen Pflichten nachzugehen. Die er gewissenhaft erfüllte. Bis zuletzt.«

»Und woher wollen Sie das so genau wissen? Ich meine, ein Mönch hat doch gewiss Besseres zu tun, als um sich die Belange des Kaiserhauses zu kümmern.«

»Die Kapuziner hören die Flöhe husten, heißt es nicht so?«, konnte ich es mir nicht verkneifen, mit gleicher Münze heimzuzahlen, obschon nicht dafür geschaffen, mich in Ironie zu ergehen. »Gut möglich, dass an dem Sprichwort etwas dran ist.«

Widerhofer erbleichte. »Ich nehme an, Sie können Ihre Behauptung beweisen?«

»Ich schlage vor, wir beenden den Disput. Der Ort ist denkbar ungeeignet dafür.«

»Jetzt hören Sie mir mal gut zu, junger Mann«, ließ sich Widerhofer partout nicht abwimmeln, in seiner Ehre gekränkt, wie das Zucken der Mundwinkel bewies. »Wenn Sie denken, Sie haben es hier mit einem Erstsemester zu tun, dann sind Sie bei mir an der falschen …«

»Da sind Sie ja, Bruder Alban! Wie schön, Sie zu treffen!«, machte der Burgpfarrer dem Redeschwall ein Ende, zum Missfallen des erzürnten Leibarztes, dessen Attacke einfach ins Leere lief. »Sie sehen müde aus, ist ja auch kein Wunder.«

Und ob ich das bin, dachte ich bei mir, auf dem Weg zum gegenüberliegenden Fenster, um bei der Einsegnung durch den Kollegen nicht im Weg zu stehen. »Genau 9.30 Uhr, Sie sind pünktlich wie immer.«

»Das gehört sich ja wohl auch so«, gab der umtriebige Prälat zum Besten, der Rundschädel gerötet vom Bluthochdruck, was ihm das Aussehen eines Stammkunden beim Heurigen verlieh. »Wie sieht es aus, noch Fragen Ihrerseits?«

Ich verneinte. Für heute war meine Aufgabe beendet, und was den Abtransport des Leichnams in die Hofkirche betraf, war ich damit nicht befasst. Erst übermorgen, während der Überführung von der Burg in die Grablege, würde ich wieder in Aktion treten. Ein Auftritt, auf den ich gern verzichtet hätte.

In jeder nur denkbaren Beziehung.

Zum Zusehen verdammt, verharrte ich in ehrfürchtigem Schweigen. Auch zu später Stunde blieb hier nichts dem

Zufall überlassen, angefangen bei den Teilnehmern des Zuges, unter denen sich zahlreiche Würdenträger befanden, bis hin zum Ablauf des Geschehens, nachzulesen im *Zeremoniell der Übertragung, Exponierung und Bestattung der Leiche.* Bei Hof nahm man es damit sehr genau, wie im Übrigen auch mit der Reihenfolge im Zug. Und so reihten sie sich denn alle hintereinander auf, ob Kammerherr, Hofmusikant, Hofpfarrer mit Kruzifix, Obersthofmeister, Adjutant, Ordonnanzoffizier, Leibgardist in Husarenuniform oder Edelknabe mit flackerndem Windlicht in der Hand.

Allein mit den Bildnissen der Ahnen, die den Eindruck erweckten, als seien sie zum Leben erwacht, summte ich das Miserere mit, dessen Klänge sich in der Ferne verloren.

Erbarme Dich meiner, oh Herr.

Gemäß Deiner allwaltenden Barmherzigkeit.

Im Hinblick auf den beklagenswerten Kronprinzen, den wir in zwei Tagen zur ewigen Ruhe betten würden, war dem nichts hinzuzufügen.

In Kürze würde alles vorbei sein.

Und das war auch gut so.

Fatal für mich, dass es anders kam. Und dass mein Leben komplett aus den Fugen geriet.

5

Reitschulgasse, 22.40 Uhr

»Ja, da schau her, unser Klassenprimus. Pass bloß auf, sonst kommst du auf die schiefe Bahn!«

Die Stimme kam mir bekannt vor. Dialekt mit angezogener Handbremse, es sei denn, der Mann geriet in Rage. Dann hagelte es Schimpfwörter, und was für welche.

Vom Kolorit her unverwechselbar, nachgerade unnachahmlich. Das Organ würde ich unter Tausenden wiedererkennen.

Nur einen Steinwurf vom schneeverkrusteten Torbogen entfernt, horchte ich unvermittelt auf. Vom Michaelerplatz kommend peitschten Windböen in mein Gesicht, vermischt mit klebrigem Schnee, der meine Kapuze in ein triefnasses Wischtuch verwandelte. Die Gaslaterne an der Ecke spendete trübes Licht. Kein Mensch in der Nähe, wohin der Blick auch fiel. Eine weitere, ungleich stärkere Bö, und der Lichtkegel, der den eisverkrusteten Bordstein streifte, war hinter dem heranwirbelnden Inferno verschwunden.

»Wos ist los, kennst mich etwa nicht mehr?«, hallte mir die Stimme aus dem Halbdunkel entgegen, mit einem Timbre, das ich unter Tausenden wiedererkannte. »Kommt davon, wenn man keusch lebt, aber Hochwürden hat es ja so gewollt!«

»Stimmt«, murmelte ich halblaut vor mich hin, auf dem Weg zur überdachten Passage, die von der Stallburg in die gegenüberliegende Hofreitschule führte. An die Wand gelehnt, rührte sich die Gestalt nicht vom Fleck. Die Ruhe selbst, ein wahrer Fels in der eisigen Brandung. Genauso hatte ich den Mann in Erinnerung. Schon mit 16, als wir gemeinsam die Schulbank drückten, entschieden zu dick, schien er aus sämtlichen Nähten zu platzen. Kein Wunder, dass er von den Mitschülern gehänselt worden war. Allen Appellen, dies zu unterlassen, zum Trotz.

Wirklich nahe, wie schon im Flegelalter zu beobachten, waren ihm die Verbalattacken jedoch nicht gegangen. Besaß der Goliath aus Meidling doch ein dickes Fell, im Kontrast zum schmächtigen Banknachbarn, der als Primus einen schweren Stand hatte. Und der froh war, wenn er ihn in Schutz nahm.

»I muss schon sagen, in dem Fummel erkennt man dich kaum wieder«, lästerte der Koloss drauflos, den erloschenen Stummel einer Havanna im Mund, auf dem er voller Genuss herumkaute. »Mal sehen, vielleicht schaffe ich mir auch so was an, ist ja bald Fasching, von daher käme das Kostüm wie gerufen.«

»Sehr witzig!«, konterte ich scharf, nur eine Armlänge von meinem Klassenkameraden entfernt. In einen Mantel gehüllt, der seinen Rumpf wie die Haut einer Blutwurst umhüllte, kam er mir aus der Nähe noch dickleibiger vor. Der Kopf indes, auf dem eine Melone mit Zierband saß, war nur in Umrissen zu erkennen. »Deine Sprüche sind immer noch die gleichen, wird einem da nicht langweilig?«

»Ah geh«, ließ Emil Prohaska, von den Mitschülern unisono »Schwammerl« genannt, keinen Zweifel daran, dass er seinem Ruf als Paradiesvogel treu geblieben war. Am Theresianum, wo wir gemeinsam durch dick und dünn gegangen waren, hatte er zwar des Öfteren Arrest bekommen, aber was ein echter Kerl war, den focht die Karzerstrafe nicht an.

Richtig brenzlig wurde es erst, als er unter die Geschäftsleute ging. Und als herauskam, dass er einen Handel mit Postkarten betrieb. Dumm nur, um nicht zu sagen fatal, dass die Ware mit anstößigen Motiven versehen war, zur Freude der brünftigen Primaner, in deren Kreisen sie reißenden Absatz fand. Das Stück zum Preis von 50 Heller, für die Sprösslinge aus betuchtem Hause, am Theresianum in der Mehrheit, wahrhaftig nicht der Rede wert.

Kaum verwunderlich, dass der Rauswurf auf dem Fuße folgte. Auch für mich, dem in Emils Beisein kein Haar gekrümmt wurde, ein schmerzlicher Verlust. »Du siehst mager aus, Zerberus – eine Schweinshaxe würde dir guttun. Oder Tafelspitz mit Zwiebeln, damit du mal wieder richtig durchgepustet wirst.«

»Und dir eine Fastenkur«, konterte ich prompt, fast wie in alten Zeiten, als die Welt für uns beide noch in Ordnung gewesen war. »Erzähl schon, wie ist es dir ergangen?«

Plötzlich wie ausgewechselt, warf Emil den Stummel achtlos weg. »Frag ned so deppert, das weißt du doch genau!«

Und ob ich das wusste. Schwammerl hatte es im Leben nicht leicht gehabt, trotz Herkunft aus wohlhabendem Haus. Begonnen hatte die Pechsträhne schon sehr früh, am legendären »Schwarzen Freitag«, als die Börse krachend zusammenbrach. Emils Vater, Bauunternehmer und Prototyp des neureichen Ringstraßenbarons, hatte als einer der Ersten Bankrott gemacht. Quasi über Nacht bettelarm, tags zuvor noch auf dem hohen Ross: Um sein Schicksal, das er mit Dutzenden von Baulöwen teilte, war der zum Hofrat ernannte Mogul nicht zu beneiden gewesen. Und so kam es, wie es kommen musste. Das Palais am Stubenring, wo der Aufsteiger noch vor Wochenfrist Hof gehalten hatte, wechselte über Nacht den Besitzer, und die Familie konnte von Glück sagen, dass sie bei Verwandten unterkam. Ob dies jedoch einen triftigen Grund darstellte, sich an Kaisers Geburtstag eine Kugel durch den Kopf zu jagen, daran schieden sich indessen die Geister.

Wie sehr Emil darunter litt, hatte ich hautnah mitbekommen. Wäre seine Mutter nicht gewesen, die sich nicht zu schade war, eine Stelle als Serviererin im Café Prückel anzunehmen, mein Freund hätte die Schule verlassen müssen. »Umsonst ist der Tod, das Theresianum leider nicht«, hatte er denn auch prompt den passenden Spruch parat, wobei man ihm ansah, wie schwer ihm der Absturz auf der Seele lastete.

»Und wie geht es deiner Mutter?«

»Die hat's hinter sich. Krebs. Der Zentralfriedhof, er lebe hoch!«

»Das tut mir leid.«

»Du wirst lachen – mir auch!«, lautete die bissige Replik, gefolgt von lang anhaltendem Husten, der Emil förmlich erbeben ließ. »Und was ist mit dir, immer noch auf der falschen Seite?«

Wohl wissend, worauf er anspielte, begnügte ich mich mit einem Nicken.

»Was soll ich sagen, du hast es ja so gewollt«, seufzte Schwammerl schicksalsergeben auf, rang nach Luft und blickte sich suchend um. »Kruzifix noamoi, wo bleibt der Fetzenschädl bloß!«

»Verabredet?«

»Bist halt ein schlaues Bürscherl, Zerberus. Viel zu schade, um im Kloster zu versauern.«

»Und mit wem?«

»Mit einem Kiberer – stell dir vor!«, raunzte mich der Drei-Zentner-Riese an, ließ eine Schimpfkanonade vom Stapel, die sich gewaschen hatte, und trampelte wie ein Mastodon im Schnee herum. »Gestatten, Pater Alban: Prohaska, Reporter beim Illustrierten Wiener Extrablatt, zuständig für den

Hofklatsch – und für die Fehltritte der Hautevolee. Auf der Suche nach einer brandheißen G'schicht, und das rund um die Uhr, bei Wind und Wetter.«

»Du ein Reporter? Ich fasse es nicht! Also, wenn ich da an deine Deutschnoten denke, dann …«

»Kann ja nicht jeder so gscheit sein wie du, oder?«, erstickte Emil meine Zweifel im Keim, spähte in alle Richtungen, ohne fündig zu werden, und reckte den voluminösen Rumpf. »Von irgendwas muss der Mensch ja leben, oder?«

»Wenn dir die Arbeit Spaß macht, warum nicht.«

Besser, ich behielt meine Vorbehalte für mich.

Der Klügere gab bekanntlich nach.

»Aber warum erzähle ich dir das überhaupt, für dich zählt ja eh nur der liebe Gott.«

»Drücken wir es mal so aus, er kommt an erster Stelle.«

»Und nach ihm, wer käme da?«

»Der Speisezettel, was hast du denn gedacht«, zahlte ich mit gleicher Münze heim, wandte mich ab und traf Anstalten, mich auf den Weg zu machen. Bis zum Neuen Markt war es nicht mehr weit, höchste Zeit, eine Tasse Tee zu brauen. »Falls du verstehst, was ich damit zum Ausdruck bringen möchte.«

»Das hast aber schön g'sagt, Alban. Lernt man so was im Kloster?«

»Auf bald, Emil. Der Tee wartet.«

Prohaska kicherte amüsiert. »Ja, wenn das so ist, dann lass uns auf einen Sprung in mein Stammcafé gehen. Aans kann i dir versprechen: Die brauen dort einen Rumpunsch zurecht, der läuft einem runter wie Öl. Oder wie Manna und Ambrosia, um es im Jargon der Kuttenträger zu formulieren.«

»Heute ist Hoftrauer, schon vergessen? Da haben sie überall zu.«

»Lass mi nur machen, Zerberus«, versetzte Schwammerl von oben herab, sah mich an, als meine er es nur gut mit mir, und vollendete mit breitem Lächeln: »Beichten kannst morgen immer noch, und jetzt komm, sonst frieren wir uns am Ende noch die Oaschbacken ab!«

Dann zog er mich mit sich fort.

Genau wie früher, als wir unzertrennlich waren.

»Jetzt stell dich doch nicht so an, Alban. Dein Chef hat bestimmt nichts dagegen.« Vor dem Café Central angelangt, wo sich die Literaten der Stadt ein Stelldichein gaben, gab Schwammerl mir einen Klaps mit auf den Weg. »Der da oben hat für so was Verständnis, mach dir da mal keine Gedanken.«

Längst kein Geheimtipp mehr, war das Eckhaus im Renaissance-Stil zur Institution geworden. Laut Emil, einem versierten Kenner der Szene, *das* Kaffeehaus in Wien schlechthin. Sehen und gesehen werden, so lautete auch dort die Devise. Wie überall, wo sich die Prominenz ein Stelldichein gab.

Oder solche, die sich dazu zählten.

Einen großen Braunen oder kleinen Schwarzen schlürfen. Oder andersrum, je nach Vorliebe. Und dabei Zeitung lesen. Das gehörte zum guten Ton. Im Central war der Gast noch König. Und hatte die Qual der Wahl. Kein Renommierblatt, das hier nicht verfügbar war. Ob radikal oder moderat, spielte keine Rolle. Darüber hinaus, so Emil auf dem Herweg vom Michaelerplatz, lagen dort alle – aber auch wirklich alle – in der Monarchie erscheinenden Blätter aus. Ein Sortiment von über 200 Zeitungen, die Gazetten von Weltruf inbegriffen, so auch die *Times* oder *Le Figaro*. Nirgendwo sonst bekam man das geboten.

Verständlich, dass die Naderer nicht untätig blieben. War das Central doch als Mekka der Aufwiegler verschrien. Darunter auch Leute wie mein Schulkamerad, der förmlich darauf brannte, mir die Augen zu öffnen. »Ein kleiner Plausch unter Gleichgesinnten, was ist denn schon dabei!«

»Kommt drauf an, was man darunter versteht.«

»Sei's drum, die werden dich schon nicht exkommunizieren«, ließ Emil den Einwand nicht gelten, griff nach dem Klopfring und schmetterte ihn gegen die Tür. »Immer hübsch der Reihe nach, sprach Gottvater beim Jüngsten Gericht, als Erste kommen die Prälaten dran, mit denen habe ich nämlich noch ein Hühnchen zu rupfen. Und dann erst die keuschen Patres, sonst komme ich durcheinander.« Prohaska stieß ein heiseres Lachen aus. »Glaub mir, wenn wir wüssten, was die Ornatträger so alles auf dem Kerbholz haben, wir würden die Sippschaft zum Teufel jagen.«

»War's das für heute, oder kommt noch mehr?«

»Sagen wir mal so, ich möchte es mir mit dir nicht verderben«, erzielte mein Rüffel die gewünschte Wirkung, im Kontrast zu den enervierenden Klopfsignalen, mit denen Emil die verschlossene Tür traktierte. »Schließlich war'n wir mal Freunde.«

»Und sind es immer noch, sprich es ruhig aus.«

Kurz davor, eine Antwort à la Prohaska zu geben, schluckte Emil die Schmäh hinunter. »He, ihr da drin – jetzt macht halt endlich auf, hier draußen wird man ja glatt zum Eiszapfen!«

Ich ließ ihn gewähren, was blieb mir übrig.

»Aufmachen, hab ich gesagt – oder seid ihr taub?«

»So begreif doch endlich, die haben geschlossen«, wandte ich mit Blick auf das Eckhaus mit der Nummer 14 ein, aus dessen Räumen kein Laut ins Freie drang. Der Wind hatte weiter aufgefrischt, und der Schnee wirbelte so kräftig, dass man die Hand nicht vor Augen sah. Vom beißenden Frost, der meinen Körper wie ein Würgeeisen umklammerte, ganz abgesehen.

Herrengasse 14, die Adresse würde ich nicht vergessen.

Mit der Geduld am Ende, drehte ich mich auf dem Absatz um. Und fügte, halb steif gefroren, hinzu: »Jetzt ist aber Schluss, sonst bekommen wir noch Scherereien.«

»Oho, hat da etwa jemand Schiss?«, blieb die Antwort des Genussmenschen nicht aus, eine Reminiszenz an vergangene Tage, die eine Flut von Erinnerungen nach sich zog. Am Theresianum hatte er stets für Abwechslung gesorgt, im Guten wie im Schlechten. Speziell dann, wenn es darum ging, Verbote zu umgehen. Langweilig wurde einem da nie, es sei denn, wir wurden zum Direktor gerufen. »Jetzt guck nicht so, Zerberus – nur noch ein Versuch, dann geb ich's auf.«

Vergebliche Liebesmüh.

Wie nicht anders zu erwarten.

Die Hände zur geschlossenen Faust geballt, ließ Schwammerl seinen Unmut von der Leine. Auf eine Art, die mich dazu zwang, die Luft anzuhalten: »Dann eben nicht, von mir aus leckt's mich doch alle am …«, brach es mit Verve aus dem Unikum hervor, ein Koller, der jedoch nicht von Dauer war.

Prohaska hatte seinen Meister gefunden.

Respektive seine Meisterin.

»Sag mal, wisst ihr eigentlich, wie spät es ist?«, tönte es uns vom Türsturz aus entgegen, wo eine Bedienung mit Häubchen den Weg blockierte. Einen Kopf kleiner als mein Freund, verströmte sie das Flair eines Feldmarschalls, in ein Dirndl samt verstärktem Mieder gezwängt, das ihre Fettpolster nur notdürftig kaschierte. »Seid's g'spritzt, oder was ist los?«

»Besser spät als nie«, setzte sich Emil halbherzig zur Wehr, nahm den Hut ab und küsste dem Hausdrachen die Hand. »Kein Grund zur Aufregung, Stanzerl, soll nicht wieder vorkommen.«

»Das sagt gerade der Richtige«, konterte die Umgarnte scharf, musterte mich wie einen Rekruten und knurrte: »Wen hast denn da mitgeschleift, Schwammerl, du bist doch nicht etwa unter die Kreuzkopferten gegangen?«

»Ich und ein Papist, du kommst mir vielleicht auf Ideen«, stöhnte Emil theatralisch auf, ließ mich passieren und vergewisserte sich, dass uns niemand folgte. »So gut müsstest du mich eigentlich kennen, oder?«

»Jetzt mach schon, bevor ich mir's anders überlege«, keifte die Xanthippe zurück, schüttelte den Kopf und rauschte an uns vorbei. »Jetzt schauen S' halt ned so, Pater – wird schon nicht so schlimm werden.«

»So, jetzt weißt du Bescheid«, schloss Schwammerl seine Lebensbeichte ab, nippte an seinem Punsch und ließ den Arm auf der Lehne seines Plüschsitzes ruhen. Das Kaffeehaus, tagsüber proppenvoll, lag nahezu im Dunkel. Außer uns beiden befand sich nur noch ein Pärchen im Raum, so sehr mit der sich anbahnenden Liaison beschäftigt, dass es die Umgebung nicht zur Kenntnis nahm.

Aber warm war es hier drin.

Wenigstens das.

»Was ist, Pater – bekomme ich die Absolution?«

»Ich weiß nicht so recht«, beschied ich den umtriebigen Freund, eine Tischkerze in der Hand, um sich eine Havanna anzuzünden. Auch jetzt, lange nach Mitternacht, lag das für Kaffeehäuser typische Aroma in der Luft, ein Gemisch aus Zigarrenrauch, Melange und Zeitungspapier. Zu zweit kam man sich wie verloren vor, zählte die Säulenhalle mit den Kristallleuchtern an der Decke doch zum Prächtigsten, was die Kaffeehäuser der Hauptstadt zu bieten hatten. »Du hast allerhand hinter dir, so viel steht fest.«

»Lust auf eine Partie Billard?«, lenkte Emil überhastet vom

Thema ab, wies mit der Kinnspitze auf den Spieltisch und musterte mich scharf. Eine Frage, die er sich hätte sparen können, wusste er doch genau, was ich davon hielt. »Die Gelegenheit kommt so schnell nicht wieder, fürchte ich.«

»Ein andermal.«

»Das sagst du immer, wenn du keine Lust zu etwas hast.«

Kein Freund von derlei Kurzweil, stellte ich mich taub.

»Jetzt nimm halt mal einen Schluck, das kann man ja nicht mitansehen«, bohrte Schwammerl unverdrossen weiter, deutete auf den Marillenschnaps, den er mir zur Feier des Tages spendiert hatte, und ließ nicht locker, bis ich davon probierte. »Und du, was hast du die ganze Zeit über gemacht?«

Laut aufseufzend stellte ich das Glas wieder ab, überlegte kurz und sagte: »Mir wäre lieber, du fragst mich, was ich auf dem Herzen habe, zu berichten gibt es ohnehin nicht viel.«

»Ach so, daher weht der Wind!«, rief Schwammerl nach einem Moment des Nachdenkens aus, paffte einen Rauchkringel in die Luft, und fuhr fort: »Du weißt ja, wie ich über die Kirche denke – Anwesende selbstredend ausgeschlossen –, aber wenn ich mir vorstelle, ich wäre du, ich würde die Firma verlassen. Und zwar auf der Stelle. Etwas anderes käme für mich nicht infrage, selbst auf die Gefahr hin, keinen Fuß mehr auf den Boden zu bekommen. Bei uns ist schon lange der Wurm drin, höchste Zeit, denen da oben die Freundschaft zu kündigen.«

»Du machst es dir ziemlich leicht, weißt du das?«

»Wach endlich auf, Alban«, flüsterte mir Schwammerl mit Nachdruck zu, senkte den Kopf, als wolle er ihn mir ins Gesicht rammen, und raunzte: »Es ist fünf vor zwölf, und wenn nicht bald etwas geschieht, fährt das Land mit Karacho an die Wand.« Im Begriff, sich in Rage zu reden, blies Schwammerl den Rauch zur Seite, drückte die Zigarre aus und nahm mich wie ein Kampfstier ins Visier. »Wenn wir so weitermachen, kommen wir auf keinen grünen Zweig, darauf gebe ich dir Brief und Siegel. Schau dich doch um, so viel Zeit wirst du ja wohl haben. Wohin das Auge auch blickt, der Zustand der Monarchie lässt zu wünschen übrig. Ein Tritt würde genügen, um sie zum Einsturz zu bringen. Fragt sich nur, wie lange es noch dauert.«

»Falls du es noch nicht weißt: Wir Kapuziner leben nicht hinterm Mond. Und lesen können wir auch.«

»Ja, wenn das so ist, will ich nichts gesagt haben«, hieb Emil in die gleiche Kerbe, kniff die Augen zusammen, bis nur noch ein hauchdünner Schlitz übrig blieb, und schloss: »Die Leute wollen ein Wörtchen mitreden, egal woher sie kommen. Auf Augenhöhe mit Budapest, das ist ja alles ganz nett, aber was für die Ungarn gut ist, das muss für die Tschechen nicht schlecht sein. Von den Mittellosen ganz zu schweigen. Die leben von der Hand in den Mund, gerade dir muss ich das nicht erzählen. Und haben es satt, sich sekkieren zu lassen, auf welche Art oder von wem auch immer. Wenn die Zeit reif ist, wird es ihnen eine Freude sein, dem Adel das Wasser abzugraben. Handeln tut Not, je eher die Regierung das einsieht, desto besser.«

»Wie gesagt, momentan habe ich ganz andere Sorgen.«

»Die darin bestehen, dass der Kronprinz Selbstmord beging – ich hab's kapiert.« Prohaska lächelte gequält. »Logisch, in deiner Haut wollte ich nicht stecken. Und übermorgen um 4 Uhr schon gar nicht.«

»Ich muss meine Pflicht erfüllen, daran führt kein Weg vorbei.«

»Musst du nicht, aber egal«, winkte Schwammerl unwirsch ab, wie ich Mitte 20, vom Aussehen jedoch deutlich älter, dazu auffallend blass und übernächtigt, mit Bartstoppeln im rundlichen Gesicht. Allein die Augen, leicht hervortretend und nahezu ständig in Bewegung, zeugten davon, dass er über einen wachen Verstand verfügte. Und dass die Behäbigkeit, die ihm anhaftete, nur vorgetäuscht war.

Emil war schon immer ein Stehaufmännchen gewesen. Das musste ihm der Neid lassen. Knall auf Fall von der Schule verwiesen, wurde ihm wahrlich nichts geschenkt. Ob als Türsteher in halbseidenen Etablissements, Rausschmeißer beim Heurigen oder als Kraftmensch im Varieté respektive Geldeintreiber der Demimonde, Emil hatte gelernt, sich durchzubeißen. In der Folge hatte er zahlreiche Kontakte geknüpft, für einen Reporter, der eine Vorliebe für schillernde Persönlichkeiten besaß, das A und O. Stets auf dem Laufenden, was die Fehltritte der Prominenz betraf, verfügte er über Quellen, um die er von der Konkurrenz beneidet wurde. Vor allem, was den sich anbahnenden Skandal betraf.

Dazu Schwammerl: »Wie ich den Kronprinzen einschätze, wäre er der Letzte gewesen, der darauf Wert legt, in der Kaisergruft zu logieren.«

»Wie immer drückst du dich sehr zartfühlend aus.«

»Jetzt leg doch nicht gleich alles auf die Goldwaage«, setzte sich Schwammerl beleidigt zur Wehr, klopfte die Asche von der Havanna und sah mich an. »Ich will dir mal was sagen, mein Lieber: Wenn du denkst, der Sturm habe sich verzogen, dann machst du dir etwas vor. Seit Mayerling sind erst vier Tage vergangen, das letzte Wort ist somit nicht gesprochen.«

»Inwiefern?«

»Entweder bist du so naiv, wie es den Anschein hat, oder du tust nur so. Mach die Augen auf, Alban: Es ist höchste Zeit.«

»Fakt ist, der Kronprinz hat Suizid begangen.«

»In einem Zustand von Geistesverwirrung«, fügte Emil süffisant hinzu, vergewisserte sich, dass niemand in der Nähe war, und paffte verdrossen vor sich hin. »Wer's glaubt, wird selig.«

»Und wer es nicht glaubt, dem wird es schwerfallen, die Ärzte der Lüge zu überführen.«

»Ich muss schon sagen, für einen Mönch hast du es faustdick hinter den Ohren.«

»Ergebensten Dank. Das baut mich auf.«

»Gern geschehen.« Im Schein der Tischkerze, der seinen Schatten an die Wand der Säulenhalle warf, sah Emil wie der Geist aus der Flasche aus. Gekommen, um die Saat des Zweifels auszustreuen. »Es ist zwar nicht meine Art, den Leuten ihre Illusionen zu nehmen, aber bist du dir eigentlich bewusst, wie sehr die Burg darauf angewiesen ist, dass …«

»Der Kronprinz ein christliches Begräbnis bekommt?«

»Wie gesagt: Du hast es faustdick hinter den Ohren.«

»Du aber auch.«

»Mit dem Unterschied, dass ich ein Reporter bin«, warf Prohaska schmunzelnd ein. »Du weißt doch, jemandem wie mir kann man nicht über den Weg trauen.«

»Das hast du gesagt, nicht ich.«

»Mit anderen Worten: Du bist entschlossen, deine Pflicht zu tun.«

»Fester denn je.«

»Obwohl du nur die halbe Wahrheit kennst?«

»Wenn das ein Versuch sein soll, mich zu verunsichern: Vergiss es.«

»Ich denke nicht dran.«

»Der Kronprinz hat eine schwere Sünde begangen. Für mich steht das außer Frage. Dessen ungeachtet werde ich dafür Sorge tragen, dass ihm ein Begräbnis zuteilwird, das seiner würdig ist. Und damit Schluss.«

»Dein letztes Wort?«

»Er war nur ein armer Sünder – ein Mensch mit Licht- und Schattenseiten, wie du und ich.«

»Findest du?«, erwiderte Schwammerl in einem Tonfall, der nichts Gutes verhieß, stand auf und trottete zum Zeitungsregal. Dort angekommen, pickte er sich die ausländischen Gazetten heraus.

Darunter auch die Münchner Neuesten Nachrichten, die er mir schweigend in die Hand drückte. »Und was soll ich damit?«

»Sie lesen!«, erwiderte Schwammerl barsch, stellte sich neben mich und deutete auf das Datum. »Wie du siehst, stammt die Meldung von gestern. Brauchst du mehr Licht, oder geht es auch so?«

»Nicht nötig«, murmelte ich zerstreut und vertiefte mich in die fett gedruckte Notiz, die dafür sorgte, dass ich alles um mich herum vergaß. Im Ganzen umfasste sie nur zwei Sätze, hatte es aber dennoch in sich: *Wien, 1. Februar, Privat-Telegramm der Neuesten Nachrichten. Eines der schönsten Mädchen der österreichischen Aristokratie, Freiin von Vetsera, gab sich soeben selbst den Tod.* »So betrüblich das ist, was, mit Verlaub, hat das mit dem Suizid des Kron…«

»Lies weiter!«, stieß Emil fordernd hervor, drückte die Zigarre aus und zischte: »Noch Fragen, oder weißt du jetzt endlich Bescheid?«

Wie vom Donner gerührt, fuhr ich gleich mehrfach an der Zeile entlang.

Außerstande, das Gelesene zu begreifen.

»Der gemeldete Selbstmord der Freiin Vetsera erfolgte in Mayerling«, drangen die Worte wie von fern an mein Ohr, begleitet von einem Summen, das die Geräusche ringsum erstickte. »Dann … Dann haben sie also …«, stammelte ich zusammenhanglos vor mich hin, kaum imstande, klar zu denken. »Dann haben sie also gemeinsam …«

»Von wegen Selbstmord«, ließ Schwammerl seinem Jähzorn freien Lauf, riss mir die Zeitung aus der Hand und lachte schallend. »Das können sie meiner verkalkten Tante erzählen, aber nicht mir!«

»Keine Ahnung, wovon du sprichst.«

»Jetzt tu doch nicht so, als könntest du nicht bis drei zählen«, redete sich Emil förmlich in Rage, packte mich an den Schultern und warf mir einen Blick zu, der Bände sprach. So wütend hatte ich ihn noch nie erlebt, und was er sagte, jagte mir einen Schauder über den Rücken: »Begreif doch endlich, was die da oben für ein Spiel mit uns treiben, die wollen die Leute für dumm verkaufen, aber so was von!«

Wie vor den Kopf geschlagen, stieg eine Ahnung in mir auf, gegen die ich mich nach Kräften sträubte.

Und nahm Gestalt an, allen Widerständen zum Trotz.

»Blicken wir den Tatsachen ins Auge: Er hat zuerst sie und anschließend sich selbst getötet«, nahm Emil mir die Worte aus dem Mund, sah mich an, als wolle er mich hypnotisieren, und richtete sich zu voller Größe auf. »Das weiß ich aus berufenem Munde.«

»Und von wem?«

»Berufsgeheimnis.«

»Der Informant, von dem wir es vorhin hatten, er arbeitet doch nicht etwa bei der Polizei?«

»Du hast deinen Beruf verfehlt, Zerberus«, wich Emil lächelnd aus, winkte die Bedienung herbei, um die Zeche zu bezahlen, und vollendete: »Und bevor du mich fragst: Klar doch, die Beweismittel sind dürftig gesät. Aber das will nichts heißen. Irgendwann kommt alles ans Licht, und wenn sie uns noch so viel Sand in die Augen streuen.«

»Will heißen: Du bist auf einer heißen Spur.«

»So heiß, dass sich der eine oder andere die Finger verbrennen wird. Darauf kannst du dich verlassen. Und wenn sich die Hofschranzen noch so große Mühe geben, die Wahrheit zu verdrehen: Es wird ihnen nicht gelingen.

Eines Tages werde ich sie am Wickel kriegen, das schwöre ich dir. Und wenn es soweit ist, dann können sich die da oben auf was gefasst machen. Nicht mit mir, Herrschaften, nicht mit mir!«

VERSCHLUSSSACHE (II)

Protokoll
Vom 31. Jänner 1889

Aufgenommen vom Obersthofmarschallamte Seiner k. u. k. Apostolischen Majestät im Schlosse seiner weiland Seiner k. u. k. Hoheit des Durchlauchtigsten Herrn Kronprinzen Erzherzogs Rudolf zu Mayerling.

Gegenwärtige:

Die Gefertigten.

Am 30. Jänner 1889 morgens wurde im Gemeindegebiete Mayerling ein weiblicher Leichnam aufgefunden. Der H. Leibarzt Dr. Franz Auchenthaler constatirt zweifellos Selbstmord mittelst Schußwaffe (…) An dem linken Stirnwandbeine befindet sich ein 5 cm langer, 3 cm breiter lappiger Substanzverlust der Haut, in dessen Umgebung die Haare versengt sind; es ist dies also die Eintrittsöffnung des Projektils. Der Schusskanal geht quer durch das Gehirn und endet 2 cm ober dem äußeren rechten Gehörgang, hier eine scharfkantige Ausschußöffnung bildend. Die Knochen am Ein- und Ausschuße sind ringsherum zersplittert, ebenso auch die Schädeldecke. Sonst ist keine Verletzung wahrzunehmen. Die Verletzung ist absolut tödtlich und mußte der Tod augenblicklich eingetreten sein. Am Rücken und an den unteren Extremitäten befinden sich zahlreiche Todtenflecke!

Der mitgefertigte Herr Georg Graf Stockau sowie der gleichfalls mitgefertigte Herr Alexander Baltazzi agnosciren den Leichnam als jenen ihrer Nichte, der am 19. März 1871 in Wien geborenen Marie Alexandrine Freiin von Vetsera, Tochter des seither verstorbenen H. Albin Freiherr von Vetsera und der Frau Helene Freiin von Vetsera geb. Baltazzi.

Sohin wird der Leichnam über Ansuchen des Vertreters der Familie, Grafen Stockau, fortgeführt und dieses Protokoll der politischen Behörde zur weiteren Amtshandlung übergeben.

Habrda, k .k. Polizeikommissär

»Herr Oberkommissar Wyslouzil, Kommissar Baron Gorup und ich beschlossen, während die übrigen Kommissionsmitglieder ihre Akten abfassten, die Überwachung der Leichenkammer des Friedhofes durch unsere Detektive. Der noch heftigere Sturm in den Morgenstunden des 1. Februar hinderte die Fertigstellung des Grabes zur anberaumten Zeit, und nur mit Mühe brachte es Kommissar Gorup, der sich um halb acht auf den Gottesacker begeben hatte, mit allen seinen Aufmunterungen dahin, dass das Grab nach neun Uhr vormittags fertig war.«

Habrda, k. k. Polizeikommissär

6

Kapuzinerkloster am Neuen Markt, Dienstag, 5. Februar 1889, 8.20 Uhr

»Und warum erfahre ich das erst jetzt?«, richtete ich das Wort an den Vorsteher des Klosters, der mich mit hochgezogenen Brauen taxierte. Vom Übervater, als den er sich mit Vorliebe präsentierte, war bis auf die Haare nicht viel übrig geblieben, eine Mischung aus Hellgrau und Silberglanz, die ihm das Aussehen einer antiken Büste verlieh. Nur noch ein Schatten früherer Tage, hatte sich seine Aura gleichsam in nichts aufgelöst, was blieb, war ein verzagter Grübler, der mit zusammengesunkenem Körper hinter dem Schreibtisch hockte. Fast schien es, als befände er sich im Halbschlaf, den Blick auf die Regalwand des Studierzimmers gerichtet, wo die in Leder eingebundenen Folianten standen. Wie er selbst waren auch sie in die Jahre gekommen, ein Relikt aus längst vergangenen Tagen, als das Kloster auf dem Zenit seines Ansehens stand. »Ich meine, inzwischen ist doch schon fast eine Woche verstrichen, seit der Kronprinz …«

»Ich weiß, Pater«, fiel mir der Guardian begütigend ins Wort, schob einen Bücherstapel beiseite, um sein Blickfeld zu vergrößern, und ließ die Handfläche auf der Kante seines Schreibtischs ruhen. »Es gibt Dinge, von denen selbst ich keine Kenntnis besitze, das ist nun mal leider so. Im Klartext bedeutet dies: Von einer Toten, die gemeinsam mit dem

Kronprinzen aufgefunden wurde, war auch mir gegenüber nie die Rede gewesen. Bis vor einer halben Stunde. Aber das nur nebenbei.« Die Ellbogen auf die abgenutzte Kante gestemmt, richtete sich der Guardian mühsam auf, bedeutete mir mit einem Wink, mich zu ihm zu setzen, und holte Luft, bevor er den Appell beendete. »Wie ich bereits sagte, Pater: Eine Einmischung in die Belange des Kaiserhauses kommt für mich nicht infrage. Auch und gerade bei Dingen, die uns nicht betreffen.«

»Als da wären?«

»Vorfälle, die nicht publik werden dürfen. Nicht zuletzt, weil sie die Privatsphäre verletzen – und weil die Gefahr besteht, dass das Erzhaus Schaden nimmt.«

»Bei allem gebührenden Respekt, Vater: Aber so einfach, wie es den Anschein hat, ist der Kasus nicht. Auch wir haben ein Recht darauf, die Wahrheit zu erfahren, mag sie auch noch so schmerzlich sein.«

»Du weißt doch, Alban: Unser Reich ist nicht von dieser Welt«, entgegnete der Guardian spitz, versenkte den Blick in den meinigen und sprach: »Wo wir wären, wenn es das Kaiserhaus nicht gäbe, bedarf keines Kommentars. Vergessen wir nicht: Es war Kaiserin Anna, deren Großzügigkeit das Kloster seine Existenz verdankt. Die, wie wir alle wissen, auch bei ihren Nachfolgern stets im Vordergrund stand. Und das seit zweieinhalb Jahrhunderten. Auch deshalb sind wir den Habsburgern zu Dank verpflichtet, und es käme einem Sakrileg gleich, sie im Stich zu lassen. Gib, und dir wird gegeben, wenn es sein muss, auch wider besseres Wissen. Je eher das der Letzte begriffen hat, desto besser für uns alle. Dich eingeschlossen, *mein Sohn.*«

»Wie darf ich das verstehen?«

Der Guardian sah mich missbilligend an. »Um es kurz zu machen«, fügte er nach kurzem Zaudern hinzu, wandte den

Blick ab und knetete das spröde Kinn. »Bist du dir eigentlich im Klaren, was es bedeutet, wenn man den Befund von Fachleuten in Zweifel zieht?«

»Ich habe mir erlaubt, meine Meinung kundzutun. Mehr nicht. Und was den Leibarzt seiner Kaiserlichen Hoheit betrifft, für den Mann würde ich meine Hand nicht ins Feuer ...«

»Mäßige dich, mein Sohn. Du weißt nicht, wovon du sprichst.« Die Handfläche gebieterisch in die Höhe gereckt, erstickte der Guardian meine Erwiderung im Keim, zog ein Schriftstück aus der Schublade und sagte: »Wie das Protokoll der Hofkommission beweist, haben Seine Hoheit und die junge Frau Suizid begangen. Davon konnte man sich vor Ort überzeugen, im Beisein von Verwandten der Baronesse. Damit wir uns nicht falsch verstehen, Bruder Kustos: Da waren Fachleute am Werk – und keine Laien.«

Ein Seitenhieb in meine Richtung, jedoch ohne erkennbare Wirkung. »Spricht etwas dagegen, wenn ich einen Blick darauf werfe?«

»Bedaure, Bruder Alban«, versetzte der Vorsteher kühl, nahm das Protokoll in Beschlag, bevor ich danach greifen konnte, und lehnte sich ruckartig zurück. »Dazu bin ich nicht befugt.«

»Ich kann schweigen, Vater Guardian.«

»Kommt nicht infrage«, weigerte sich der Vorsteher, mir das Schriftstück zu überlassen, besann sich dann aber doch eines Besseren: »Na schön, dann will ich mal nicht so sein. Weil du es bist, mein Sohn.«

»Ich weiß es zu schätzen, Vater.«

»Aber nur das Wichtigste, der Rest braucht niemanden zu interessieren«, erklärte der Guardian barsch, holte tief Luft und nahm seine randlose Lesebrille zur Hand. »Ich zitiere: ›Der Leibarzt konstatiert Selbstmord mittelst Schusswaffe. Der Schusskanal geht quer durchs Gehirn und endet zwei

Zentimeter oberhalb des Gehörgangs, hier eine scharfkantige Ausschussöffnung bildend.‹ Zitat Ende.«

»Rechts oder links?«

Der Guardian blickte verwundert auf. »Rechts. Wieso die Frage?«

»Wenn dem so ist, dann …«

»Dann was?«

»Dann muss die Dahingeschiedene Linkshänderin gewesen sein.«

Stille.

Im Begriff, etwas zu erwidern, blieb dem Guardian die Antwort im Hals stecken.

»Es sei denn, der Schuss wurde von jemand anderem …«

»Jetzt ist es aber genug, Bruder – ich will nichts mehr davon hören!«, machte der Nestor seinem Unmut Luft, das Gelehrtengesicht in dunklen Purpur getaucht, der ihm das Aussehen eines notorischen Hitzkopfs verlieh. »Dies ist ein Befehl, haben wir uns verstanden?«

»Vollkommen, Vater«, erwiderte ich kühl, neigte das Haupt und wandte mich zum Gehen. »Stets zu Diensten, gelobt sei Jesus Christus.«

»In Ewigkeit, Amen«, versetzte der irritierte Asket, legte das Protokoll in die Schublade zurück und rief mir hinterher: »Und wo willst du jetzt hin?«

»Orgel spielen, wie immer um diese Zeit«, erwiderte ich prompt, begleitet vom Knarren der Tür, die ich mit einem Ruck geöffnet hatte. »Der Tag wird noch anstrengend genug, ein bisschen Muße kann gewiss nicht schaden!«

Die Frau saß immer ganz vorn, vom Altar aus gesehen rechts, direkt neben dem Mittelgang. In letzter Zeit fast täglich, mit dem Hauch eines Lächelns im Gesicht. Sie hatte mir zugehört, wenn ich auf der Orgel spielte, sichtlich in ihrem Element, ohne von den Kirchgängern Notiz zu nehmen. Und hatte sich im Anschluss daran entfernt. Auch mit mir selbst wechselte sie kein Wort, weder vor noch nach dem Orgelspiel.

Annähernd doppelt so alt wie ich, haftete ihr das Aussehen einer Südländerin an. Dunkelbraunes, dichtes und bis auf die Schultern herabreichendes Haar, nur vereinzelt von grauen Strähnen durchzogen, olivfarbene Haut, schlank von Wuchs und geheimnisvoll schimmernde Augen: Wiewohl jenseits der 40, zog sie die Blicke dennoch auf sich. Passend zum Kleid aus dunkler Seide, in dem sie wie eine spanische Señora wirkte, trug die Anonyma eine mit Spitzen besetzte Mantille auf dem Kopf und bewegte sich mit einer Leichtfüßigkeit, die den Betrachter an eine Tänzerin in der Hofoper erinnerte. Woher sie stammte, war nicht nur mir ein Rätsel, und je länger ich sie von der Empore aus beobachtete, desto mysteriöser – um nicht zu sagen unheimlicher – kam mir die schwarz Gewandete vor.

Wie sie es zuwege gebracht hatte, ausgerechnet heute ins Innere der Klosterkirche zu gelangen, war und blieb mir indes ein Rätsel. Schon jetzt, kurz vor 9 Uhr, warf das Leichenbegängnis am Abend seine Schatten voraus – in des Wortes ureigenster Bedeutung. Von den Wänden hingen schwarze Banner herab, und was für das Kirchenschiff galt, das traf auch auf die Kniebänke, Sitzreihen und Fußböden zu, allesamt schwarz überzogen, streng nach Protokoll. Vom Altar hingen kostbare Stoffbahnen herab, teils silbern, zum Teil aber auch aus Gold, komplettiert durch den kaiserlichen Doppeladler. Exakt in der Mitte, zwischen den Seitenkapellen zur Rechten und zur Linken, ragte das »Castrum doloris« empor, eine Art Trauergerüst, auf dem der Sarg deponiert werden würde. Der Zugang zum Oratorium war versperrt und würde erst dann wieder geöffnet werden, wenn der Monarch samt Familie anwesend war.

Nur noch ein paar Stunden, und das Ereignis, dem nicht nur ich mit Bangen entgegensah, würde beginnen.

Ein Ereignis, das ich so schnell nicht vergessen würde.

Höchste Zeit, mich darauf einzustimmen.

Wolfgang Amadeus Mozart, Adagio und Allegro in f-Moll.

Für den Anlass wie geschaffen.

HERMANN VON WIDERHOFER,
LEIBARZT DES KRONPRINZEN
(56 JAHRE)

7

Hofkapelle, 16.00 Uhr

Die Nachricht sprach sich wie ein Lauffeuer herum. Die Kaiserin, so wurde kolportiert, sei außerstande, ihrem Sohn das letzte Geleit zu geben. Ihrer Majestät fehlten die Kräfte, selbst jetzt noch, sechs Tage nach Rudolfs Tod.

Soweit der offizielle Grund.

Also alles wie gehabt. Vor allem, was den notorischen Wankelmut betraf.

Fazit: Die hohe Frau war immer für eine Überraschung gut – im Guten wie auch im Schlechten.

Gewiss doch: In ihrer Haut hätte ich nicht stecken wollen. Der Konsens innerhalb der Familie war dahin – so er denn überhaupt existiert hatte. Hier der Kaiser und die älteste Tochter, dort die Kaiserin und ihr Hätschelkind. Zuerst kam Marie Valerie, und danach kam lange nichts.

Das zum Thema Zusammenhalt.

Fazit: Der Riss war nicht mehr zu kitten. Gab es doch nur eine Person, der Sisi bedingungslos folgte.

Nämlich sie selbst.

Der reinste Albtraum, von der Menge begafft zu werden. Je älter, desto offenkundiger die Phobie. Auch heute, daran führte kein Weg vorbei, wäre sie regelrecht seziert, jede Bewegung registriert, jedes Wort dokumentiert und jede Gefühlsregung bis ins Detail durchleuchtet worden. Die Kaiserin zum Greifen nah, wann bekam man das schon geboten. Mit ihrer Popularität war es zwar nicht weit her, aber Spektakel mussten nun mal sein.

Selbst dann, wenn es sich um einen Kondukt handelte.

Ganz anders der Kronprinz, allen Gerüchten, die im Umlauf waren, zum Trotz. Populärer als der Rest der Familie, hatte »der Rudl«, wie der Tote mit einer Mischung aus Schmäh und Anhänglichkeit tituliert wurde, in den Herzen der Wiener eine Lücke hinterlassen. Vor allem bei den kleinen Leuten.

Doch zurück zu seiner kapriziösen Mutter, die einmal mehr für diskretes Kopfschütteln sorgte. Bereits am Vorabend, wie ich aus sicherer Quelle weiß, hatte sich Sisi mit ihrer Tochter in die Hofkapelle begeben. Nicht etwa, um am Sarg ihres Sohnes zu beten, sondern – ich zitiere – »um ihm nahe zu sein«. Merkwürdig genug, bedenkt man, dass sie es vermied, an den Katafalk zu treten.

Der Tod ihres Sohnes ging ihr nah. Dies zu bestreiten läge mir fern. Anders als der Kaiser, der Rudolf auf dem letzten Gang begleitete, fiel es Elisabeth jedoch schwer, sich der Realität zu stellen. Ein Charakterzug, der, je unsteter sie wurde, desto nachhaltiger in Erscheinung trat.

Solange sie lebte, war die Kaiserin auf der Flucht gewesen. Vor der Hofkamarilla, vor der Dominanz ihrer Schwiegermutter Sophie, vor den Anforderungen, die man an sie stellte, vor ihrem Mann, von dem sie Welten trennten, vor neugierigen Blicken, wenn sie es in Wien nicht mehr aushielt und verreiste – und insbesondere vor sich selbst. Kein Wunder, dass sie es liebte, Verse zu schmieden, eine Neigung, die bei ihrem Mann auf Kopfschütteln stieß. Stocksteif, wie er nun einmal war, hatte der Kaiser denn auch ein Wort dafür parat: »Wolkenkraxelei«. Gleichwohl brachte sie eine Flut von Gedichten zu Papier, wie im Rausch, als stünde sie unter Zwang. Ob Heinrich Heine, ihr großes Vorbild, daran Gefallen gefunden hätte, das sei – mit Verlaub – dahingestellt.

Wie dem auch sei, eines der ersten lautete wie folgt: *Ich bin erwacht in einem Kerker, und Fesseln sind an meiner Hand. / Und meine Sehnsucht immer stärker – und Freiheit! Du, mir abgewandt!*

Und das nach zwei Wochen Ehe.

Kommentar überflüssig.

Und da wäre noch etwas, so ungern ich mich darüber auslasse. Für ihren Sohn, der keinen Hehl daraus machte, wie sehr er darunter litt, hatte die Kaiserin nur selten Zeit gehabt. Bedingt durch ihre häufige Abwesenheit, begnügte sie sich damit, die gute Fee zu spielen. Eine Gestalt wie aus dem Märchen, die Rudolf immer dann, wenn sie in Wien weilte, mit Geschenken überhäufte, nur um im Anschluss zu fernen Gestaden aufzubrechen.

Nur ein Beispiel unter vielen: Als die Kaiserin geruhte, sich nach Madeira einzuschiffen, war der Kronprinz gerade einmal zwei gewesen. Und fast drei, als sie von dort zurückkehrte. Davon abgesehen, dass sich die Kosten auf 188.935 Gulden und 8 Kreuzer und somit auf die Hälfte des Jahresbudgets für die Hofhaltung beliefen, hatte der Kuraufenthalt den Zweck verfehlt. Kaum in Wien, hatte Sisi erneut die Koffer gepackt – respektive packen lassen. Dass Rudolf sie schmerzlicher denn je vermisste und sich eine Kluft auftat, die, wenn überhaupt, nur noch notdürftig zu kitten war, liegt auf der Hand.

Auch wenn dies der Kaiserin ein Dorn im Auge war, als Kind stand er seiner Großmutter näher. Die Kinderfrau, von Rudolf und seiner Schwester abgöttisch geliebt, mit eingeschlossen. Es war Erzherzogin Sophie gewesen, die sich um ihn kümmerte, speziell dann, wenn bei Sisi das Fernweh grassierte. Und es war die verhasste Schwiegermutter, die ihm ihre Briefe vorlas – so er denn welche bekam. Einer davon, in den er mich vor Jahresfrist einen Blick werfen ließ, ist mir noch heute in zweifelhafter Erinnerung. Die Kaiserin an ihren zweijährigen Sohn: »*Mein lieber Rudolf, Ich habe gehört, Du warst ja ganz bös, dass ich Dir nicht geschrieben habe. Ich habe gedacht, Du wärst zu klein, um das zu verstehen, aber Du bist ja jetzt schon ganz vernünftig, ich werde Dir recht viele und schöne Spielsachen mitbringen. Erinnerst Du Dich denn ein wenig an mich?*«

Dass der Kronprinz beim Wiedersehen mit seiner Mutter fremdelte, wen wundert's. Ein Verhalten, welches – man höre und staune! – bei Elisabeth und deren Entourage auf Unverständnis stieß. Was folgte, war wachsende Distanz – bis es zu spät war, miteinander ins Reine zu kommen.

Doch halt, da fällt mir gerade ein: Es gab eine Episode in Rudolfs Leben, die dazu taugt, die Kaiserin zu exkulpieren. Wie allgemein bekannt, war es Tradition, den Thronfolger zum Dienst am Vaterland zu erziehen. Das bedeutet, schon mit sechs wurde er in eine Uniform gesteckt und einem Drill unterzogen, den man mit Recht als barbarisch bezeichnen kann. Den Schikanen, darunter Kaltwassergüsse beim Wecken, Exerzieren bei strömendem Regen sowie Morgengymnastik im Schnee, waren keine Grenzen gesetzt. Mich selbst, der ich Rudolf seit Jahrzehnten kenne, mutete es grotesk an, wenn der Erzieher zum Schreckgespenst schlechthin mutierte. Und wenn er keine Hemmungen besaß, den Jungen im Gehege eines Tierparks einzusperren.

Bei Nacht.

Kein Wunder, dass Rudolf zum Einzelgänger wurde. Von Natur aus aufgeweckt, lebhaft und wissbegierig – vor allem, was das Studium der Naturwissenschaften betraf –, kapselte er sich zusehends ab, oftmals scheu, launisch und verstört – und mitunter sogar aggressiv.

An diesem Punkt, als Rudolfs Psyche bereits schwer geschädigt war, kam dann seine Mutter ins Spiel. Gerade heimgekehrt von einer Sommerfrische ihrer Wahl, wurde sie bei seinem Anblick von Panik erfasst. Binnen Kurzem war der Siebenjährige zum Wrack geworden, gegenüber früher kaum noch wiederzuerkennen.

Es musste etwas geschehen.

Elisabeth handelte schnell – und mit nie gekannter Entschlossenheit. Was bislang als undenkbar galt, trat nun ein: Dem Kaiser wurde ein Ultimatum gestellt, als befände er sich mit ihr im Krieg. So absurd die Vorstellung anmutete, ein Körnchen Wahrheit war darin enthalten. Zitat Elisabeth: *»Ich wünsche, dass mir unumschränkte Vollmacht vorbehalten bleibe in allem, was die Kinder betrifft, die Wahl ihrer Umgebung, der Ort ihres Aufenthalts, die komplette Leitung ihrer Erziehung, mit einem Wort, alles bleibt mir allein zu bestimmen, bis zu ihrer Volljährigkeit.«*

So geschehen am 24. August 1865, als Rudolf gerade einmal sieben war.

Elisabeth hatte eine Schlacht gewonnen.

Aber nicht den Krieg.

Was das betraf, stand sie auf verlorenem Posten, in des Wortes ureigenster Bedeutung.

Doch genug davon. Wir können die Zeit nicht zurückdrehen, der Würfel ist gefallen.

Und zurück zum 5. Februar.

Dass sich eine Kluft auftat, war selbst Außenstehenden nicht verborgen geblieben. Hier die Kaiserin, die es vorzog, sich im Beisein ihrer Jüngsten in der Hofburg zu verschanzen, und dort der durch nichts zu erschütternde Kaiser, in Begleitung seiner Tochter Gisela, ihrem Bruder von Kind auf zugetan.

Kein Mensch, der mit den beiden hätte tauschen wollen.

Laut Protokoll, an dem man akribisch festhielt, war der Beginn der Zeremonie auf 16 Uhr festgelegt. Es dunkelte bereits, als der Sarg aus der Kapelle ins Freie getragen wurde, und wie all jene, die Zeuge des düsteren Spektakels wurden, wurde auch ich von Schwermut gepackt. Im Hof stand bereits der Leichenwagen bereit, flankiert von Lakaien und Kammerdienern, deren Züge im Licht der Fackeln noch blasser wirkten. Soeben erst mit dem Sarg beladen, setzte sich das Gefährt auch schon in Bewegung – und mit ihm der selbstgefällige Burgpfarrer, dem die Tutanden wie Schafe auf dem Fuß folgten. Begleitet von dumpfen Trommelschlägen, trat der Kondukt auf den verschneiten Michaelerplatz hinaus, wo die Menge bereits seit Stunden ausharrte. Als hätte es eines Beweises bedurft, wie betroffen die Umstehenden waren, kämpften etliche davon mit den Tränen. Kein Laut durchbrach die lastende Stille, mit Ausnahme des leisen Knirschens, das der Schnee unter den Füßen von sich gab.

Die Uhr schlug gerade 17 Uhr, als der Kondukt die Augustinerkirche passierte, unter dem Geläut unzähliger Glocken, deren Echo sich wie Balsam auf die Seele legte. Kein Tag, an dem ich nicht daran denke, ein Bild, das sich mir für immer einprägen wird. Ob Handlanger oder Hofrat, Fiaker oder Flügeladjutant, Oberkellner oder Obersthofmeister, Dirne oder Dame von Stand, für einen Moment waren alle vereint, auch wenn er wie ein Tagtraum verflog.

Ich selbst hielt mich diskret im Hintergrund, nur ein Teilnehmer unter vielen, wiewohl einer der wenigen, die im Bilde waren. Vor Wochenfrist war die Welt noch in Ordnung gewesen, um im Anschluss wie ein Kartenhaus zusammenzubrechen. Hätte Rudolf gewusst, welche Folgen sein Suizid nach sich ziehen würde, er wäre vor der Tat zurückgeschreckt. So gut glaubte ich ihn zu kennen – wenngleich man sich in dem Punkt nie sicher sein konnte.

Am Albertinaplatz angekommen, bog der Kondukt in die angrenzende Tegetthoffstraße ein, vorbei an der dicht gedrängten Menge, die bei seinem Herannahen in tiefes Schweigen verfiel. Wie bei derlei Anlässen üblich, wurde alles aufgeboten, was Rang und Namen hatte. Kein Würdenträger, der durch Abwesenheit glänzte, kein Anwohner, der sich nicht mühte, einen Platz zu ergattern. Und so gaben sie sich denn alle die Ehre, während der Zug den Weg zum Markt einschlug, bestehend aus Höflingen, Offizieren, Leibgardisten in Uniform, darunter etliche zu Pferde, Edelknaben mit Windlichtern, Kammerherren, Lakaien, Kavalleristen sowie Soldaten aller Waffengattungen, jedoch ohne Mütze oder Kopfbedeckung, genau nach Vorschrift. Fast schien es, als trüge man die Monarchie zu Grabe, so beklemmend mutete die Atmosphäre an.

Und dann war es auch schon so weit. Flankiert von Leiblakaien und Edelknaben, die eine Wachskerze in den steifgefrorenen Händen hielten, rollte der sechsspännige Leichenwagen heran. An der Spitze befanden sich sechs Schimmel, geschmückt mit schwarzen Federbüschen – und triefend nass vom klebrigen Schnee. Aller Augen waren jetzt auf den Sarg gerichtet, bei dessen Herannahen die Zuschauer das Haupt entblößten. Passend zum Anlass herrschte klamme Kälte, unterbrochen von heftigen Böen, die wie Sturmwogen über die Köpfe der Trauernden brausten. Halb Wien, so schien es, war an jenem Abend auf den Beinen, nicht etwa aus Neugier, wie ein Blick in die verhärmten Gesichter bewies, sondern aus freien Stücken.

Aus Anteilnahme am Schicksal eines Mannes, dem es nicht vergönnt war, auf den Thron zu gelangen.

Ich weiß, ich weiß. Wo viel Licht ist, ist auch tiefer Schatten, dessen war und bin ich mir bewusst. Davon abgesehen war da etwas gewesen, das mich bewog, Rudolf über Jahre hinweg die Treue zu halten. Nicht etwa, um aus der Profession als sein Leibarzt Kapital zu schlagen, dagegen verwahre ich mich aufs Schärfste. Sondern weil er Hilfe benötigte, und das nicht nur als mein Patient.

Hilfe, die ihm andernorts verweigert wurde.

Von wem speziell, möchte ich nicht sagen.

Und dann war es endlich geschafft. Auf dem Neuen Markt, wo eine bedrückende Enge herrschte, gab es für den Kondukt kein Durchkommen mehr. Umlagert von einer zu Tausenden zählenden Menge, kam der Leichenwagen vor dem Kloster zum Stehen, die Grabstätte zahlreicher Ahnen, wo auch Rudolf seine letzte Ruhe finden würde.

Es sei denn, der Kustos tanzte aus der Reihe.

Zuzutrauen wäre es ihm, schoss es mir blitzartig durch den Kopf, während aller Augen auf den kaiserlichen Zeremoniar gerichtet waren, der seinen Stab hob, um im Namen des Dahingeschiedenen Einlass zu begehren.

Ein Gedanke, der mir keine Ruhe mehr ließ.

PATER ALBAN, KUSTOS DER KAPUZINERGRUFT IN WIEN (25 JAHRE)

8

Kapuzinerkirche am Neuen Markt, 17.10 Uhr

Dreimaliges Klopfen.

Schläge auf Metall, die wie Donner klangen. So laut, dass ein Zittern durch den Türrahmen lief.

Der Moment der Wahrheit war gekommen.

»Ich hoffe, der Pater Kustos weiß, was er zu tun hat«, flüsterte mir der Guardian ins Ohr, der Atem so schal, als ringe er mit dem Tod. »Für den Orden steht eine Menge auf dem Spiel, wir zählen auf dich!«

Die Hand auf der Klinke, hielt ich sinnierend inne. Es war an der Zeit, eine Entscheidung zu treffen. Keine Chance, ihr aus dem Weg zu gehen.

Entweder jetzt oder nie, Pater.

Entscheide dich.

»Bedenke, was du den Mitbrüdern zu verdanken hast – oder hast du es schon wieder vergessen?«, hakte der Vorsteher mit herablassender Attitüde nach, darum bemüht, das Vibrato in der Stimme zu überspielen. »Der Orden war wie eine Familie für dich – und ich wie ein zweiter Vater. Wer weiß, was aus dir geworden wäre, hätten wir uns deiner nicht angenommen.«

»Nicht nötig, mich daran zu erinnern. Ich bin mir dessen bewusst.«

»Dann besinne dich auf deine Pflicht.«

Und so tat ich, wie mir geheißen wurde, ein Würgen in der Kehle, das mich dazu zwang, nach Luft zu schnappen. Meine Stimme hörte sich verzerrt und brüchig an, als sei nicht ich es, der da sprach: »Wer begehrt Einlass?«

Die Antwort war von alters her die gleiche, schallend laut wie eine Fanfare beim Appell: »Seine Kaiserliche Hoheit, Kronprinz von Österreich, königlicher Prinz von Ungarn und Böhmen, der Lombardei und Venetiens, von Dalmatien, Kroatien, Slawonien, Galizien, Lodomerien und Illyrien, Ritter des Ordens vom Goldenen Vlies, Generalinspektor der kaiserlichen Infanterie, Erzherzog Rudolf von Habsburg.«

Von nun an würden die Geschehnisse ihren Lauf nehmen, und ich, der es in der Hand hatte, meinem Gewissen zu folgen, würde damit leben müssen, klein beigegeben zu haben. »Wir kennen ihn nicht!«

Erneutes Klopfen.

»Wer begehrt Einlass?«

Der Zeremonienmeister: »Erzherzog Rudolf von Habsburg, Sohn des Kaisers von Österreich und Königs von Ungarn Franz Joseph I. und der Kaiserin und Königin Elisabeth.«

Sohn.

Wie sich das anhörte.

In meinen Augen blanker Hohn.

»Wir kennen ihn nicht!«

Abermaliges Klopfen, zum dritten und letzten Mal.

»Wer begehrt Einlass?«

»Rudolf, ein armer Sünder.«

»So trete er denn ein«, tat ich mit erhabenem Duktus kund, bedeutete meinen Mitbrüdern, die Tür zu öffnen, und trat beiseite, um dem Guardian das Feld zu überlassen.

Spätestens jetzt, beim Herannahen der Sargträger, gab

es kein Zurück mehr für mich. Nicht genug damit, fluteten die illustren Gäste herein, streng nach Protokoll, darauf wurde großer Wert gelegt. Ich darf zitieren: »*Sobald der Leichenwagen an der Hauptpforte angelangt ist, wird der Sarg herabgehoben, von den Pontifikanten an der Spitze der Geistlichkeit empfangen, unter deren Vortritt in die Kirche getragen und auf die in der Mitte derselben aufgestellte, ringsum mit brennenden Lichtern umgebene Trauerbahre niedergelassen.*«

Wie man sieht, komme ich in dem Dekret nicht vor. Ein kleiner, wenngleich nur bedingt hilfreicher Trost für mich. Denn sollte sich bewahrheiten, was mir Emil am Vortag eingeschärft hatte, dann half ich dabei mit, eine Bluttat zu vertuschen. Zwar nur ein Glied in einer langen Kette, nichtsdestotrotz in das Geschehen involviert.

Ein Gedanke, der mich innerlich erschaudern ließ.

Was nun folgte, ist kurz erzählt. Im Geist beim Geschehen vor sechs Tagen, nahm ich das, was sich hier abspielte, wie durch einen Nebelschleier wahr. Hätte man mich gefragt, wer sich wo und in welcher Reihenfolge niederzulassen habe, ich wäre in große Verlegenheit geraten. Von daher nur so viel: Neben dem Kaiser und seiner Tochter sowie Rudolfs Gattin respektive ihren Eltern waren zwar jede Menge Höflinge, Angehörige, Gardisten, Offiziere, Adjutanten, Hofdamen, Minister, die Bürgermeister von Wien und Budapest und sogar der päpstliche Nuntius in Begleitung etlicher Kardinäle erschienen, aber was die gekrönten Häupter aus dem Ausland betraf, suchte man deren Platzhirsche vergebens. Apropos Platzhirsch: Der deutsche Kaiser hatte zwar den Wunsch geäußert, seinem Vetter das letzte Geleit zu geben, wurde jedoch gebeten, davon abzusehen.

Respektive ausgeladen.

Und das aus triftigem Grund.

Befreie mich, oh Herr, vom ewigen Tod. Vom Choral »Libera me« aus den Gedanken gerissen, trat ich an die Spitze meiner Mitbrüder, die Knie so weich wie Butter – und einen Kloß im Hals, der mich am Sprechen hinderte.

»Und nun, Kustos – waltet Eures Amtes!«, drang die Stimme des Vorstehers wie von fern an mein Ohr, während ich das Signal gab, den Sarg in die Gruft zu transportieren. »Laudetur Jesus Christus.«

»In aeternum – Amen!«, erwiderten die Gäste wie aus einem Mund, während sich der Kaiser erhob, um uns das Geleit zu geben. Viel hätte nicht gefehlt, und der Versuch, trotz allen Kummers Haltung zu bewahren, wäre zum Scheitern verurteilt gewesen. Es war seine Tochter, die ihn davor bewahrte, ins Straucheln zu geraten, den Arm um den Rücken ihres Vaters geschlungen, während ihr Batisttuch wie ein Blatt zu Boden schwebte.

Bestickt mit einem verschnörkelten R, wie ich im Vorübergehen bemerkte.

»In Ewigkeit – Amen!«, stimmte ich in den Chor meiner Mitbrüder ein, auf dem Weg zur Tür, die von der Kirche in die unterirdische Grablege führte. Und fügte im Stillen hinzu: »Ruhe in Frieden, der Herr möge sich deiner erbarmen.«

Vor der Pforte angekommen, von wo aus es keine Wiederkehr gab, ließ ich mir vom Obersthofmeister den Sargschlüssel aushändigen, verwahrte ihn unter meinem Habit und nahm ein metallenes Windlicht zur Hand.

Dann machte ich mich auf den Weg in die Tiefe, und es schien, als nehme die Treppenflucht kein Ende. Ins Licht der blakenden Fackeln getaucht, die in Zylindern aus geschmiedetem Eisen steckten, warf der Sarg einen überdimensionalen Schatten an die Wand.

Ein Menetekel für das, was noch kommen würde.

Am Fuß der Treppe angelangt, zog ich einen weiteren Schlüssel hervor, befestigt an einer Halskette, um ihn nur ja nicht zu verlieren.

Der letzte Akt hatte begonnen.

Danach, so stand zu hoffen, würde Rudolf in Frieden ruhen.

Nur ein armer Sünder – wie wir alle.

9

Kapuzinerkirche am Neuen Markt, Freitag, 8. Februar 1889, 19.50 Uhr

»Und nicht vergessen, Pater«, schärfte mir der Guardian ein und trat ins Freie, von wo aus er den Blick über den Markt wandern ließ. Wo tagsüber reger Betrieb herrschte, hatte sich eine bizarr anmutende Stille breitgemacht, die sprichwörtliche Ruhe vor dem Sturm, wie ich zu Recht vermutete. In der Ferne hastete ein Schatten durch die mondlose Nacht, tauchte ins Licht der Gaslaternen ein, die sich um den zugefrorenen Barockbrunnen scharten, und verschwand so schnell, wie er aufgetaucht war. »Von der Visite darf nichts nach außen dringen, wie stehen wir denn sonst da.«

»Und warum nicht? Ich meine, was geht es die Leute an, mit wem die Kapuziner Umgang pfle…«

»Kein Wort darüber, ist das klar?«, fuhr mir der Guardian wie ein Feldwebel über den Mund. Dann wanderte sein Blick zur Tegetthoffstraße, wo das Fahrgeräusch einer Equipage durch die Dunkelheit hallte. »Wenn uns eine Person von Stand mit ihrer Gegenwart beehrt, dann wäre es ein Unding, ihr Steine in den Weg zu legen.«

»Und was, mit Verlaub, habe ich damit zu tun?«

»Das wirst du schon früh genug erfahren, Pater«, ließ sich der Guardian nicht in die Karten blicken, ungewöhnlich nervös, wie das Zucken der Mundwinkel attestierte. »Roma locuta, causa finita.«

Amen, dachte ich bei mir, von einer Vorahnung gepackt, die mir zu denken gab. Die Begegnung mit der Anonyma verhieß nichts Gutes, und die eiskalte Brise, die über die von Spurrillen zerfurchte Schneedecke fegte, tat ein Übriges, um mein Missfallen zu vertiefen.

Hoher Besuch zu später Stunde, das konnte ja heiter werden. Viel lieber wäre ich jetzt an der Orgel gesessen, hätte meinen Lieblingskomponisten gehuldigt und das Laudate meines Abgottes Mozart intoniert. Um mich im Anschluss an das Konzert in mein Refugium zu begeben, damit das Lesen dabei nicht zu kurz kam. Für Bücher hatte ich mich schon immer interessiert, und wenn sie sich dann auch noch um Musik drehten, dann war der Gipfel des Glücks erreicht. Wagners *Gesammelte Schriften und Dichtungen*, die ich – weiß Gott, aus welchem Grund – geradezu verschlang, standen dabei an erster Stelle. Recht ungewöhnlich für einen Mönch, der als Kustos fungiert, wiewohl nicht minder interessant. Vom Vorsteher handelte ich mir prompt einen Tadel ein, mit dem Hinweis, die Lektüre verderbe den Charakter. Wagner, seit knapp sechs Jahre tot, habe den König von Bayern in den Ruin getrieben, sei ein aufrührerischer Freigeist und von daher denkbar ungeeignet gewesen, einem Ordensbruder und Kustos als Vorbild zu dienen.

Wenn wir gerade beim Thema sind: Wie man Orgel spielt, wurde mir nicht beigebracht. Und das Notenlesen auch nicht, so suspekt sich das für Außenstehende auch anhören mag. Wann genau ich mich dafür zu interessieren begann, vermag ich indessen nicht zu sagen. Das Talent wurde mir einfach in die Wiege gelegt, und damit hatte es sich. Wie dem auch sei, ein Genie bin ich deswegen noch lange nicht, den

Lobpreisungen meiner Mitbrüder zum Trotz. »Noch Fragen, Pater Kustos?«

»Ich denke nein.«

Der Guardian atmete hektisch aus. »Wie gesagt: Die Besucherin möchte anonym bleiben. Und darum: kein Wort gegenüber irgendjemandem, weder gegenüber Freunden noch Bekannten. Von Außenstehenden ganz zu schweigen. Die Visite geht niemanden etwas an, haben wir uns verstanden?«

»Vollkommen, Vater.«

Mein Schöpfer möge mir verzeihen, wenn ich mich dazu äußere. Aber was mein Vertrauen in die Integrität des Guardian betraf, hatte mein Credo erheblichen Schaden genommen. Das Gespräch vom Dienstag, in dessen Verlauf ich wie ein Novize zurechtgewiesen wurde, würde ich so schnell nicht vergessen. Von der Art und Weise, wie mit mir umgesprungen wurde, nicht zu reden. War doch der Eindruck, das Ganze sei ein abgekartetes Spiel gewesen, mitnichten von der Hand zu weisen.

Manus manum lavat, so hatten es schon die alten Römer gehalten. Ohne die Zuwendungen seitens der Krone, das verstand sich quasi von selbst, wäre der Orden nicht zu dem geworden, was er war. Allein schon deshalb blieb dem Guardian nichts anderes übrig, als sich dem Votum der Ärzte anzuschließen. Ausnahmsweise, versteht sich, aus Loyalität gegenüber dem Kaiser – wenn schon nicht aus freien Stücken.

Und genau darin lag für mich das Problem. Bei einer Bluttat hörte die Nibelungentreue auf, vom Fall Mayerling einmal abgesehen. Es ging nicht an, wenn die Ordensleitung dabei mithalf, einen Mord zu vertuschen, ob unter Zugzwang oder nicht. Anders ausgedrückt, wer Recht und Gesetz missachtete, dem stand es nicht zu, über andere zu richten, egal um wen es sich dabei handelte.

Fragte sich nur, ob ich mit meiner Vermutung richtiglag. Einen Tatzeugen, so war allenthalben zu hören, hatte es nicht gegeben. Insofern blieb mir nichts weiter übrig, als mich bedeckt zu halten. Schließlich war es Sache der Polizei, Licht ins Dunkel des mysteriösen Vorfalls zu bringen – und nicht die meinige. An der Tatsache, dass der Kronprinz in Ehren bestattet wurde, war ohnehin nichts zu ändern, das Komplott – so es denn existiert hatte – von Erfolg gekrönt gewesen.

Nebenbei bemerkt: Ich war froh, dass jetzt alles vorüber war. Froh auch, mich wieder meinen Pflichten und nach deren Erfüllung der Musik widmen zu können. Mit den Machenschaften, die sich jenseits der Klostermauern abspielten, hatte ich nichts zu tun.

Und das war auch gut so.

»Warum so nachdenklich, Pater – irgendwelche Dinge, von denen ich nichts weiß?«

»Das glaube ich kaum, Vater«, gab ich mit entwaffnendem Lächeln zurück, wohl wissend, dass der Guardian mir misstraute. »Und wenn, würde es mich wundern. Wenn der Beichtvater des Kaisers nicht im Bilde ist, wer dann?«

»Hört, hört!«, lautete die frostige Replik, unterbrochen vom Rattern einer Equipage, die aus südwestlicher Richtung heranpreschte, nahezu zeitgleich mit den dumpfen Glockenschlägen, die weithin hörbar durch die eisige Winternacht hallten.

20 Uhr, auf die Minute genau.

Die Pünktlichkeit in Person.

Das Echo war noch nicht verklungen, da kam das Gefährt auch schon zum Stehen. Anders als sonst, wo er den Stoiker zum Besten gab, legte der Guardian ein Höchstmaß an Servilität an den Tag, eilte die Stufen hinab, als sei ihm was weiß ich wer auf den Fersen, und verharrte in ehrfürchtigem Schweigen.

Was folgte, kam mir wie ein Trugbild vor. Ohne uns beide eines Blickes zu würdigen, wechselte der Lakai ein paar Worte mit dem Fiaker, sprang vom Kutschbock und klappte das schwarz lackierte Trittbrett aus.

Dann trat er beiseite und öffnete den Schlag.

Ein Blick auf die dunkle Lederstiefelette, deren Spitze aus dem gepolsterten Fond ragte, und mir begann zu dämmern, um wen es sich bei der Dame handelte. Erst recht dann, als sie hinaus ins Freie trat, tief verschleiert und in ein schwarzes Seidenkleid gehüllt, über dem sie einen pechfarbenen Kapuzenumhang trug. Der schwarze Fächer, im Grunde unnütz, jedoch griffbereit in der rechten Hand, beseitigte die letzten Zweifel.

»Es ist uns eine Ehre«, beteuerte der Guardian devot, vollführte eine Verbeugung, die an einen Liftboy erinnerte, und stellte mich der Besucherin vor. »Dem Kustos wird es eine Freude sein, Euch mit Rat und Tat zur Seite zu stehen. Wenn es jemanden gibt, dem man blind vertrauen kann, dann ist es unser junger Freund. Nicht wahr, Pater Alban?«

»Zu viel der Ehre, Vater.«

»Nicht gar so bescheiden, *mein Sohn*, dazu besteht kein Grund«, säuselte der Vorsteher süffisant, wandte sich dem hohen Gast zu und ergänzte: »Bitte hier entlang, in der Gruft ist alles vorbereitet.«

Keine weiteren Fragen.

Ich hatte mir schon so etwas gedacht.

»Und nun, Pater – ans Werk«, wies mich der Vorsteher in gestelztem Tonfall an, bedeutete mir vorauszugehen, und schloss sich der Anonyma an. Letztere indessen sprach kein Wort, hoch aufgerichtet und merkwürdig steif, als balanciere sie auf einem Felsgrat entlang.

An der Gruftpforte angekommen, spähte ich über die rechte Schulter. Die Verschleierte stand noch auf dem Absatz, wie zu einer Salzsäule erstarrt, den Blick auf die nach unten führenden Stufen gerichtet.

Und sprach kein einziges Wort mit mir.

Auch dann nicht, als ich mein Windlicht auf einen Mauervorsprung stellte, den Schlüssel hervorzog, den ich unter meinem Habit verwahrte, und nach der Klinke griff, um das Portal aufzusperren.

Ein lang gezogenes Knarren, wie bei einer Kerkertür.

Die Pforte zur Unterwelt stand offen.

Auf die Gefahr hin, als morbide abgestempelt zu werden: Das Reich der Toten übte eine magische Wirkung auf mich aus. Erhellt von blakenden Fackeln, waren die Särge wie in einem Schlafsaal aneinandergereiht, weit über 100 Stück, darunter auch solche von Kindern. Epitaphien gab es zuhauf, und was die metallenen Prunksarkophage betraf, legten sie Zeugnis vom Reichtum der Dahingeschiedenen ab. Ob Blei, Zinn, Kupfer, Silber oder was auch immer dazu taugte, der Vergänglichkeit zu trotzen, das Beste war gerade gut genug gewesen. Was zählte, war die Zurschaustellung von Macht, ganz gleich, um wen es sich dabei handelte. Wie geschaffen, um dies auch noch posthum zu veranschaulichen, ruhten die Särge auf metallenen Stützen, darunter Adlerköpfe, Löwenpranken, Bärentatzen, Füße von Greifvögeln und dergleichen mehr.

Selbst im Tod, dies zum besseren Verständnis, waren die Mitglieder der Familie nicht gleich. Nur Fürsten durften auf rotem Gestein ruhen, so lautete das oberste Gebot. Apropos Prestige: Am auffälligsten, in dem Punkt waren wir uns alle einig, war der Sarkophag, in dem Maria Theresia ruhte – Seite an Seite mit ihrem Mann, dessen Tod eine tiefe Lücke hinterließ.

Zu jener Zeit war es zudem üblich, die Prozedur der getrennten Bestattung zu praktizieren. Das bedeutet, der Körper wurde nach dem Tod seziert und einem minutiös ausgeklügelten Verfahren unterzogen, auf das ich aus Pietätsgründen nicht eingehen möchte. Die Idee dabei war, ihn vor Verwesung zu schützen, besonders dann, wenn die Überführung viel Zeit in Anspruch nahm. Ein Kaiser war eben viel unterwegs, und so konnte es dauern, bis der Leichnam Wien erreichte. Dort angekommen, würde er – schwer vorstellbar, aber wahr – fortan an drei verschiedenen Orten ruhen: die Eingeweide und mitunter auch die Augen oder das Gehirn in den Katakomben von St. Stephan, von den Wienern liebevoll »Steffl« genannt, die Herzen in der Augustinerkirche und die Hülle in der Gruft unseres Klosters. Ein Prozedere, an dem sich die Geister schieden – und dem selbst ich mit Skepsis begegnete.

Ein Wort noch zum Interieur der Sarkophage. Die Holzsärge, in denen die Toten ruhen, wurden zumeist mit Samt überzogen, wobei den Herrschern die Farbe Schwarz zustand – mit Beschlägen aus reinem Silber. Die Erzherzoge und Erzherzoginnen indes mussten sich mit Rottönen begnügen, so wollte es die Tradition. Blieb noch die Farbe Weiß, für Kinder, ledige Frauen und all jene vorgesehen, die den Exitus im Zustand der Unschuld absolvierten – was immer man darunter verstehen mag.

Und jetzt komme ich ins Spiel. In meiner Funktion als Kustos hatte ich die Aufgabe, mich um die Instandhaltung der Gräber zu kümmern und dafür zu sorgen, dass dem Andenken der Toten Rechnung getragen wurde. In Form von Seelenmessen oder anderweitig, je nachdem, wie eng die Beziehung zum Orden war. Und wie groß die Bereitschaft, als Wohltäter zu fungieren.

Do ut des, so lautete das ungeschriebene Gesetz.

Regel Nummer zwei: Du bist nichts, dein Orden ist alles.

Wenn wir gerade dabei sind, auch ich stand in seiner Schuld, jedoch nicht in pekuniärem Sinn. Hätte es den Ordo Fratrum Minorum Capucinorum nicht gegeben, ich wäre in tiefes Elend gestürzt. Oder am Ende gar auf die schiefe Bahn geraten, wer weiß das schon so genau.

Doch darüber später mehr.

Alles zu seiner Zeit.

Ich bin mit Leib und Seele Mönch, selbst wenn ich mir die Freiheit nehme, Kritik zu üben. Merke: Auch im Kloster hat der Gehorsam seine Grenzen, Verstoß gegen das Gelübde hin oder her. Prosaisch formuliert: Was das Zurechtbiegen der Vorkommnisse in Mayerling betraf, hatte sich der Vorsteher vor Ort den Falschen ausgesucht. Ich würde nicht eher ruhen, das hatte ich mir vor drei Tagen geschworen, bis die Wahrheit ans Licht des Tages gezerrt werden würde.

Falls nötig, mit unlauteren Mitteln.

Erschrocken darüber, wie renitent ich war, schreckte ich aus den Gedanken auf, machte eine einladende Handbewegung und harrte der Dinge, die da kamen.

Als habe sie nur darauf gewartet, setzte sich die Verschleierte in Bewegung, stieg die Stufen hinab, ohne ein Geräusch zu erzeugen, und schwebte wie ein Traumgebilde vorbei. Gerade so, als sei sie nicht von dieser Welt – und als sei ich es nicht würdig, registriert zu werden. Merkwürdig genug, bedenkt man, dass ich der Majordomus war.

Blieb zu hoffen, dass es keinen Eklat geben würde. Alles konnte ich gebrauchen, nur das nicht.

Ein frommer, wiewohl vergeblicher Wunsch.

Und so kam es, wie es kommen musste. Im Begriff, das Wort zu ergreifen, wurde ich per Handzeichen zum Schweigen gebracht.

Ich hatte verstanden.

So blieb ich denn unverrichteter Dinge stehen, sah der Spukgestalt hinterher und fragte mich, wozu das alles gut sein solle. Vom Guardian keine Spur, als hätte er geahnt, was auf mich zukommen würde.

Fast zur Gänze von mystischem Zwielicht verschluckt, mit dem sie wie eine Chimäre verschmolz, schritt die Frau mit weit ausholendem Schritt voran. Mit welchem Ziel, wurde mir alsbald klar. Konnte man das Podest, auf dem sich der von Kandelabern umgebene Sarg erhob, auch bei Dunkelheit nicht verfehlen.

Das Geräusch ihrer Stiefeletten im Ohr, die im Takt auf den Fliesen des Mausoleums widerhallten, schlug ich das Verbot, der Frau zu folgen, in den Wind, nahm mein Windlicht zur Hand und heftete mich an ihre Fersen. Bis dahin nur eine vage Vermutung, sollte sich der Verdacht, den ich hegte, als zutreffend erweisen. Nur noch ein paar Schritte, und die Ruhestätte des Thronfolgers war erreicht. Jetzt hatte ich Gewissheit, um wen es sich handelte. Eine Erkenntnis von zweifelhaftem Wert, wie der Fortgang der Ereignisse unter Beweis stellte. Hätte ich geahnt, was auf mich zukommen würde, ich wäre Hals über Kopf verschwunden.

Ins Licht silberner Kandelaber getaucht, regte sich die Kaiserin nicht von der Stelle. Schon glaubte ich, sie sei zu Stein erstarrt, als sie nach vorn trat, um den Sargdeckel zu berühren. Eine Pose, in der sie minutenlang verharrte, das Haupt gesenkt, wie im Zustand tiefster Erschöpfung.

Und dann geschah es.

Der Ausruf ging mir durch Mark und Bein, eine Mischung aus Wehklagen und Schmerzensschrei, der weithin hörbar durch das gespenstische Halbdunkel hallte. »Bist du da, Rudolf?«

Keine Antwort.

Wie nicht anders zu erwarten.

Nur das Echo, das von den Wänden zurückgeworfen wurde.

»So gib doch Antwort. Ich bin es, deine Mutter!«

Von Natur aus kein ängstlicher Mensch, wurde ich von aufkeimender Panik erfasst. Das Herz klopfte mir bis zum Hals, und wie ich so dastand und keinen Laut von mir gab, beschlich mich das Gefühl, einen Albtraum zu durchleben. Umso mehr, da die Kaiserin außer Rand und Band geriet, die Arme wie im Rausch in die Höhe gereckt, als flehe sie Gott Hades um Hilfe an: »Hört mich denn niemand, ich bin es, Elisabeth!«

10

Kunsthistorisches Museum am Burgring, Samstag, 9. Februar 1889, 11.10 Uhr

»Na, da bist du ja endlich«, flüsterte Schwammerl gepresst, öffnete den Kragenknopf und rang nach Luft. Der Drei-Zentner-Mann steckte in der Klemme. Das sah man auf den ersten Blick. Die Augen tief in den Höhlen, das Gesicht übernächtigt und bleich, der Bart seit Ewigkeiten nicht gestutzt, Schweißflecken unter den Achseln, so groß wie ein Handteller, der Saum seiner Hose vom Matsch durchweicht. Im Vergleich zu früher, als wir miteinander die Schulbank drückten, fast nicht wiederzuerkennen. Von den Fettpolstern, die er mit sich herumschleppte, einmal abgesehen. »Ich dachte schon, du kommst nicht mehr, wo hast du denn die ganze Zeit gesteckt?«

»Ich war unterwegs«, gab ich zurück, im Zweifel, ob es nicht besser sei, den Rückzug anzutreten. »Du weißt schon, ora et labora!«

»Wo denn?« Im Gegensatz zu früher, wo der Genussmensch in sich selbst zu ruhen schien, war sein Phlegma in grassierende Furcht umgeschlagen. Der Fels in der Brandung hatte Risse bekommen – und was für welche. »Ich meine, bei dem Wetter vergeht einem doch die Lust, einen Fuß vor die Tür zu …«

»Im Obdachlosenheim in Simmering, wenn du es genau wissen willst«, fuhr ich dem Koloss in die Parade, trat in die

Mitte von Saal VII und sah mich um. Die Gemälde moderner Meister, darunter ein Porträt von Napoleon, verfehlten ihre Wirkung nicht. Grund genug, Schwammerl noch eine Weile zappeln zu lassen. »Um mich um Leute zu kümmern, die der Hilfe bedürfen. Wie du weißt, gehört das zu meiner Profession, mag es in der Welt auch drunter und drüber gehen.«

»Die brauche ich auch. Und zwar dringender denn je.«

»Meinen Freund Schwammerl im Schlepptau, das wäre ja mal was Neues.« Allein schon die Maße der beiden Hofmuseen waren beeindruckend, wobei ich dem Kunsthistorischen gegenüber dem Naturgeschichtlichen den Vorzug gab. 168 Meter Länge, 64 Meter Breite und eine Wegstrecke von knapp drei Kilometern, um die 69 Schauräume zu durchschreiten: Der Musentempel am Burgring konnte sich sehen lassen. Waren die Bauarbeiten erst beendet, die aufgrund der Witterung wiederholt ins Stocken gerieten, dann wäre Wien um einen Glanzpunkt reicher.

Die Bilder waren verschiedenen Themen gewidmet. Breiten Raum nahm dabei die Antike ein, mit Motiven aus südlichen Gefilden. Aber auch die Moderne kam nicht zu kurz, und wer geglaubt hatte, das Stillleben habe ausgedient, der wurde prompt eines Besseren belehrt. Ich persönlich hielt es eher mit dem Mittelalter, warum genau, weiß ich bis heute nicht. Gut möglich, dass es an den Motiven lag, zumeist Kirchen oder Klöster, über denen der Hauch des Morbiden lag. »Apropos Simmering: Eine Visite würde sich lohnen – und Stoff für eine Reportage gäbe es zuhauf.«

»Auf die Idee bin auch schon gekommen, ob du es glaubst oder nicht«, grummelte mein Freund vergrätzt, die Arme vor der ausladenden Brust verschränkt, die wie ein Faustkeil über den Hosenbund ragte. »Was soll ich denn machen, wenn mich mein Chef hierherschickt, um eine Reportage über den Fortgang der Bauarbeiten zu schreiben. Glaub mir, ich könnte mir weiß Gott was Interessanteres vorstellen. Und wie ich das sehe, werden die noch eine Weile brauchen. Ein Wunder, dass der Stock hier schon fertig ist. Es geschehen noch Zeichen und Wunder. Auf geht's, Buam: Zwei, drei Jahre noch, dann ist es geschafft!«

Im Begriff, etwas zu erwidern, schluckte ich meine Antwort herunter. Schritte ertönten, und ehe ich es mich versah, tauchte auch schon ein Wachmann auf. Die Schirmmütze im Genick, verharrte der Gnom auf der Stelle, den Blick abwechselnd auf Emil und mein Habit gerichtet. Ein Kapuziner, der sich für Malerei interessierte, das erlebte man nicht alle Tage. Dabei war ich nicht einmal freiwillig hier, eine späte Erkenntnis, aber immerhin.

Zum Schein in den Anblick eines Gemäldes vertieft, richtete Emil den Blick nach vorn. Die Rolle des Kunstkenners war ihm auf den Leib geschnitten, nur eine unter vielen, wie ich aus langjähriger Erfahrung wusste. Wäre Schwammerl nicht Journalist geworden, er hätte es bis zum Burgschauspieler gebracht, so vielfältig war sein Repertoire.

Kaum aufgetaucht, war der Uniformierte wieder verschwunden. Für meinen Gefährten jedoch kein Grund zum Aufatmen, wie ein neuerlicher Rundblick bewies. Kein Zweifel: So angespannt wie jetzt hatte ich ihn noch nie erlebt. Ein Grund mehr, sich in Gelassenheit zu üben. »Ende der Vorstellung, er ist weg!«

Die Bemerkung verhallte ungehört. »Was glaubst du, ist dir jemand gefolgt?«

»Bei dem Wetter wohl kaum«, murrte ich verdrossen vor mich hin, immer noch unsicher, ob ich das Richtige tat. Ich musste nur an früher denken, und mir wurde klar, worauf die Begegnung hinauslaufen würde. Denn dass Schwammerl in Schwierigkeiten steckte, war nur zu offensichtlich.

Nach Scherereien, egal mit wem, stand mir jedoch nicht der Sinn. Sondern danach, mich auf meine Pflichten als Mönch zu besinnen. Was dabei herauskam, wenn man sich vor Emils Karren spannen ließ, das war mir zur Genüge bekannt. Die Zeit am Theresianum hatte ihre Spuren hinterlassen – beileibe nicht nur im positiven Sinn.

Fazit: Bitte alles, nur keine Turbulenzen. Speziell dann, wenn sie mich nicht betrafen. Überdies hatte ich eine unruhige Nacht hinter mir, nicht weiter verwunderlich, wenn ich die Geschehnisse Revue passieren ließ. Man darf es zwar nicht laut aussprechen, aber wenn ich daran dachte, in welchem Zustand sich die Kaiserin befand, dann wurde mir angst und bange. Und dem Kaiser vermutlich auch. Gewiss, das Verhältnis zu ihrem Sohn war nicht das beste gewesen. Ein Grund mehr, das Lamento am Grab nicht überzubewerten. An der Frage, ob sie noch bei klarem Verstand war, kam man aber dennoch nicht vorbei, wie so vieles, was ihren Lebenswandel betraf, in geheimnisumwittertes Zwielicht getaucht. »Auf dem Herweg wäre ich fast erfroren, wenn das so weitergeht, dann können wir auf dem Burgring Schlittschuh laufen.«

»Kein Wunder, wenn man so klapperdürr ist wie du«, ließ die Retourkutsche nicht lange auf sich warten. »Futter halt ein bisserl mehr, dann kann dir die Kälte nichts anhaben. Du weißt doch, Zerberus: Essen und Trinken hält Leib und Seele zusammen, mit Beten allein ist einem nicht gedient.«

Eine Spitze, die ich geflissentlich überhörte. »Sag mal, was ist denn eigentlich in dich gefahren? Erst lässt du jahrelang nichts von dir hören, und dann tauchst du aus der Versenkung auf und behauptest, der Kronprinz habe seine Geliebte auf dem Gewissen. Den Beweis bist du bis jetzt zwar schuldig geblieben, aber was nicht ist, das kann ja noch werden.«

»Sprach die Haushälterin zum Bischof, bevor sie mit ihm …«

»Spar dir die frivolen Scherze, bei mir dringst du damit nicht durch!«, fuhr ich Prohaska über den Mund, riss ihm den Katalog aus der Hand, den er der Tarnung halber bei sich trug, und stierte ihn zornfunkelnd an. »Einmal angenommen, du wärst an meiner Stelle gewesen: Wie hättest du dann gehandelt? Mich einfach so per Brief herbeizuzitieren, nur weil es der Herr nicht für nötig hält, mir den Grund zu nennen – das ist wirklich ein starkes Stück!«

»Die Sache muss unter uns bleiben. Sonst kann ich mir mein eigenes Grab schaufeln.«

»Du wirst es nicht glauben, aber mit der Antwort habe ich gerechnet.«

»Schon gut, Zerberus, ich werde mich bessern«, antwortete mein Freund gedämpft, reckte die Hände, um Konzilianz vorzuschützen, und atmete mit Büßermiene durch. »Hauptsache, du bist da, mehr verlange ich nicht.«

»Wie nett von dir«, übernahm ich Emils Tonfall und ertappte mich dabei, wie ich einen Blick über die Schulter warf. Kaum verwunderlich, dass wir weiterhin unbehelligt blieben, denn wer kam schon auf die Idee, sich ausgerechnet heute auf den Weg ins Museum zu machen. Insofern war die Rechnung aufgegangen, von Verfolgern keine Spur.

Die Luft war rein, um in Emils Jargon zu reden. Fragte sich nur, wie lange noch.

»Und warum das Katz-und-Maus-Spiel, dürfte man das erfahren?«

»Um mir die Kiberer vom Leib zu halten, was hast du denn gedacht!«

»Das kommt davon, wenn man sich zu weit aus dem Fenster lehnt«, erwiderte ich lapidar, setzte meine Brille auf, um das Gemälde zu meiner Rechten in Augenschein zu nehmen, und ermahnte mich, meine Neugier zu bezähmen. Laut Inventarverzeichnis, betitelt als *Übersicht der kunsthisto-*

rischen Sammlungen des Allerhöchsten Kaiserhauses, handelte es sich um das Werk eines hiesigen Künstlers, dessen Motiv mir nur allzu vertraut erschien. Am Ort des Geschehens, einer unterirdischen Krypta, waren drei Männer versammelt, allesamt Ordensbrüder, wie sich bei genauem Hinsehen erwies. Im Hintergrund, von den Wartenden durch einen Spitzbogen getrennt, nahte der opulente Trauerzug heran, auf dem Weg in das unterirdische Gewölbe, wo er von den Männern im Habit erwartet wurde. »Wer es nicht lassen kann, die Nase in anderer Leute Angelegenheiten zu stecken, der darf sich nicht wundern, wenn …«

»Es ihm an den Kragen geht, was du nicht sagst!«

»Komm zur Sache, Emil. Sonst verschwenden wir nur unsere Zeit«, forderte ich meinen Schulfreund auf, schlug den Katalog auf und tat so, als sei ich darin vertieft. »Du steckst also in der Klemme – wieder mal.«

»Gruftgewölbe. Aus der Werkstatt von Johann Nepomuk Schödlberger, geboren 1799 in Wien – wo er vierafunfzg Joa nächa in die Gruam ghupft is'. Gschturm is' gschturm, sprach der Wurm, als Leich' is a jeder gleich.«

»Pass bloß auf, dass dir nicht das Gleiche widerfährt!«, machte ich dem Exkurs ins Wienerische ein Ende, beendete meine Lektüre und wandte mich zum Gehen. »Entweder du sagst mir, was das Ganze soll, oder …«

»Schon gut, Zerberus – dein Wille geschehe.« Eine Zeitung in der Hand, die er aus seinem Mantel gefischt hatte, trat mein Freund Emil auf mich zu, sah mich an, als wisse er nicht mehr weiter, und raunte: »Ich möchte dich um einen Gefallen bitten.«

»Und der wäre?«

»Mich aus der Schusslinie zu bringen, solange noch Zeit ist.«

»Mit anderen Worten, du wirst beschattet.«

»Und zwar rund um die Uhr«, räumte Prohaska bereitwillig ein, den Mund zu einem schiefen Grinsen verzogen. »Aber wenn die denken, sie kriegen mich klein, dann haben sie sich geschnitten.«

»Es geht um den Fall Mayerling, hab ich recht?«

Schwammerl bejahte stumm.

»Ein Rat unter Freunden: Lass die Finger davon.«

»Jetzt komm schon, das sagst du doch nur so!«

»Wie sagt man doch unter deinesgleichen: Die Sache ist mir zu heiß«, bekundete ich lapidar, vollführte eine abwehrende Geste und steuerte auf die offene Saaltür zu. »Du erlaubst, wenn ich mich jetzt verabschiede?«

»Mehr fällt dir dazu nicht ein?«

»Leider nicht.«

»Auch dann nicht, wenn du davon betroffen bist?«

»Gib dir keine Mühe, Emil. Ich will nichts mehr davon hören.«

Emil stellte sich taub. »Da, lies!«, forderte er mich stattdessen auf, drückte mir die Zeitung in die Hand und scharrte mit dem Fuß. »Höchste Zeit, dass du deine Meinung änderst.«

»Findest du?«

Schwammerl nickte.

Ich tat ihm den Gefallen. Und beging einen folgenschweren Fehler.

»Seite fünf der Münchner Neuesten Nachrichten, Ausgabe vom 8. Februar, also von gestern«, fügte Schwammerl erklärend hinzu, deutete auf den Artikel, der die Überschrift »Das Drama in Mayerling« trug, und fügte mit beißender Häme an: »Bevor du mich fragst, hier in Wien gibt es sie nicht zu kaufen. Warum, kannst du dir sicher denken.«

»Und woher hast du sie dann?«

»Wird nicht verraten, Euer Heiligkeit«, ließ sich Prohaska

nicht in die Karten schauen, setzte sich auf eine Bank und sagte: »Man hat halt so seine Quellen – du verstehst.«

»Es sei denn, man gerät an den Falschen«, erwiderte ich barsch, rückte meine Brille zurecht und begann zu lesen. Woher der Autor seine Informationen bezog, blieb im Dunkeln, doch was den Inhalt betraf, wurde kein Blatt vor den Mund genommen. »*In Mayerling*«, so der ausführliche Bericht, »*brachten Rudolf und Mary den Montag und Dienstag heiter zu, und zwar in Gesellschaft des Grafen Hoyos und des Prinzen Coburg. Mittwoch fand man die beiden tot im Bett nebeneinander. Wer zuerst die Entdeckung machte, steht noch nicht fest, wahrscheinlich Kammerdiener Loschek. Die Kerzen waren ganz herabgebrannt, offenbar hat das Paar die Nacht durchwacht. Es ist unbedingt ausgeschlossen, dass sie ihn und dann erst sich erschossen habe. Rudolf tötete zuerst Mary und dann sich, ganz dem Wiener Romanstil entsprechend. Die Kugel trat bei ihm gegen das linke Ohr an der oberen Schädeldecke heraus, wodurch in Verbindung mit den verwachsenen Nähten eine Sprengung der Schädelknochen erfolgte. Auch die Vetsera ist in den Kopf geschossen. Ihre Leiche wurde zu den Zisterziensern nach Heiligenkreuz geschafft und dort in aller Stille beerdigt.*«

Mich schwindelte.

Etwas Ähnliches hatte ich befürchtet.

Dennoch las ich weiter: »*Von den Briefen, die Rudolf während der Nacht in Gegenwart der Vetsera schrieb, ist der längste der an die Kaiserin gerichtete. Über den Inhalt verlautet nichts.*«

»Na, Pater Gutgläubig – sind wir jetzt schlauer geworden?«

»Nicht unbedingt«, gab ich geraume Zeit später zurück, kaum imstande, Ordnung in meine Gedanken zu bringen. »Der Korrespondent, von dem hier die Rede ist, woher hatte er die Informationen?«

»Falsche Frage, lieber Freund.«

Damit beschäftigt, die Zeitung wieder zusammenzufalten, blickte ich ungehalten auf. »Dann erleuchte mich, großer Meister, ich bin ganz Ohr.«

Schwammerl lächelte dünn. »Wusste ich's doch, dass dich die Sache interessiert. Aber um auf deine Bitte zurückzukommen: Die Frage ist doch wohl, warum es die Schlankerln so eilig hatten, den Leichnam der Baronesse unter die Erde zu bringen.«

»Und wen, mit Verlaub, hast du dabei im Sinn?«

Schwammerl lachte heiser auf. »Meinen Informationen zufolge, die …«

»Die von einem Polizisten stammen, der auf deiner Gehaltsliste steht?«

»Würde mich der Herr bitte ausreden lassen?«

Ein widerwilliges Nicken meinerseits.

»Vergelt's Gott, Pater Alban, der Dank des Vaterlandes ist Ihnen gewiss.« Fast schon wieder der Alte, erhob sich Schwammerl von der Bank, vergewisserte sich, ob wir unter uns waren, und trat bis auf Armlänge an mich heran. »Jetzt hör mir mal gut zu, alter Freund. Wozu die da oben fähig sind, hätte ich zwar nicht für möglich gehalten, aber wie man sieht, sind sie immer für eine Überraschung gut.«

»Inwiefern?«

»Laut Angaben eines Bekannten, der anonym bleiben möchte, wurde mit dem Leichnam auf eine Weise umgesprungen, wie ich es niemandem nicht wünschen würde. Nicht genug, dass sie sich in einer Abstellkammer befand, wurde die Tote noch am Abend in einen Fiaker verfrachtet, auf den Rücksitz gesetzt, als lebe sie noch, und mit Karacho nach Heiligenkreuz gekarrt. In voller Montur, um beim Landvolk nur ja keinen Verdacht zu erwecken.«

»Und wie, bitte schön, sollte das gehen?«

»Unter Zuhilfenahme eines Besens, um die Tote in eine aufrechte Position zu bringen. Jetzt guck nicht so, Zerberus: Von den Herren kann man noch was lernen.«

»Die da heißen?«

»Alexander Baltazzi und Georg Graf von Stockau. Wobei es sich bei Ersterem um Marys Onkel und bei Letzterem um den Schwager ihrer Mutter Helene handelt. Einen Kommissar nicht zu vergessen, der neben dem Fiaker auf dem Kutschbock saß. Mit dem Auftrag, den Transport zu überwachen.«

»Ich fasse es nicht.«

»Abwarten, Kleiner, das war längst noch nicht alles.« Die Augen auf den Eingang des Saals gerichtet, sank die Stimme meines Freundes zu einem Flüstern herab. »Und ab ging's auf den nahen Friedhof, nach Einbruch der Dunkelheit, wie unter Ganoven üblich. Ach so, bevor ich es vergesse: Vor der Abfahrt wurden die beiden gezwungen, ein Protokoll zu unterzeichnen. Womit Baltazzi und von Stockau versicherten, dass es sich bei der Toten um ihre Nichte Mary handelte.«

»Und ihre Eltern, was war mit denen?«

»Der Vater ist tot. Seit vorletztem Jahr.«

»Und die Mutter?«

»Wurde daran gehindert, sich von ihrem Kind zu verabschieden.«

»Auf wessen Veranlassung?«

»Spielt das jetzt noch eine Rolle?«

Ich verneinte.

»Und jetzt kommt's: Mit der Unterschrift war die Zustimmung zu einem Gutachten verbunden, aus dem hervorging, dass Marys Ableben auf Suizid zurückzuführen war. Schlau eingefädelt, findest du nicht auch?«

»Da fehlen einem die Worte.«

»Du sagst es. Aber lassen wir das.« Vor der Vitrine postiert, in der sich das Bild mit den drei Mönchen befand, fingerte Schwammerl im Innern seines Mantels herum. »Bevor du mich fragst, Zerberus: Ich habe alles genau recherchiert.«

»Und was, wenn deine Quelle unzuverlässig ist?«

»Ist sie nicht. Aber darüber später mehr.« Sichtlich in Rage, zog Prohaska einen silberfarbenen Flachmann hervor, führte ihn zum Mund und trank einen Schluck. »Nach der Ankunft wurde Mary in einen Sarg gelegt. Dumm nur, dass der Totengräber mit dem Ausschaufeln noch nicht fertig war – bei den vorherrschenden Minusgraden kein Wunder. Will heißen, die Beisetzung fand erst am Morgen statt, so gegen 10 Uhr, wie mein Bekannter vor Ort zu berichten wusste.«

»Lass mich raten, Emil: Kann es sein, dass es sich bei dem als Begleitschutz eingeteilten Kommissar um die bereits mehrfach genannte Quelle …«

»Gib dir keine Mühe, Kleiner. Aus mir bekommst du nichts heraus.«

»Geld riecht nicht, ich weiß.«

»Frage an meinen Banknachbarn: Wie anders, wenn nicht mit solchen Mitteln, sollte ich in den Besitz von Informationen kommen?«

»War's das – oder hast du noch mehr auf Lager?«

»Allerdings.«

»Dann lass hören.«

»Neugierig bist du ja überhaupt nicht, Kleiner. Aber egal, dir kann ich ja wohl vertrauen.« Prohaska grinste schief, leerte den Flachmann und steckte ihn wieder ein. »Wie du weißt, verfüge ich über Verbindungen, von denen andere Schreiberlinge nur träumen können. Unter anderem über solche ins Milieu.«

»Das hast du jetzt aber schön gesagt.«

»Mit anderen Worten, vorgestern Abend bekam ich Damenbesuch. Wobei es verfehlt wäre, das Wort ›Dame‹ wörtlich zu nehmen.«

»Verstehe.«

»Bedeutet: Je zahlungskräftiger der Kavalier, der sich um ihre Gunst bemüht, desto größer die Chance, von Madame O. erhört zu werden. Damit wir uns nicht falsch verstehen: Jemand wie ich käme nicht mal als Bettvorleger infrage, was das betrifft, hängen die Trauben zu hoch.«

»Es sei denn, man gehört zur Hautevolee.«

»Genau. Anderes Thema: Du erinnerst dich doch sicher an den Obduktionsbefund, demzufolge der Kronprinz als nicht zurechnungsfähig bezeichnet wurde?«

»Selbstverständlich. Aber was hat das mit dieser …«, hakte ich ungeduldig nach, außerstande, das Wort »Dame« in den Mund zu nehmen.

»Eine Menge«, nahm Emil die Antwort vorweg, grinste mich triumphierend an und witzelte: »Wie heißt es doch gleich: ›Und führe mich nicht in Versuchung.‹ Tja, so ist es nun mal im Leben: Wir alle, die Olympier in Weiß mit eingeschlossen, sind gegen Fehltritte nicht gefeit. Kurzum: Wie Madame O. zu berichten wusste, zählt – oder vielmehr zählte – einer der vier Ärzte, die für den Befund verantwortlich zeichnen, zu ihren Stammkunden im Séparée d'amour. Bedeutet, der Herr Doktor hat sich bei ihr ausgeheult – und hat alles brühwarm ausgeplaudert. Und dabei war er ned mal g'spritzt, das käme erschwerend hinzu.«

»Moment mal, heißt das etwa …«

»Genau!«, versetzte Schwammerl und genoss den Triumph, mich sämtlicher Illusionen zu berauben, in vollen Zügen. »Der Befund, Rudolf habe die Tat in einem Zustand von Geistesverwirrung begangen, entbehre jeglicher Grundlage, so der am Boden zerstörte Freier … äh … Verehrer. Mit anderen Worten, der Kronprinz war bei klarem Verstand, so normal wie du und ich.«

»Und warum dann der nächtliche Besuch bei dir?«

»Der Herr Doktor wollte nicht zahlen.«

»Wie bitte?«

»Madame O. hat das große Geld gewittert. Und hat versucht, den anlehnungsbedürftigen Herrn zu erpressen. Letzteres jedoch ohne Erfolg.«

»Verstehe.«

»Grund genug, sich einem Bekannten anzuvertrauen, der es auf die Prominenz abgesehen hat. Und der nicht kleinlich ist, wenn es darum geht, ihre Eskapaden aufzudecken.« Schwammerl grinste über beide Backen. »Was soll's, Geld regiert nun mal die Welt. Heutzutage muss jeder sehen, wo er bleibt. Was mich betrifft, ich mache ihr keinen Vorwurf.«

»Der Verehrer deiner Bekannten, wie heißt er?«

»Finde es heraus. Kommen ja nur vier infrage. Einer rechtschaffener als der andere.«

»Nimm endlich zur Kenntnis: Für mich ist die Sache erledigt, mit Politik habe ich nichts zu tun.«

»Typisch Alban«, zog Schwammerl über mich her, ein Zyniker von hohen Gnaden, der es genoss, mich in die Enge zu treiben. »Wenn es brenzlig wird, überlässt du mir das Feld. Aber so leicht kommst du mir nicht davon, auch wenn du einen auf unschuldig machst. Und tu jetzt bitte nicht so, als ginge dich die Gaunerei nichts an. Du steckst nämlich mittendrin, ob du es wahrhaben willst oder nicht. Schließlich bist du nicht irgendwer, auch wenn du dich dagegen sträubst, es zuzugeben. Zur gefälligen Erinnerung, Pater Kustos: Dass an der Sache etwas faul ist, hast du von Anfang an gewusst, also spiel jetzt bloß nicht das Unschuldslamm, außer ein paar Betschwestern kauft dir das keiner ab.«

»Und was hätte ich deiner Meinung nach tun sollen?«

»Du bist dreimal so schlau wie ich, wenn du dein Hirn angestrengt hättest, dir wäre bestimmt was eingefallen.«

»Die Hand, die einen füttert, beißt man nicht ab.«

»Du machst es dir ziemlich einfach, alter Freund.«

»Und du läufst mit einer Drahtschlinge um den Hals herum. Das ist dir hoffentlich klar.«

»Ins Schwarze getroffen, genau darin liegt das Problem.« Kleinlaut geworden, fuhr Schwammerl mit der Hand an der Schläfe entlang, atmete tief durch und sagte: »Um dich auf den neuesten Stand zu bringen: Mein Chefredakteur stellt sich quer. Und der Verleger auch. Scheißen sich vor Angst beinahe in die Hose, die zwei Feiglinge, von wegen Staatsgeheimnis und so weiter.«

»Mit anderen Worten, sie wissen über alles Bescheid.«

Schwammerl nickte ergrimmt.

»Und was jetzt?«

»Jetzt kommst du ins Spiel, alter Freund«, antwortete Emil prompt, zog ein verschnürtes Portefeuille hervor und drückte es mir in die Hand. »Alles drin, was das Herz des Investigativjournalisten begehrt, als da wären: die mitprotokollierten Aussagen meiner Informanten, eine Zusammenfassung der Recherchen sowie die Abschrift eines geheimen Telegramms. Adressiert an den Polizeipräsidenten von Wien. Aufgegeben in Heiligenkreuz, direkt nach Marys Beerdigung.«

»Und wie … Ich meine, wie kommt man an so etwas ran?«

»Beziehungen.«

»Und zum wem?«

»Zu einer Vorzimmerdame im Präsidium, wenn du es genau wissen willst«, grantelte Schwammerl indigniert, wie zu Beginn sichtlich nervös, wie der hastige Rundumblick bewies. »Was soll das werden, etwa ein Verhör durch die Heilige Inquisition?«

Das Portefeuille in der Hand, behielt ich die Antwort, die mir auf der Zunge lag, für mich. »Und was soll ich damit?«

»Es aufheben, bis ich wieder zurück bin!«, tönte es mir mit Verve entgegen, so bestimmend, dass ich jäh zusammenzuckte. Im Begriff, das Gespräch zu beenden, fügte Prohaska mit Bittermiene hinzu: »Mein Chefredakteur meint, ich soll für eine Weile verschwinden. Und abwarten, bis Gras über die Sache gewachsen ist. Auf Kosten des Hauses, versteht sich, dazu fühle man sich verpflichtet.« Emil lachte bitter auf. »Der Mann hat so was von Schiss gehabt, du würdest es nicht für möglich halten. Ich meine, geheime Unterlagen zu besitzen, von denen man bei Bedarf Gebrauch machen kann, da spricht doch überhaupt nichts dagegen. Jeder andere wäre vor Freude in die Luft gehüpft, nur nicht der Herr Chefredakteur. Und ich Idiot reiß mir den Hintern auf, um Material für eine gute Story zu bekommen, wie dumm muss man denn sein! Der soll mir bloß nicht mehr in die Quere kommen, sonst mach ich seine Oide zur Witwe.«

»Jetzt mach aber mal halblang, Emil. So weit darf es ja wohl nicht kommen.«

Prohaska winkte rüde ab. »Das musst du dir mal vorstellen, Kleiner: Da lieferst du den Sprengstoff frei Haus, und dann lehnt der oide Knira ab. Von wegen Gewissen der Nation, dass ich nicht lache. Hat nicht mal den Mumm, das Portefeuille zu verwahren, so sehr ist ihm die Angst im Nacken gesessen. Tja, so ist es nun mal: Wenn du sie brauchst, lässt dich die Chefetage im Regen stehen, dann kannst du sehen, wo du bleibst.«

»Moment mal«, erwiderte ich alarmiert, packte den im Gehen begriffenen Freund am Arm und vollendete mit belegter Stimme: »Du glaubt doch nicht etwa, ich …«

»Doch!«, erstickte Emil meinen Widerstand im Keim, entwand sich meinem Griff und verließ den Saal. »Den Gefallen bist du mir schuldig, also stell dich gefälligst nicht so an!«

VERSCHLUSSSACHE (III)

Classe der Depesche	**TELEGRAMM** **№ 2021** ***Dringend*** ***Polizeipräsi- dent in Wien, Schottenring***	Dienstliche Zusätze **D**
Aufgenom- men von ***HR***	Von ***Heiligen- kreuz*** Nr. Worte Chiff	Aufgegeben am ***½*** 1889 Um ***10*** Uhr ***30*** Min.

Text
Alles abgetan Habrda

ZWEI
TOTENKULT

PATER ALBAN, KUSTOS DER KAPUZINERGRUFT IN WIEN (25 JAHRE)

11

Kapuzinerkirche am Neuen Markt, Mittwoch, 29. Mai 1889, 11.00 Uhr

»Ich finde, es ist an der Zeit, einen Schlussstrich zu ziehen«, redete mir mein Mentor vor dem Altarbild ins Gewissen, auf dem Franziskus vor den Mächten des Himmels kniete. »Was geschehen ist, lässt sich jetzt nicht mehr rückgängig machen. Du musst jetzt nach vorn blicken, das viele Grübeln fügt der Seele Schaden zu.« Die Hände auf den Knauf seines Gehstocks gestützt, fügte Bruder Severin hinzu: »Seit damals sind fast vier Monate vergangen, vergiss das nicht. Wenn du nicht aufhörst, dich zu martern, zerbrichst du daran. Schau dich doch an, Alban, man erkennt dich ja fast nicht wieder.«

»Kein Grund zur Sorge, Vater«, unternahm ich den Versuch, meinen Mitbruder zu beschwichtigen. »So schlimm ist es nun auch wieder nicht. Aber reden wir über etwas anderes – und genießen wir das schöne Wetter.«

»Ein guter Vorschlag«, willigte mein ehemaliger Lehrer ein, blickte nach rechts, wo das Licht durch die Bogenfenster in den Chor flutete, und genoss die anheimelnde Wärme. Es war der erste wolkenlose Tag seit Langem, ein Frühling wie aus dem Bilderbuch, mit Temperaturen wie in südlichen Gefilden. Ein Grund mehr, das Thema auf sich beruhen zu lassen. Und sich den Dingen zu widmen, die wirklich zählten, wie es sich für einen Mönch gehörte. Das Los der Bedürftigen zu lindern, allein darin bestand jetzt meine Pflicht. Und nicht, den Winkelzügen der Mächtigen nachzuspüren. Andere waren dafür besser geeignet als ich, allen voran mein Freund Emil, der von der Bildfläche verschwand, als habe es ihn nie gegeben.

Was die Bitte betraf, das Dossier bis auf Weiteres in Verwahrung zu nehmen, hatte ich mich widerstrebend gefügt. Es befand sich an einem sicheren Ort, und niemand, geschweige denn ein Agent des Sicherheitsbüros, würde auf die Idee kommen, es dort zu suchen. Mochte es auch an ein Sakrileg grenzen, einen Fleck wie diesen für meine Zwecke zu missbrauchen, sicher war nun einmal sicher. Ganz wohl war mir dabei zwar nicht gewesen, doch je öfter ich darüber nachdachte, desto besser konnte ich damit leben. Nichts lohnender, als über den eigenen Schatten zu springen, gerade dann, wenn es um Wohl und Wehe ging.

Zweifelsohne hatte der Skandal hohe Wellen geschlagen, an der Einsicht kam selbst ich nicht vorbei. Doch wie ich die Noblesse kannte, war es nur eine Frage der Zeit, bis jemand anderes von sich reden machte. Wien ohne Skandal, das war wie Tafelspitz ohne Meerrettich – oder, um im Bild zu bleiben, wie Palatschinken pur. Was das betraf, war auf die Salonlöwen Verlass – und auf die Klatschpresse natürlich auch. So bedrückend der Gedanke auch anmutete: Bis Gras über die Sache wachsen würde, war es nur eine Frage der Zeit, mit ein wenig Glück nur eine Frage von Tagen.

Ein Trugschluss, wie ich heute weiß.

»Wobei ...«

»Ich schlage vor, wir lassen das Thema ruhen«, fiel ich Severin begütigend ins Wort, wohl wissend, was der Greis im Schilde führte. Mit mir im Reinen war ich aber noch nicht, vor allem, was das Renkontre mit der Kaiserin betraf. So sehr ich mich auch ins Zeug legte, sie abzuschütteln, die

Reminiszenzen wurde ich nicht los. Auch dann nicht, wenn ich mich zu Bett begab. Die Kaiserin am Sarg ihres Sohnes, umringt von den Grabmonumenten der Ahnen, die wie Ruhebetten aus dem mystischen Halbdunkel ragten: Wem da nicht mulmig wurde, der verfügte über ein Herz aus Granit. Ich jedenfalls konnte damit nicht dienen, war es doch meine Pflicht, mich um die Instandhaltung der Gruft zu kümmern. Media in vita morte sumus, der Sinnspruch traf den Nagel auf den Kopf, im wortwörtlichen wie auch im übertragenen Sinn. Blieb zu hoffen, dass die Visite ein Einzelfall blieb – und dass der Kronprinz in Frieden ruhen würde. »Höchste Zeit, sich wieder dem Alltag zuzuwenden. Zu tun gäbe es weiß Gott genug.«

»Apropos: Wie geht es mit deinen Schützlingen voran?«, schwenkte der Greis auf meine Linie ein, so alt wie das Jahrhundert – und so gebildet wie kaum ein anderer. Kein Mitbruder, der ihm auch nur annähernd das Wasser reichen konnte, vor allem, was die Schärfe des Intellekts betraf. Mehr als dreimal so alt wie ich – und nicht nur mir um Längen voraus. Um einen Mann wie meinen Ziehvater ausfindig zu machen, brauchte man einen langen Atem – und mehr als das sprichwörtliche Quäntchen Glück. »In Simmering sind sie voll des Lobes, aber das ist dir ja bestimmt schon zu Ohren gekommen.«

»Wie ich bereits sagte, es gibt noch eine Menge zu tun«, machte ich aus meiner Sorge keinen Hehl. Das Asyl und Werkhaus, so der amtliche Terminus, war zwar ein Schritt in die richtige Richtung, aber eben nur ein Anfang – um Schlimmeres zu verhüten. Knapp 600 Bedürftige im Werkhaus, weitere 74, darunter 14 Frauen, im Asyl für Obdachlose untergebracht: Im Angesicht des Elends, das in den Vororten herrschte, reichte das nicht aus. Vom Glanz der Epoche, die in der Ringstraße ihren sinnfälligen Ausdruck fand, war hier draußen so gut wie nichts zu spüren, und wer glaubte, ein Dach über dem Kopf sei ein Allheilmittel, der verkannte die Situation. Milde Gaben allein, davon konnte ich mich vor Ort überzeugen, waren keine Lösung, sondern allenfalls ein erster Schritt.

Ich erwähne es ja ungern, aber wie es aussah, war es fünf vor zwölf. Die Stunde der Wahrheit rückte näher, und wenn nicht bald etwas geschah, dann würde das Land am Abgrund stehen. Die Tage der Monarchie waren gezählt, nicht mehr lange, und das Haus Habsburg hatte ausgedient. Eine Vision, die nicht nur mich mit Schrecken erfüllte, allen Beteuerungen des Gegenteils zum Trotz. »In der Hauptsache für die Begüterten, die dazu neigen, das Problem auf die leichte Schulter zu nehmen. Anstatt im Prater zu promenieren oder ihr Geld auf der Rennbahn in der Freudenau zu verwetten sollten sie sich lieber Gedanken darüber machen, wie dem Elend am ehesten beizukommen …«

»Nicht gar so hitzig, mein Junge. Emotionen sind kein guter Ratgeber«, fiel mir Severin sanft ins Wort, straffte sich und rutschte unruhig hin und her. »Die Geschichte lehrt, dass es zu nichts führt, wenn man dem Irrglauben huldigt, auf Erden seien alle Menschen gleich.«

»Hört, hört!«

Severin schmunzelte leicht. »Gleich geschaffen, aber nicht gleich, alles andere wäre von Übel«, rundete er den Gedankengang ab, und mir war, als säße ich wieder in der Schule, Seite an Seite mit meinem Freund Schwammerl, der nur darauf wartete, Severin Kontra zu geben. Bei den Duellen war es immer hoch hergegangen, zur Freude meiner Mitschüler, die es genossen, in die Rolle des Publikums zu schlüpfen. »Wozu es führt, wenn man alle über den gleichen Kamm scheren will, das haben wir während der Revolution in Frankreich gesehen. Und wenn ich an das Chaos vor 40 Jahren denke, als der Kaiser gezwungen war, die Flucht zu ergreifen, dann werde ich in meiner Meinung bestätigt.«

»Was aber, wenn er sich – wie unlängst geschehen – unlauterer Mittel bedient?«

»Dann ist er es, der damit leben muss, und nicht du«, hielt mein Lehrer an seinem Standpunkt fest, bedeutete mir, ihm beim Aufstehen behilflich zu sein, und verharrte unschlüssig auf der Stelle. Das Gehen fiel ihm mittlerweile schwer, und wenn ich die ausgezehrte Gestalt betrachtete, dann machte ich mir große Sorgen. Der Mann, welcher Vaterstelle bei mir vertrat, reichte mir höchstens bis zur Schulter, nur mehr Haut und Knochen, wie das umherschlotternde Habit bewies. Allein die Augen, trotz Kurzsichtigkeit ständig in Bewegung, zeugten davon, dass sein Wille, Gevatter Tod die Stirn zu bieten, längst noch nicht erloschen war, so gebrechlich die Physiognomie auch anmutete. »Und selbst wenn er es aus eigenem Antrieb tat, wie ich ihn einschätze, ist ihm die Entscheidung nicht leichtgefallen.«

»Mir auch nicht, aber das nur nebenbei.«

»Jetzt hör mir mal gut zu, mein Junge«, ließ mein Begleiter den Einwand nicht gelten, packte mich an der Schulter und sah mich an: »So einfach, wie du dir das vorstellst, ist der Kasus nicht. Steht doch geschrieben: ›Denn worin du den anderen richtest, verdammst du dich selbst, denn du, der du richtest, tust dasselbe.‹«

»Mit anderen Worten, mir steht es nicht zu, mich in die Belange des Kaiserhauses einzumischen?«

»Drücken wir es mal so aus: Die Gedanken sind frei.«

»Bruder Severin ein Freigeist – wenn das der Guardian wüsste!«

»Lenk nicht ab, Alban«, wies mich der Greis mit gestrenger Miene zurecht, lockerte seinen Griff und sprach: »Du weißt genau, was ich damit meine.«

»Steht doch geschrieben: Jedermann sei untertan der Obrigkeit, die Gewalt über ihn hat«, ahmte ich den Duktus meines Ziehvaters nach, hielt dem Blick der schiefergrauen Augen stand und wich zurück, um mich der Umklammerung zu entwinden. »Bei allem Respekt, Vater, aber wie es aussieht, haben wir uns mitschuldig gemacht.«

»Ich weiß.«

»Und warum die Einwände von vorhin?«

»Weil ich verhindern möchte, dass du eine Dummheit begehst.«

Im Begriff, mich zu entfernen, drehte ich mich zu Severin um. »Die worin besteht?«

»Bedenke, was du dem Orden schuldig bist«, wich Severin einer Antwort aus, streckte den Arm aus und hakte sich bei mir unter. »Ein Sprichwort sagt: In die Hand, die einen füttert, beißt man nicht hinein.«

»Ist zwar schon eine Weile her, aber das hat mir der Vorsteher auch gesagt.«

»Und zu welchem Schluss bist du gekommen?«

Die Hand meines Mentors fühlte sich wächsern an, als stamme sie aus dem Panoptikum. »Ehrlich gesagt, zu gar keinem.«

»Na, dann ist ja noch Hoffnung«, hielt sich der Unmut meines Mentors in Grenzen, anders als von mir erwartet – und ohne erkennbaren Grund. »Bevor ich es vergesse: Wann beginnt eigentlich dein Konzert?«

»Heute Abend um 18 Uhr. Wieso?«

»Zeit genug, um einen kleinen Spaziergang zu machen«, gab der Doktor der Philosophie ohne Umschweife zurück, dirigierte mich zum Ausgang und atmete tief durch. »Wien im Frühling, hat es jemals etwas Schöneres gegeben?«

Ein Schritt vor die Tür, und der Disput mit meinem Ziehvater war vergessen.

Auf dem Marktplatz herrschte reger Betrieb. Im Gegensatz zu früher, wo die Müller die Szene beherrschten, gab es heuer alles Mögliche zu kaufen, unter anderem Wurstwaren, Butter vom Fass, Eier, frisches Obst und Gemüse vom Land, Salzstangerln, Buchteln, gebrannte Mandeln und dergleichen mehr. Für unseren Koch lag der Platz ideal, wurden doch auch lauthals Fische feilgeboten, frisch aus der Donau, also primär Zander, Forellen, Karpfen und hin und wieder sogar ein ausgewachsener Hecht. Mich persönlich zogen vor allem die Gerüche in Bann, ein Sammelsurium der Sinnesfreuden, wie Severin treffend bemerkte. Wie verlockend die Düfte doch waren, die mir von überallher entgegenwehten – und wie verschiedenartig zugleich. Hier der Kerzenverkäufer, bei dem ich zu den Stammkunden gehörte, dort der Gewürzhändler, der eine Dependence am Naschmarkt betrieb, und weiter nördlich, rund um den Brunnen mit dem barocken Figurenschmuck, die Buden der hiesigen Brotverkäufer, an denen sich ein unwiderstehlicher Geruch erhob. Die Würstelstände, um die wir einen weiten Bogen machten, nicht zu vergessen.

Am Ende des Rundgangs bogen wir in die Kupferschmiedgasse und von dort in die Kärntner Straße ein. Auch hier das gleiche Bild: keine Spur mehr von schwarzen Bannern, die Flaggen akkurat gehisst, kein Trauerflor an der Garderobe der Passanten.

Im Januar hatte es noch zum guten Ton gehört, ein Porträt mit Trauerschleife im Schaufenster zu platzieren. Am heutigen Mittwoch, vier Monate nach der Stunde null, sah alles wieder so wie früher aus. Ein Konterfei Rudolfs in jungen Jahren, das zwischen den Auslagen eines Porzellanwarenladens wie ein Fremdkörper wirkte, des Weiteren, unpassend genug, eine Fotografie der kronprinzlichen Familie, die glückselig lächelnd in die Kamera blickte: Viel mehr fiel mir nicht ins Auge.

Wie schon zuvor ging alles seinen gewohnten Gang, an einem Tag wie heute, wo der Himmel in leuchtendem Kobaltblau erstrahlte, nicht weiter verwunderlich. Elegant gekleidete Damen, die vor den Schaufenstern entlangflanierten, einen Schirm in der Hand, um ihre vornehme Blässe zu bedecken, Kavaliere mit Strohhut und Nelke am Revers, auf der Suche nach einer Dame mit Vergangenheit, gleich mehrere Equipagen mit Kurs auf das Sacher, die Fiaker fein herausgeputzt, dazu Dienstmänner mit schwerem Gepäck, Stubenmädchen auf dem Weg zur Arbeit, Zeitungsjungen, die um Kundschaft warben, Droschkenkutscher, Hausbedienstete, fliegende Händler und wahre Schwärme von Passanten: Der Alltag, so schien es, hatte uns alle wieder, keine Spur mehr von Tristesse, von Trauer erst gar nicht zu reden.

»Wie du siehst, vergessen die Leute schnell«, erriet Bruder Severin meine Gedanken, verhielt seinen Schritt, um Luft zu schöpfen, und hakte sich vor dem Weitergehen unter. »Populär war er ja – und ein Enfant terrible, wie es im Buche stand«, fügte er verspätet hinzu, jedoch ohne das Kind beim Namen zu nennen. »Davon abgesehen, vom Sakrament der Ehe scheint er nicht viel gehalten zu haben. Und dann erst der lasterhafte Lebenswandel, in der Haut des Kaisers hätte ich nicht stecken wollen.«

»Und ich nicht in derjenigen seines Sohnes«, parierte ich verstimmt, dirigierte meinen Mentor nach rechts, um einem Gepäckträger auszuweichen, und vermied es, ins gleiche Horn zu blasen. »Die beiden waren eben sehr verschieden, charakterlich und auch anderweitig.«

»Was willst du damit sagen?«

»Ich gehöre zwar nicht zum engeren Kreis, aber dass sie

sich spinnefeind waren, das wusste ja wohl jedes Kind«, erwiderte ich in festem Ton, blinzelte ins Sonnenlicht und fuhr fort: »Hinzu käme, dass nicht jeder das Zeug zum Regieren hat – von der Aura, über die er verfügt, einmal abgesehen. Ich meine, beginnend mit den Römern hat es doch immer wieder Zerwürfnisse zwischen Monarchen und ihrer Nachkommenschaft gegeben, und wenn ich mir überlege, wie der Soldatenkönig mit seinem Sohn umgesprungen ist, dann erscheint es mir wie ein Wunder, dass der Alte Fritz …«

»Moment mal«, fiel mir mein Mentor ergrimmt ins Wort, blieb stehen und sah mich an, als sei der Leibhaftige in mich gefahren. »Du glaubst also allen Ernstes, der Kaiser habe Rudolf in den Tod getrieben?«

»Natürlich nicht. Und außerdem: Wer bin ich, der ich mir ein Urteil erlauben könnte!«

»Sei nicht so ironisch, Alban. Du weißt genau, dass ich das nicht ausstehen kann.«

»Dann formuliere ich es eben anders«, wich ich keinen Zollbreit vor meinem Mentor zurück, sah ihm ins Gesicht und sprach gedämpft: »Der Kronprinz war dem Kaiser nicht schneidig genug, damit fing die leidige Misere an. Und selbst wenn er ein anderer Mensch geworden wäre, er hätte es dem Kaiser nicht recht machen können. Dass er eine Passion für die Ornithologie besaß und dazu neigte, den Militärdienst als notwendiges Übel zu betrachten – wer wollte es ihm verdenken.«

»Was ist bloß in dich gefahren, man erkennt dich ja fast nicht wieder.«

»Ich will damit sagen: Wie man hört, war Seine Hoheit vielseitig interessiert, dazu überdurchschnittlich intelligent und gegenüber Neuerungen überaus aufgeschlossen.«

»Ein Freigeist war er – und ein Jakobiner, wie er im Buche stand!«, schleuderte mir Severin erbost ins Gesicht, kaum imstande, die Contenance zu bewahren. »Rottet sich mit aufmüpfigen Schmierfinken zusammen, um seinem Vater in die Parade zu fahren. Korrespondiert mit französischen Scharfmachern, um die Allianz mit Kaiser Wilhelm zu unterminieren. Konspiriert mit den ungarischen Notabeln – hinter dem Rücken Seiner Majestät, versteht sich! – mit dem Ziel, den von Gott ins Amt berufenen Souverän zu stürzen. Bei dem es sich um den eigenen Vater handelte, um die Perfidie auf die Spitze zu treiben.« Kurz davor, sich zu vergessen, rang Bruder Severin hektisch nach Luft. »Also, wenn das kein Grund ist, auf Distanz zu gehen, dann weiß ich auch nicht mehr.«

»Kann vorkommen«, erwiderte ich lapidar und machte Anstalten, den Spaziergang fortzusetzen.

Mein Ziehvater tat es mir widerwillig gleich. »Wie darf ich das verstehen?«

»Dass sich die Geister bei dem Thema scheiden«, fügte ich erklärend hinzu, bemüht, einen moderaten Ton anzuschlagen. »Na also, der Hinweg wäre fast geschafft. Soweit alles in Ordnung, oder sollen wir eine kurze Verschnaufpause machen?«

Der Greis winkte murrend ab.

Einmal Stephansdom und zurück: In all den Jahren, wo ich mich um Severin gekümmert hatte, war die Route unseres Ausflugs die gleiche geblieben. Und so kamen wir auch heute am Café de l'Europe vorbei, wie geschaffen, um sich wirksam in Szene zu setzen. Sehen und gesehen werden: Wenn es einen Ort gab, an dem dies beherzigt wurde, dann befand er sich am Stephansplatz 8a. Beherbergte das Café doch alles, was das Herz des Müßiggängers höher schlagen ließ, wobei der Lesesaal zu den Prunkstücken des Genres zählte. Billard wurde natürlich auch gespielt, an mehreren Tischen gleichzeitig, wo käme man da auch hin. Und wer die Havanna dem Queue vorzog, der begab sich in den weitläufigen Rauchersalon. Es sei denn, er konnte nicht mit Geld umgehen. Um es loszuwerden, standen mehrere Spieltische bereit, dort war er an der richtigen Adresse. Weniger Risikofreudige trafen sich zu einer Partie Schach, frei nach Gusto – und ohne ruinösen Einsatz.

Mitleidig belächelt, ließen wir die Hautevolee links liegen, betraten den Dom und beugten das Knie. Die Stille wirkte wie Balsam auf mich, ein Blick in den Innenraum, und mein Inneres atmete auf. Die Welt da draußen hinter sich zu lassen, das war mir seit jeher leichtgefallen, je länger ich hier verweilte, desto wohler wurde mir ums Herz.

Und weiter ging der Weg, vorbei an Altären, Grabmälern, Heiligenfiguren, Gebetsnischen, Epitaphien und Votivkerzen, die das Halbdunkel mit dem Licht der Hoffnung durchdrangen. Vor der Chorschranke angekommen, hielten wir erneut inne, in unsere Andacht versunken, wie es sich allhier gebührte.

Blieb nur noch, am Grab von Kaiser Friedrich nach dem Rechten zu sehen, dann würden wir uns auf den Rückweg ins Kloster begeben.

Soweit das übliche Ritual.

In meine Andacht vertieft, hatte ich die Frau, die auf dem Betschemel vor dem Pentaptychon kauerte, nicht bemerkt. Altäre gab es hier zuhauf, wenngleich die Anzahl der Adoranten zu wünschen übrigließ. Die Frau war ganz in Schwarz gekleidet, und als ich sie von der Seite betrachtete, schreckte ich unvermittelt auf.

Ich hatte sie schon einmal gesehen.

Annähernd doppelt so alt wie ich, mediterraner Teint, dunkelbraunes und bis auf die Schultern herabreichendes Haar, olivfarbene Haut, schlank von Wuchs und in sich gekehrt. Langes Kleid aus dunklem Seidenstoff, dazu eine mit Spitzen besetzte Mantille auf dem Kopf.

Erinnere dich, Alban.

So schwer kann das doch nicht sein.

Doch was ich auch tat, um meine Erinnerung zu durchforsten, der rettende Einfall ließ auf sich warten.

»Stimmt etwas nicht mit dir?«, drang die Stimme von Bruder Severin an mein Ohr, als hörte ich sie aus weiter Ferne, wie ein Echo aus längst vergangenen Tagen. »Was ist denn los, mein Junge, du siehst aus, als hättest du einen Geist ...«

Weiter kam mein Begleiter nicht.

Die Frau aus unserer Kirche.

Die mir zuhörte, wenn ich auf der Orgel spielte.

Jetzt fiel es mir wieder ein.

Bruder Severin reagierte als Erster. Sprang auf wie von 1.000 Furien geplagt, als seien die Dämonen der Hölle hinter ihm her.

Ergriff seinen Stock und stürmte los.

Ich selbst war dagegen wie gelähmt, verharrte wie festgewurzelt auf der Stelle, Zeuge eines Schauspiels, auf das ich mir keinen Reim machen konnte.

Von dem, was Bruder Severin der Frau ins Gesicht schleuderte, bekam ich nur am Rande etwas mit. Fast schien es, als dehne sich die Zeit, als wären da nur noch wir drei, die Stimmen übertönt vom Orgelspiel, dessen Echo wie eine Sturzwoge durch das Kirchenschiff rollte.

Verstrickt in ein gemeinsames Schicksal, dessen Ursprung sich im Nebel des Vergessens verlor.

Und dann war es vorüber.

Als sei nichts geschehen, humpelte Bruder Severin auf mich zu, nahm den Stock zur Hand, der ihm im Eifer des Gefechts aus der Hand geglitten war, und sprach: »So, das wäre erledigt. Höchste Zeit, sich auf den Rückweg zu machen.«

»Dürfte ich vielleicht erfahren, um wen es sich bei der Dame in Schwarz ...«, hakte ich auf dem Weg nach draußen nach und ließ den Blick zwischen den Pfeilern hin und her schweifen, auf der Suche nach der schwarz gewandeten Tyche, die wie vom Erdboden verschluckt zu sein schien.

Nur um mitten im Satz unterbrochen zu werden.

»Nein, darfst du nicht!«, herrschte mich der Greis an meiner Seite an, gegenüber früher, als er die Güte in Person verkörperte, nicht mehr wiederzuerkennen. »Wag es nie wieder, mich danach zu fragen – oder wir zwei sind geschiedene Leute!«

12

Kapuzinerkirche am Neuen Markt, 19.30 Uhr

Ein Verspieler nach dem andern.

Die Blamage war perfekt.

Jetzt gab es nur noch eins: Ruhe bewahren.

Leichter gesagt als getan.

Stephansplatz, acht Stunden zuvor: Der Eklat war nicht spurlos an mir vorübergegangen, und wie es aussah, galt für Severin das Gleiche. Die Sache ginge nur ihn und die Fremde etwas an, und er rate mir, das Augenmerk auf mich zu richten. Worte, die an Klarheit nichts zu wünschen übrig ließen – und die mich bewogen, das Thema fallen zu lassen. Ohnehin nicht der Gesündeste, hatte mein Mentor mit sich zu kämpfen, kaum imstande, einen Fuß vor den anderen zu setzen. Einmal mehr war es seine Selbstzucht, die ihn aufrecht erhielt, und das trotz etlicher Rückschläge – oder gerade deshalb.

Umso größer dann der Schock, als er einen Schwächeanfall erlitt, schwer atmend und zittrig, kurz vor dem Zusammenbruch. Purer Zufall, dass ein Arzt auf uns aufmerksam wurde, zwar noch recht jung, doch kompetent wie kaum ein Zweiter. Hätte ich das Sagen gehabt, eine Stelle als kaiserlicher Leibarzt wäre ihm sicher gewesen.

Wieder bei Kräften, setzte Severin den Weg zum Kloster fort, in Begleitung unseres Helfers, der ihm Mut zusprach. Dort angekommen, geleiteten wir den Greis zur Krankenstation, verständigten den Infirmar und empfahlen uns. Anders als sonst, wo er es vermied, auf Hilfe angewiesen zu sein, sparte mein Ziehvater nicht mit Lob, bedankte sich mit überschwänglichen Worten und versprach, den Arzt in seine Gebete einzuschließen. Von mir nahm er dagegen kaum Notiz, mit den Gedanken woanders, wie der nach innen gekehrte Blick bewies.

Der Blick eines Mannes, der mir fremd geworden war.

Und ausgerechnet heute fand mein Orgelkonzert statt.

Da hatte ich mir ja was Schönes eingebrockt.

Bemüht, mir die Zerstreutheit nicht anmerken zu lassen, wartete ich ab, bis der Applaus verklungen war, nahm das Notenheft mit der Aufschrift »*J. S. Bach: Konzert in d-Moll für Orgel*« zur Hand, schlug es auf und gab dem Dirigenten ein Zeichen.

Auf ein Neues.

Um zu retten, was noch zu retten war.

Und da setzte das Orchester auch schon ein. Höchste Zeit, sich zu konzentrieren, das Zittern meiner Hand in den Griff zu bekommen, die Musik in mich aufzusaugen, als gäbe es kein Morgen mehr.

Dein Einsatz, Alban.

Jetzt ging es aufs Ganze.

Allegro, Adagio und danach der krönende Abschluss – kein unüberwindliches Hindernis, was meine Vertrautheit mit den Werken Bachs betraf. Etwas weniger als eine halbe Stunde, in der es galt, all meine Kraft zusammenzunehmen.

Respektive das, was davon noch übrig war.

Dann war es geschafft.

Die Welt um mich herum vergessen machen, so tun, als gäbe es nur mich, die Partitur und sonst nichts auf dieser Welt. Mir einreden, es befände sich niemand in der Kirche, kein Publikum, keine Mitbrüder und kein Guardian.

So lautete die Losung für den Abend.

Und siehe da, es funktionierte. Einmal in Fahrt, überwand ich meine Nervosität, absolvierte das Adagio, als sei nichts gewesen, und steigerte mich in einen wahren Rausch hinein. Die Episode im Dom war vergessen, vergessen auch die Zweifel, die an mir nagten. Von Politik wollte ich nichts mehr wissen, der Blick hinter die Kulissen hatte genügt.

Gebt dem Kaiser, was des Kaisers ist, und Gott, was Gottes ist: Auch hier gab der Erlöser die Richtung vor.

Na also.

Donnernder Applaus, vermischt mit Bravorufen. Beileibe kein Grund, mich über andere zu erheben, wenn überhaupt, dann zur Zufriedenheit.

Wie bei derlei Anlässen üblich, erhob ich mich von meinem Sitz, neigte das Haupt, um mich beim Publikum im Parterre für den Zuspruch zu bedanken, und blickte auf die Häupter der Musenfreunde hinab. Bruder Severin hatte sich entschuldigen lassen, davon abgesehen waren jedoch alle Mitbrüder zugegen, die sich wie Schafe um den Vater Guardian scharten.

Und dann, im Hochgefühl des unerwarteten Triumphes, fiel mein Blick auf eine verschleierte Gestalt, am Ausgang postiert, von wo aus sie den meinigen erwiderte.

Kein Zweifel, um wen es sich dabei handelte.

Selbst jetzt, wenn ich mir die Szene in der Kirche ins Gedächtnis rufe, kann ich mich eines Schauderns nicht erwehren. Anders als sonst trug die Anonyma keinen Schleier auf dem Kopf, das Haar streng gescheitelt und zu einem Knoten verflochten. An der Wirkung, die sie auf mich ausübte, änderte sich jedoch nichts. Außerstande, den Blick von ihr abzuwenden, starrte ich sie nur immerfort an, umklammerte die Balustrade und rührte mich nicht vom Fleck. Die Frau hatte etwas an sich, das nur schwer in Worte zu kleiden war, und ich fragte mich, was sie dazu trieb, sich in Schwarz zu kleiden. Das Naheliegendste war, dass sie sich in Trauer befand, doch wenn ich sie so betrachtete, stiegen Zweifel in mir auf.

Von Gefühlsregungen keine Spur, keine Anzeichen für Trübsal oder Seelenschmerz. Nur ein schwaches, aus der Distanz kaum wahrzunehmendes Lächeln, das wie eingefroren wirkte.

Ein Lächeln, wie es mir noch nie begegnet war.

Und dann kam es auf einmal über mich. Wieso ich ausgerechnet jetzt auf die Idee kam, das Gespräch mit ihr zu suchen, leuchtet mir selbst jetzt, da ich dies niederschreibe, immer noch nicht ein. Dessen ungeachtet zögerte ich keine Sekunde, raffte meine Noten zusammen und trat ab. Vor dem Ausgang gab es kaum ein Durchkommen, und ich ertappte mich dabei, wie ich eine Verwünschung murmelte. Eingekeilt in einen Pulk von Musikliebhabern, welche die Gelegenheit beim Schopf ergriffen, mich mit Komplimenten zu überhäufen, reckte ich den Kopf und sah nach vorn. Im Begriff, sich abzuwenden, verharrte die Anonyma auf der Stelle, setzte einen Blick auf, den ich nicht zu deuten wusste, und nickte mir schweigend zu.

Nur um im Anschluss wie ein Trugbild zu verschwinden, gerade so, als habe es sie nicht gegeben.

»Hatte ich dir nicht gerade geboten, die Finger von der Sache zu lassen?«

Aus den Gedanken gerissen, drehte ich mich auf dem Absatz um.

Bruder Severin, wer sonst.

»Und warum?«, antwortete ich barsch, wartete ab, bis wir unter uns waren, und schickte mich an, die Tür zu verschließen.

»Das wirst du noch früh genug erfahren – so Gott will«, erklärte mein Mentor lapidar, stieß mich von sich, als ich ihm meinen Arm darbot, und humpelte gebeugt von dannen. »Fragt sich nur, ob du damit glücklich wirst!«

Da stand ich nun inmitten des Schneegestöbers, auf dem Weg in die Freiheit, nur einen Steinwurf vom Torgitter mit dem Doppeladler entfernt. Unterm Arm die kleine Schachtel, die das Wenige enthielt, das ich besaß. Ein paar Devotionalien, im Grunde nicht der Rede wert. Vor der Barschaft in Höhe von einem Gulden zwölf nicht zu reden. Steif vor Kälte, machte ich einen Schritt nach vorn, bereit, alles auf eine Karte zu setzen.

Die Angst saß mir im Nacken, und so sah ich mich verstohlen um. Doch da war niemand, weder der Pedell, der keine Gelegenheit ausließ, um die Heimkinder und speziell mich zu schikanieren, noch der gestrenge Prinzipal, ein Grobian übelster Sorte, den Knüppel stets griffbereit zur Hand, noch der Dragoner vom Orden der Salesianerinnen, unter Eingeweihten als »Die Heimsuchung« bekannt. Vor ihr, die darauf pochte, mit »Mutter Oberin« angeredet zu werden, hatten wir den meisten Respekt. Wehe dem, der die Order missachtete, der Zorn der Gottesgeißel war ihm gewiss.

Mutter.

Für mich, der ich mir nichts sehnlicher als ein Zuhause wünschte, war das Wort wie ein Schlag ins Gesicht. Meine Mutter hatte ich nie gekannt, ein Schicksal, das ich mit den Mitinsassen teilte. Das Gleiche galt für meinen Vater. Ein Verlust, mit dem ich leben konnte. Wer weiß, vielleicht waren die beiden schon im Himmel. Oder wo auch immer. Doch egal, wen ich mit Fragen bestürmte, einer Antwort wurde ich nicht für würdig befunden. Blieb also nur, mein Geschick in die eigenen Hände zu nehmen. Irgendwo da draußen, vielleicht schon ein paar Straßen weiter, würde es jemanden geben, der mir weiterhalf. Wenn nicht, müsste es mit dem Teufel zugehen. Gut möglich, dass meine Eltern Geschwister hatten – mit Kindern in meinem Alter. Eine Familie hatte ja wohl jeder, stand doch geschrieben: Es ist nicht gut, dass der Mensch alleine sei.

Von wegen »nicht gut«.

Was das Alleinsein betraf, kannte ich mich aus.

Sogar der Pedell hatte die Frau fürs Leben gefunden, womit niemand auch nur im Traum gerechnet hatte. Und war Vater von acht Kindern geworden, eins unansehnlicher als das andere – und ihrer Mutter wie aus dem Gesicht geschnitten. Warum sich die Brut für etwas Besseres hielt und sich daran ergötzte, wenn wir windelweich geprügelt wurden, das würde für immer ihr Geheimnis bleiben. Der Apfel fiel eben nicht weit vom Stamm, und wer schlau war, ging den Rangen aus dem Weg.

Prügel zu beziehen, egal von wessen Hand, das war unser täglich Brot. An Methoden, die verlorene Schar gefügig zu machen, herrschte ohnehin kein Mangel. Hiebe mit dem Rohrstock, wenn man das Einmaleins nicht beherrschte oder das Pech hatte, beim Aufsagen der zehn Gebote den Faden zu verlieren. Arrest bei Wasser und Brot, wenn man nicht gehorchte, sich prügelte oder ein Schimpfwort benutzte. Oder einfach nur Tatzen, in beliebiger Zahl, falls nötig, mehrfach am Tag. Kurzum: Wer das Pech hatte, zwischen die Mahlsteine der notorischen Drangsalierer zu geraten, dem stand eine Menge Ärger ins Haus. Es sei denn, man kroch zu Kreuze – und behielt seine Aversionen für sich.

Aufstehen um 6 Uhr, sowohl im Sommer als auch im Winter, ab in den Waschraum, um die Morgentoilette zu verrichten, Andacht um 7.30 Uhr, auf nüchternen Magen, auch wenn er schon seit Stunden am Knurren war, Frühstück punkt

8.30 Uhr, im Anschluss daran Religionsunterricht, für den die Oberin höchstselbst verantwortlich zeichnete. Gefolgt von Übungen im Rechnen, Lesen und Schreiben. Danach leichte Handarbeit für die Mädchen, für die Knaben mehrstündiger Werkunterricht. Anschließend Mittagessen, in der Regel Kohlsuppe und eine Scheibe Brot. Sodann freies Spielen, jedoch nur für Kleinkinder. Für die Älteren stand dagegen Arbeit auf dem Programm, zumeist handwerklicher Art, für die Mädchen Handarbeit. Danach ein Imbiss, der den Namen nicht verdiente – und ab in den unbeheizten Schlafsaal, in dem sich ein Dutzend Betten befand.

So und nicht anders sah mein Alltag aus.

Und dabei war ich armer Tropf erst neun, wusste nicht, wer meine Eltern waren, und träumte davon, eine Familie zu haben. Schwer vorstellbar, dass ich der Letzte meiner Sippe war, überdies in einer Zeit, wo die Stadt aus allen Nähten platzte. Je mehr Bewohner, die aus allen Himmelsrichtungen zusammenströmten, desto voller wurde es bei uns – vom 5. Bezirk, wo das Heim im Jahr 15 der Herrschaft Seiner Apostolischen Majestät errichtet worden war, ganz zu schweigen. Dort wohnten die kleinen Leute, und anders als im 1. Bezirk, wo sich die Gecken gegenseitig auf die Füße traten, waren es die Arbeiter, die den Ton angaben. Infolge des Zustroms, den die Stadt erlebte, trafen Familien aus aller Herren Länder ein, darunter Ungarn, Tschechen, Italiener und orthodoxe Juden, Letztere zumeist aus Galizien, bereit, sich für ein paar Kreuzer zu Tode zu schuften. Und auch jede Menge Zigeuner, die als Bettler und Hausierer ihr Dasein fristeten.

Gern gesehen waren die Zuwanderer vom Balkan nicht. Und was ihre Fremdartigkeit betraf, sie war nicht das Problem. Das Bedrückende, um nicht zu sagen Besorgniserregende, war die Armut, die in den Vororten grassierte. Pathetisch ausgedrückt: Die erste Generation fand den Tod, die zweite die Not und erst die dritte – wahrhaftig keine schönen Aussichten – das Brot. Dabei verstand es sich von selbst, dass auch die Halbwelt ordentlich Zuwachs bekam. Und dass es nicht ratsam war, sich bei Nacht auf die Straße zu wagen.

Ein Blick aus dem Fenster, und mir wurde bewusst, wo sich mein Platz befand.

Nämlich ganz unten, am Ende der Leiter.

Apropos Majestät. Kein Raum, in dem nicht ein Bild des Kaisers hing. Flankiert von einem Porträt seiner Frau, so schön, dass ich den Blick nicht von ihr wenden konnte. Eltern wie sie hätte ich gern gehabt, bereit, mir die Wünsche von den Augen abzulesen. Den Schlafsaal mit den Prunkgemächern der Hofburg zu vertauschen, allein der Gedanke ließ mein Kinderherz höher schlagen. Und dann erst die vielen Geschenke, mit denen man mich überhäufen würde, die teuren Spielsachen, von denen die andern nur träumen konnten. Von der Aussicht auf einen vollen Magen nicht zu reden. So viel essen zu dürfen, wie ich wollte, das hatte ich mir schon immer gewünscht.

Kein Wunder also, dass ich eine Traumwelt erschuf. Um dem Vorhof der Hölle zu entfliehen war mir jedes Mittel recht. Eine Welt, zu der Erwachsene keinen Zutritt hatten. Die Kaiserin, der ich die Rolle der schönen Fee übertrug, natürlich ausgenommen. Hatte ich wieder mal Prügel bezogen, kletterte ich heimlich aus dem Bett, schlich mich zur Stirnseite des Schlafsaals, wo ihr Bild und das Kruzifix aus Buchenholz hingen, und träumte mich in eine bunte Fantasiewelt hinein, die einem Dichter wie Shakespeare zur Ehre gereicht hätte.

Titania gab es wirklich.

So schön wie niemand sonst auf der weiten Welt.

Aber dann gab es ja auch noch Oberon, den Mann an ihrer Seite, bekannt als König im Feenreich. Im Streit mit seiner Gattin, wie konnte es anders sein.

Eine bittere Ironie, zumindest aus heutiger Sicht.

Aber lassen wir das. Ich muss gestehen, wenn ich mir sein Bild so anschaute, dann bekam ich es ein wenig mit der Angst. Seine Majestät sah streng aus. Und glich dem Heimoberen bis aufs Haar, besonders wenn er seine Uniform anhatte. Aber ohne Orden, Stehkragen, Gürtelschärpe, Degen und dergleichen. Das wäre ja noch schöner gewesen. Doch wer weiß, vielleicht bildete ich mir das auch nur ein. Und wenn schon, dachte ich bei mir. Ohne Fantasie, Helferin in der Not, wäre ich an meinem Los zugrunde gegangen.

»Er ist streng, aber gerecht«, so die Oberin über Franz Joseph I., von Gottes Gnaden Kaiser von Österreich, König von Ungarn und Böhmen, von Dalmatien, Kroatien, Slawonien, Galizien, Lodomerien und Illyrien. Und so weiter, und so fort. »Er gibt auf uns acht – und wenn es uns schlecht geht, dann nimmt er sich unserer an. Wie ein Vater. Und sorgt für uns, auf dass es uns wohl ergehe.«

So war das also.

Die Majestät sorgte wie ein Vater für uns.

Einmal angenommen, es stimmte: Warum wurden wir dann nicht satt? Und warum bekamen wir andauernd Prügel? Und wieso rückte sie nicht damit heraus, wer meine Eltern waren? Und was mit der Frau geschah, die mich geboren hatte?

Fragen über Fragen.

Und keine Antwort. Nicht die Spur davon.

Doch ich will nicht undankbar sein. Aus der Anstalt gab es auch Positives zu berichten, wenngleich in Maßen. Frei nach Goethe formuliert: Wo viel Schatten ist, ist auch helles Licht. Unter die Fittiche der Heiligen Dreifaltigkeit zu geraten – will heißen: vom Pedell, dem Prinzipal und der Oberin nach Kräften schikaniert zu werden –, das war die Kehrseite der Medaille. Aber mit Pater Severin über Gott und die Welt zu reden, davon zehrte ich noch nach Wochen. Ich weiß, es klingt übertrieben, doch wenn ich zurückblicke, war er es, der verhinderte, dass ich auf die schiefe Bahn geriet.

Lasset die Kinder und wehret ihnen nicht, zu mir zu kommen, denn solchen gehört das Himmelreich. Auf Pater Severin übertragen bedeutete dies: Der Prinzipal konnte sich glücklich schätzen, ihn in unseren Reihen zu haben. Die Rolle des Seelsorgers war dem Mönch auf den Leib geschneidert, und wenn man ihm zuhörte, kam man sich wie neu geboren vor.

Bis dato hatte meine Bibelkenntnis zu wünschen übrig gelassen, das gebe ich unumwunden zu. Mit Beginn von Severins Tätigkeit trat jedoch ein Sinneswandel bei mir ein, gleichsam über Nacht, als habe der Herr die Hände im Spiel. Ich möchte es einmal so ausdrücken: Pfarrer, welche die Heilige Messe lasen, gab es wie Sand am Meer. Vor allem solche, die so taten, als schwebten sie in höheren Sphären. Aber es gab nur einen, dem wir das, was er predigte, auch abnahmen.

Wiewohl schon im vorgerückten Alter, schlug uns Severin regelrecht in Bann. Konnte mit Worten umgehen wie kein Zweiter, sodass wir Kinder, ansonsten sehr lebhaft, wie die Jünger des Herrn an seinen Lippen hingen. Und wenn ich das sage, meine ich es auch so. Wäre Severin nicht gewesen, ich wäre vom Glauben abgekommen – und Mitglied der SDAP geworden.

So aber, im Bann seiner charismatischen Persönlichkeit, beschloss ich, dem Vorbild des Kapuziners nachzueifern. Und das mit gerade mal neun Jahren. Schwer vorstellbar, aber wahr. Doch so einfach, wie ich mir das in meiner Naivität vorgestellt hatte, lagen die Dinge nicht. Mit dem Wenigen, was ich im Waisenhaus lernte, würde ich es nicht weit bringen. Und wenn, dann bestimmt nicht so weit wie Pater Severin, der einen Doktor in Philosophie besaß.

Und dann geschah das Unfassbare.

Bruder Severin wurde abberufen. Vom einen auf den andern Tag.

Der Schock saß tief. So tief, dass ich die Mahlzeiten verweigerte, Streit anfing und mich mit der Oberin anlegte, die nicht zögerte, den Renegaten – ich zitiere – »die Faust Gottes spüren zu lassen«. Ich möchte zwar nicht ins Detail gehen, war jedoch der Meinung, dass die Prügel, die ich bezog, nicht im Sinne unseres Herrn sein konnten. Der Leibhaftige lauerte überall. Vor allem dort, wo man ihn nicht vermutete.

Nämlich in einem Heim im 5. Bezirk.

So merkwürdig dies klingt, der Gedanke an Flucht war mir nie gekommen. Jetzt aber, mit Striemen auf dem Rücken, die nie ganz verheilen würden, blieb mir keine andere Wahl. Und so suchte ich die wenigen Habseligkeiten zusammen, verwahrte sie in einer Pappschachtel und wartete darauf, dass es dunkel wurde. Erst dann trat ich in Aktion.

Es war eine bitterkalte Nacht, doch davon ließ ich mich jetzt, zum Äußersten entschlossen, nicht abhalten. Der Zufall wollte es, dass meine Flucht auf den 2. Dezember fiel, just der Tag, an dem der Kaiser sein Regierungsjubiläum beging. Ein Vierteljahrhundert auf dem Thron, wiewohl erst Anfang 40, allemal ein Grund zum Feiern. Ein Galadiner nach dem andern, Festkonzerte in der Oper, Bälle bei Hof, Soireen in Hülle und Fülle, Empfänge für das diplomatische Corps, Ergebenheitsadressen aus den Kronländern und was es sonst noch gab, um die Monarchie ins rechte Licht zu rücken.

Ich dagegen ging nahezu leer aus. Anfang des Jahres war ich neun geworden und durfte mich glücklich schätzen, ein Semmerl mit Marmelade kredenzt zu bekommen. Mit welchen Schmankerln der Kaiser an seinem Ehrentag bedacht wurde, darüber dachte ich besser nicht nach. Gerade heute, im Klammergriff der Kälte, wäre mir ein Mantel lieber gewesen. Aber Hauptsache, mein Plan würde funktionieren. Die Bequemlichkeit konnte warten.

Und so stahl ich mich auf Zehenspitzen davon, schlich die Treppe hinunter, die zur Portiersloge führte, und warf einen Blick in die Runde. Das Herz klopfte mir bis zum Hals. Viel hätte nicht gefehlt, und ich wäre umgekehrt.

Doch dann ermannte ich mich und ging ans Werk.

Vor der Portiersloge lauschte ich angespannt nach drinnen. Nichts zu hören – und auch vom Pedell nicht die geringste Spur.

Es half alles nichts.

Ich musste es tun.

Schwer atmend zog ich einen Dietrich hervor, Prunkstück einer selbstgefertigten Sammlung, die aus dem Werkkundeunterricht stammte. Lange herumprobieren musste ich nicht. Ein paar Handgriffe, und das Portal sprang knarrend auf.

So hatte ich mir das aber nicht vorgestellt. Im Hof wirbelten Myriaden von Schneeflocken umher. Ein Vorgeschmack auf das, was mich erwartete. Der Nachtfrost ging durch Mark und Bein, und so trippelte ich auf der Stelle, um mich aufzuwärmen. Da stand ich nun inmitten des Schneegestöbers, auf dem Weg in die Freiheit, nur einen Steinwurf vom Torgitter mit dem Doppeladler entfernt. Unterm Arm die kleine Schachtel, die das Wenige enthielt, das ich besaß. Ein paar Murmeln, eine Christophorus-Medaille, ein Heiligenkalender und die Barschaft von sage und schreibe einem Gulden zwölf. Mit mehr konnte ich nicht aufwarten. Steif vor Kälte, machte ich einen ausladenden Schritt, besaß jedoch nicht den Mut, aufs Ganze zu gehen.

Jetzt half nur noch die Flucht nach vorn, kapitulieren kam nicht infrage.

Ein Blick über die Schulter, nur zur Sicherheit.

Doch da war nichts.

Umtost vom Heulen des Windes, der wie ein Derwisch durch das Geäst der Kastanienbäume fuhr, setzte ich mich zögernd in Bewegung, das Torgitter vor Augen, über dem sich der Adler mit dem Wappenschild erhob.

Nur um wie angewurzelt stehen zu bleiben.

Die Gestalt auf der anderen Seite, der Kleidung nach zu urteilen weiblichen Geschlechts, war in einen dunklen Umhang gehüllt, trug eine Mantille auf dem Kopf und bewegte sich keinen Zollbreit von der Stelle. Hielt die Gitterstäbe fest umklammert, ins Licht einer schneebekränzten Gaslaterne getaucht. Sah mich an, als habe sie einen Geist erblickt.

Keiner von uns beiden sprach ein Wort. Und so standen wir einfach nur da, die Körper wie zu einem Eisblock erstarrt. So nah beieinander, dass wir den Atem des andern im Gesicht spürten.

Und doch so fern.

Doch dann geschah das Unfassbare.

Wie aus dem Nichts tauchten auf einmal diese Pranken auf. Gruben sich in die Schulter und hielten mich fest. Ich stand da wie gelähmt, die Augen bittend auf die Frau gerichtet, aus deren Mund ein lang gezogener Schrei ertönte. Ein Schrei, wie ich ihn noch nie vernommen hatte. So schrill, dass mir das Blut in den Adern gefror.

Doch so sehr ich mich dagegen zur Wehr setzte, so heftig und verzweifelt ich auch um mich trat, mich zu befreien war ein Ding der Unmöglichkeit. Je heftiger die Gegenwehr, desto schmerzvoller wurde der Griff, nicht lange, und meine Kräfte ließen mich im Stich.

Nicht so diejenigen der Frau. Vor Entsetzen wie von Sinnen, rüttelte sie an den Stäben, protestierte in einer Sprache, die ich nicht verstand, und stieß einen lang gezogenen Klagelaut aus, wie ein waidwundes Tier, das sich in Agonie befand.

Doch ohne Erfolg.

Und dann hörte ich, wie mich mein Peiniger beim Namen nannte. Merkwürdig nur, dass ich die Stimme, die mich ansprach, nicht kannte.

Der Griff verstärkte sich abermals, rüttelte mich durch, bis mir speiübel wurde.

Aber dann war es auf einmal vorüber.

Die Szenerie verschwand.

Gerade so, als hätte sich die Welt in Luft aufgelöst.

13

Kapuzinerkirche am Neuen Markt, 23.20 Uhr

»Aufwachen, Bruder Alban – es ist dringend!«, drang das Flehen eines Mannes an mein Ohr. Kaum hörbar zunächst, wie ein Echo aus weiter Ferne. Aus meinem Traum gerissen, richtete ich mich schlaftrunken auf. Der Blick verschwamm mir vor den Augen, und mir war, als stecke mein Hals in einem Würgeeisen fest. »Du wirst gebraucht – und zwar sofort!«

»Gebraucht, um diese Zeit?«

»Es ... Es geht um die Kaiserin«, stieß der von Panik ergriffene Ruhestörer hervor, leuchtete mich an und zischte: »Sie hat mich um einen Gefallen gebeten – also zieh dich gefälligst an und komm mit. Der Ruf des gesamten Ordens steht auf dem Spiel. Für Diskussionen ist jetzt nicht die Zeit.«

»Und worum dreht es sich?«

»Na, um was wohl!«, herrschte mich der Guardian an, richtete sich auf und warf mir einen Blick zu, der vor Hochmut nur so strotzte. »Sie hegt den Wunsch, sich zum Grab ihrer Tochter zu begeben. Als Privatperson, frei von den Zwängen des Protokolls. Nicht einmal der Kaiser weiß davon, nur ihre Hofdame. An einem Tag wie diesem möchte sie allein sein, ist das denn so schwer zu verstehen?«

Die Frage nach dem Grund lag mir auf der Zunge.

Besser, ich behielt sie für mich.

»Und darum, Bruder: *Du sollst tun, was recht und gut ist in den Augen des Herrn, auf dass es dir wohl gehe.*«

»Fünftes Buch Mose, Kapitel 6, Vers 8.«

»Severinus leistet gute Arbeit, das merke ich immer wieder«, retournierte der Vorsteher verstimmt, trieb mich zur Eile an und trat beiseite. »Genug geredet, die Zeit drängt. Die Kaiserin wird jeden Moment eintreffen, und wir können uns glücklich schätzen, ihr von Nutzen zu sein.«

»Selbst zu nachtschlafener Zeit?«

»*Gerade dann*, Bruder«, fügte der Vorsteher mit Nachdruck an. »Also was ist, kommst du jetzt endlich mit?«

»Habe ich denn eine Wahl?«

Das Schweigen des Guardians sprach Bände.

»Roma locuta, causa finita«, murmelte ich halblaut vor mich hin, kletterte aus dem Bett und zog mich an. Und siehe da, auf einmal fiel es mir wieder ein. Wir schrieben Mittwoch, den 29. Mai, ein schicksalhaftes Datum, was die Vita der unsteten Monarchin betraf. Gerade einmal zwei Jahre alt, war Sophie, Erzherzogin von Österreich und ältestes Kind des Kaiserpaares, genau heute vor 32 Jahren gestorben. Für die Eltern ein schwerer Schlag, mithin das Schlimmste, was den beiden widerfahren konnte. Von da an, so wurde hinter vorgehaltener Hand gemunkelt, sei die Ehe unter einem schlechten Stern gestanden. Und das drei Jahre nach der umjubelten Hochzeit, beileibe kein gutes Omen. »Wie dem auch sei, keine weiteren Fragen.«

»Freut mich zu hören, Bruder«, frohlockte der verkappte Tyrann, ein Lächeln im zerklüfteten Gesicht. »Alles halb so schlimm, Bruder, du wirst es überstehen.«

»Was mich betrifft, ich könnte mir etwas Schöneres …«, erwiderte ich bestimmt, klug genug, den Satz nicht zu beenden. »Davon abgesehen, Vater«, presste ich stattdessen hervor, bemüht, nicht unnötig Staub aufzuwirbeln. »Wäre ich an ihrer Stelle, ich würde vermutlich genauso handeln.«

»Da dies jedoch nicht der Fall ist, genügt es vollauf, das Leid Ihrer Majestät zu lindern.«

»Mit anderen Worten: Meine Aufgabe bestünde darin, als Cicerone zu fungieren.«

Die Miene des Vorstehers gefror zu Eis. »Wie ich bereits sagte, Bruder Alban: Wir alle sind der Kaiserin zu Dank verpflichtet, nichts schlimmer, als die Sache ins Lächerliche zu ziehen. Ich erwarte von dir, dass du alles Menschenmögliche tust, um der Kaiserin auf Anfrage zu Diensten zu sein. Und nicht vergessen: Laut Protokoll ist es dir untersagt, das Wort an die Majestät zu richten, es sei denn, sie fordert dich dazu auf.« Der Guardian atmete hörbar durch. »Si tacuisses, philosophus mansisses. Jemandem wie dir muss ich das ja nicht sagen, oder?«

»Gegenfrage: Und warum gerade ich?«

»Ihre Majestät hat mich ausdrücklich gebeten, dich mit der Aufgabe zu betreuen.«

»Mich?«

»Ja, *dich*!«, gab der Guardian brüsk zurück, wandte sich zum Gehen und flüsterte: »Aus welchem Grund, entzieht sich meiner Kenntnis. Ich schlage vor, wir lassen der hohen Frau ihren Willen, alles andere käme einer Majestätsbeleidigung gleich. Wie pflegte der Heilige Benedikt doch zu sagen: Primus humilitatis gradus est oboedientia sine mora.«

»Bei allem schuldigen Respekt, Vater«, warf ich mit ebenso täppischem wie hintergründigem Lächeln ein, erhob mich und versenkte meinen Blick in das Heiligenbild, das an der Schmalseite meines kargen Refugiums hing. »Ich persönlich halte es da eher mit Franziskus, so unpassend die Replik auch anmuten mag.«

»Der da sprach?«

»Oh Herr, gib mir die Kraft, das Unabänderliche zu ertragen«, antwortete ich spitz, ließ dem Älteren den Vortritt und schloss die Tür.

Wie sich die Bilder doch glichen.

Bei ihrer Ankunft, wie zuvor schon in schwarzem Samt, sprach die Kaiserin kein Wort. Die Ergebenheitsadresse des Vorstehers war gerade beendet, da steuerte sie auch schon auf die Grufttreppe zu. Mich selbst behandelte sie wie Luft, nahm ein Windlicht und tauchte ins sinistre Dämmerlicht ein. Gleich darauf zerfloss die Gestalt ins Nichts, begleitet vom Widerschein der Kerze, ein Leuchtfeuer in stockdunkler Nacht. Das Reich der Toten hatte sie wieder, und ich fragte mich, wo das alles dereinst noch hinführen würde.

Ich muss gestehen, die Frau wurde mir unheimlich. Da sprang man über seinen Schatten, um ihr gefällig zu sein, und das war dann also der Dank. Unmut stieg in mir auf, trotz allen Bemühens, mich in ihre Lage zu versetzen. Es war ihre Aura, mit der ich haderte, und wenn ich daran zurückdenke, wie sie auf mich wirkte, dann schaudere ich noch im Nachhinein. Selbst heute, nach all den Jahren, die ins Land gegangen sind. Da war etwas an ihr, das mich an eine Megäre erinnerte. Dazu bestimmt, die Pläne der Lebenden zu durchkreuzen.

Die Zeit verging, und in der Gruft regte sich kein Laut. Schon glaubte ich, die Kaiserin habe sich verirrt, als ich ein unterdrücktes Wehklagen vernahm. Gefolgt von einem markerschütternden Schrei, der bis in die hintersten Winkel drang. »Baby, wo ist der Papa?«, hallte es durch das verwinkelte Gewölbe, so schrill, dass ich dachte, die Ruferin sei von Sinnen. »Hab keine Angst, Baby – der Papa und ich sind bei dir!«

Vom Grauen gepackt, verharrte ich abwartend auf der Stelle. Kein Wunder, dass die Kaiserin im Kreuzfeuer stand.

Beharrte sie doch darauf, ihren Neigungen zu frönen. Reisen in ferne Weltgegenden, und das gleich mehrfach im Jahr, um sich ihren Pflichten gegenüber der Öffentlichkeit zu entziehen: eine Manie, die auf wenig Verständnis stieß. Eine Monarchin, so Volkes Stimme, habe die Pflicht, sich um seine Belange zu kümmern – und ihren Gatten nach Kräften zu unterstützen. In guten wie in schlechten Zeiten, so gehöre es sich nun mal.

»Warum sagst du denn nichts, Baby – ich bin's, die Mama!«

Bei allem Verständnis, jetzt war es aber genug.

Mochte die Trauer auch noch so groß sein, die Totenruhe durfte nicht gestört werden.

Auch dann nicht, wenn es sich um die Tochter des Kaiserpaares handelte.

Sophie Friederike, Erzherzogin von Österreich und ältestes von vier Kindern ihrer Mutter, hatte nur kurze Zeit gelebt. Was ihren jähen Tod betraf, waren die Gerüchte, er sei auf eine Fehldiagnose der Ärzte zurückzuführen, nie ganz verstummt. Tatsache war, Elisabeth hatte darauf bestanden, ihre Töchter nach Ungarn mitzunehmen, wo das Kaiserpaar zu einem mehrwöchigen Staatsbesuch weilte. Wodurch die Fieberkrämpfe, unter denen die beiden Mädchen litten, letztendlich ausgelöst wurden, darüber streiten sich die Koryphäen noch heute. Fest steht indes: Während Gisela, die Jüngere von beiden, sich schnell erholte, blieb der Zustand ihrer Schwester kritisch – und verschlechterte sich von Tag zu Tag. Dessen ungeachtet hielt das Kaiserpaar an seinem Terminplan fest, auf Anraten der Mediziner, zu denen sich der kaiserliche Leibarzt gesellte. Ein Kinderarzt aus Wien machte die Runde perfekt – und reiste, kaum angekommen, wieder ab. Der Zustand der Kleinen sei zwar nicht gut, so wurde verlautbart, aber auch nicht ernst oder gar bedrohlich.

Weit gefehlt.

Beim Befinden der kleinen Sophie, die in der Kinderstube der Burg von Buda mit dem Tode rang, trat trotz hektischer Aktivität keine Besserung ein. Auch dann nicht, als man sich bemüßigt fühlte, eine Diagnose zu erstellen. Die da lautete, Erzherzogin Sophie leide an Typhus. Das Schreien und Weinen der Kleinen, so der Kaiser in einem Brief an seine Mutter, sei überall in der Burg zu hören gewesen. Ein Martyrium für die besorgten Eltern, die nicht müde wurden, ihrer Tochter seelischen Beistand zu leisten.

Buda, 28. Juni 1857.

Jetzt half nur noch Beten.

Und siehe da, zunächst schien es, als ginge es Sophie wieder besser. Doch der Schein trog. Die Agonie hatte bereits begonnen, allen Versuchen, das Schlimmste zu verhindern, zum Trotz. Und so mussten die Eltern mit ansehen, wie »Baby«, so der Kosename der kleinen Sophie, von Minute zu Minute schwächer wurde. So lange, bis ihr Herz seinen Dienst versagte.

Für die Eltern ein schwerer Schlag.

Und ein Wendepunkt in ihrem Leben.

Vor allem die Kaiserin hatte schwer darunter zu leiden gehabt. Schuldgefühle machten sich breit, die, wie Bruder Severin erst jüngst betont hatte, nicht von ungefähr gekommen waren. Hätte sie sich geweigert, ihre öffentlichen Auftritte fortzusetzen, dann, so Sisis Fazit, wäre das alles nicht passiert. Hinzukam ihr Misstrauen gegenüber den Ärzten, denen sie unterstellte, den Zustand ihrer Tochter verharmlost zu haben. Kein Wunder, dass Elisabeth in Schwermut verfiel – und sich weigerte, die Gemächer in der Hofburg zu verlassen.

Zurück nach Buda, dem Ort der Tragödie. Auf eine mit Samtpolstern versehene Trage gebettet, um die Tote vom Sterbebett in die Schlosskirche zu überführen, sah Sophie wie ein kleiner Engel aus. So die zahlreichen Augenzeugen, darunter auch ein späterer Mitbruder von mir. Zuvor war sie zwar einbalsamiert, auf Befehl des Kaisers jedoch weder seziert noch ihrer Organe beraubt worden. Ansonsten ging alles seinen gewohnten Gang, ganz so, wie es das Protokoll bestimmte. Auch beim Trauerzug blieb nichts dem Zufall überlassen. Vor allem, was die illustren Teilnehmer betraf, darunter ein Hof- und ein Kammerfourier, der Schlosspropst mit einem Kruzifix in der Hand, zwei Leibgardisten sowie Pagen, die brennende Windlichter in Händen hielten.

In der Kirche wurde der Leichnam auf ein Polster gebettet, mit Blumen drapiert und mit den Insignien eines Mitglieds des Erzhauses versehen, will heißen: Zu Füßen der Toten wurde die Prinzenkrone platziert, ergänzt durch einen Hut und ein Paar Handschuhe. Die Totenwache durfte natürlich nicht fehlen, und als sei dies alles noch nicht genug, fand auch noch ein Defilee der Bewohner von Buda statt.

Tags darauf, so Bruder István, sei der Leichnam per Bahn nach Wien gelangt, wo er wie vorgesehen um 10 Uhr abends in Empfang genommen wurde.

Um im Anschluss an die Trauerfeier dem Kustos übergeben zu werden.

Dessen Nachfolger einmal mehr in der Klemme steckte.

»Baby, sprich mit mir!« Aus den Gedanken gerissen, trippelte ich nervös auf der Stelle. Das Wort an die Kaiserin zu richten kam nicht in Betracht. Es sei denn, sie erteilte es mir.

Die Frage war, was tun.

Ein Windlicht in der Hand, machte ich mich bangen Herzens auf den Weg, durchquerte die Gruft und steuerte auf das Grabmal von Maria Theresia zu. Dort angekommen, verlangsamte ich meinen Schritt, bog um die Ecke und achtete darauf, mich so leise wie möglich fortzubewegen. Schon von fern war ein schwacher Lichtschein zu erkennen, und je näher ich dem Kegel kam, desto schwerer wurde mir ums Herz. Als Kustos wusste ich natürlich, wo ich mich befand, und so blies ich die Laterne aus und wartete.

Elisabeth stand mit dem Rücken zu mir, eins mit den Schatten, die sich schützend um sie scharten. In die Wand unmittelbar vor ihr waren sieben Namen eingraviert, allesamt Kinder, lange vor der Zeit dahingerafft. Die Särge befanden sich in einer Wandnische, darunter auch derjenige von Sophie.

Sieben Kinder, sieben Tragödien.

In der Haut der Eltern hätte ich nicht stecken wollen.

Die Minuten verrannen, ohne dass sich etwas tat. Nur ein paar Schritte von der Mater Dolorosa entfernt, rührte ich mich nicht vom Fleck. Fast schien es, als habe sie sich in Stein verwandelt, vom Figurenschmuck der Sarkophage kaum zu unterscheiden.

»Geben Sie es zu, Pater: Sie denken, ich bin nicht mehr ganz bei Trost.«

Ich stand da wie vom Donner gerührt. Außerstande, etwas zu erwidern.

Mit allem hatte ich gerechnet, nur damit nicht.

»Majestät?«

»Jetzt tun Sie doch nicht so. Sie wissen genau, was ich damit meine. Keine Bange, Pater – wir sind unter uns!«

Leichter gesagt als getan. Obwohl, Elisabeths Stimme klang freundlich, trotz unterschwelliger Ironie, durchsetzt mit einem Hauch von Bitterkeit. Die Tragödien in ihrem Leben hatten ihre Spuren hinterlassen, wohl dem, dem es erspart blieb, in ihre Fußstapfen zu treten. »Ich bin nur ein einfacher Mönch, Majestät. Kritik an Eurer Person zu üben steht mir nicht zu. An einem Ort wie diesem schon gar nicht.«

»Das haben Sie aber schön gesagt, *Bruder Alban.* Wenn ich ehrlich bin, etwas anderes hatte ich auch nicht erwartet.

Die Kapuziner halten sich aus allem raus, dafür sind sie ja bekannt.«

»Ich denke, das ist auch gut so.«

Wie konnte ich nur. Anstatt mich in Zurückhaltung zu üben, war ich so töricht, ausgerechnet jetzt den Finger in die Wunde zu legen. Im denkbar ungünstigsten Moment. Noch so ein Fauxpas, und man würde mich hochkant aus dem Kloster werfen.

Oder vor den Kadi zitieren, je nachdem.

»Wie weise.«

Besser, ich hielt jetzt meinen Mund. Der Schaden war ohnehin schon groß genug.

Vom Zwielicht eingehüllt, verharrte die Kaiserin auf der Stelle. Schon glaubte ich, sie halte das Gespräch für beendet, da drehte sie sich mit einem Ruck zu mir um, das Gesicht hinter einem Trauerschleier aus Gaze verborgen. »Soll ich Ihnen was verraten, Bruder? Wer wie ich in einer Tretmühle steckt, die ihm die Luft zum Atmen nimmt, der versucht entweder, ihr zu entrinnen – ohne Rücksicht auf andere, wohlgemerkt –, oder er läuft Gefahr, den Verstand zu verlieren.« Die Monarchin seufzte bitter auf. »Ich weiß, wovon ich spreche, Bruder. Was das Leben im goldenen Käfig betrifft, habe ich eine Menge Erfahrungen gesammelt. Eins kann ich Ihnen versichern: Wären die Leute imstande, einen Blick hinter die Kulissen zu werfen, sie würden aus allen Wolken fallen. Eine Woche nur, und sie hätten das Schmierentheater satt. Es sei denn, sie wären nicht ganz richtig im Kopf.«

»Bei allem gebührenden Respekt, Majestät: Was Eure Person betrifft, sehe ich keinen Anlass, mir Gedanken über …«

»Mein befremdliches Verhalten zu machen?«

»Falls Ihre Hoheit die Bemerkung erlauben: Wenn man trauert, ist es nebensächlich, was andere über einen denken.«

»So, ist es das«, echote die schwarz Gewandete brüsk, trat

auf mich zu und musterte mich von Kopf bis Fuß. »Und Sie, Pater – wie sieht es mit Ihnen aus? Gibt oder gab es jemanden, den Sie betrauern? Aber was rede ich für einen Unfug daher, Ihre Vita geht mich ja nichts an. Davon abgesehen, Ihre Eltern dürften in meinem Alter sein, oder sehe ich das falsch?«

»Kann sein, kann aber auch nicht sein.«

»Wie darf ich das verstehen, Pater?«, hakte die Kaiserin umgehend nach, nahm ihre Lampe zur Hand, um besser sehen zu können, und forschte: »Kann es sein, dass Sie mir etwas verheimlichen?«

»Dazu besteht kein Grund, Majestät. Ich bin Vollwaise, zumindest sieht es danach aus.«

»Ehrlich gesagt, ich hatte mir schon so etwas gedacht.«

Die Antwort gab mir Rätsel auf, und so machte ich aus meinem Erstaunen keinen Hehl: »Mit Verlaub, sieht man mir das etwa an?«

»Natürlich nicht, Pater, wo denken Sie hin«, gab die Kaiserin mit Verve zurück, gleichermaßen belustigt und gedrückt, getreu ihrem Naturell. »Aber reden wir über etwas anderes, ich möchte Sie nicht verletzen.«

»Keine Sorge, Majestät. Ich habe gelernt, damit umzugehen.«

»Aber keine Eltern zu haben – oder sie nicht zu kennen –, hat Ihnen das nicht zugesetzt?«

»Anfangs schon«, gestand ich freimütig ein, von der Richtung, in die sich das Gespräch bewegte, in hohem Maße irritiert. Und schob eine aus der Not geborene Lüge hinterher, nicht zuletzt, um vom Thema abzulenken: »Mittlerweile macht es mir aber nichts mehr aus, schließlich gibt es ja noch meine Mitbrüder, die mir seelischen Beistand gewähren. Mit einem Wort, was unseren Zusammenhalt betrifft, gibt es keinen Grund zur Klage. Bei den Kapuzinern fühle ich mich gut aufgehoben – und wollte mit niemandem tauschen.«

»Gut zu wissen, dass es so etwas gibt.«

»Wobei, eine Familie zu haben wäre mir natürlich lieber gewesen«, ließ ich mit vorgetäuschter Nonchalance verlauten, in Gedanken bei meinem Albtraum, aus dessen Fängen ich mich partout nicht zu lösen vermochte. Die Frau hinter dem Torgitter, die wie von Sinnen an den schmiedeeisernen Gitterstäben rüttelte, kurz davor, den Verstand zu verlieren – sie zu vergessen war ein Ding der Unmöglichkeit. Fast schien es, als habe sie wirklich existiert, so bedrückend kam mir die Szene vor.

»Einen Goldgulden für Ihre Gedanken, Bruder.« Da war er wieder, der leicht spöttelnde, von Bitterkeit und Schwermut durchtränkte Ton. »Irre ich mich, oder sind Sie nicht ganz bei der Sache?«

»Wie ungehobelt von mir, ich bitte um Verzeihung«, unternahm ich den Versuch, mich herauszureden, wohl wissend, dass er zum Scheitern verurteilt war. Die Schamröte in meinem Gesicht musste beträchtlich gewesen sein, nur gut, dass ich mich im Halbdunkel befand. »Nun denn: Falls Majestät noch einen Wunsch haben, ich stehe zur Verfügung.«

»Den habe ich gewiss, Bruder«, retournierte die Kaiserin bestimmt, drückte mir ihr Windlicht in die Hand und bedeutete mir, die Führung zu übernehmen. »Was halten Sie davon, wenn wir einen kleinen Rundgang unternehmen, es gibt da nämlich ein paar Dinge, über die Sie Bescheid wissen sollten.«

»Ich fürchte, ich …«

»Jetzt bin ich es, die sich entschuldigen sollte«, fiel mir Elisabeth sanft ins Wort, wandte sich um, als wäre da jemand, der ihr hinterherblickte, und stieß einen herzerweichenden Seufzer aus. An mich gewandt, fügte sie hinzu: »Etwas dagegen, wenn wir die Rollen tauschen?«

»Ich will ganz offen zu Ihnen sein«, zog mich die Kaiserin ins Vertrauen, deutete auf den Sarkophag, vor dem wir standen, und ließ dabei keine Emotionen erkennen. »Was meine Schwiegermutter betraf, hielt sich die Trauer über ihr Ableben in Grenzen. Mag sein, ich habe es ihr nicht immer leicht gemacht, doch wenn ich mir überlege, wie oft mir meine Tante in den Rücken fiel, dann überkommt mich die blanke Wut. Selbst jetzt noch, lange Zeit später. Manche Wunden verheilen eben nie, und was bleibt, sind hässliche Narben, die ein Lebtag nicht mehr verschwinden.«

NATA. MONACHII. NUPTA. IBIDEM. DENATA. IBIDEM. DIE XXVIII. MAII MDCCCLXXII.

Geboren zu München, vermählt zu Wien, gestorben ebendaselbst, am 28. Mai 1872.

Ein Epitaph, der es wahrlich in sich hatte.

Steckte doch mehr dahinter, als man ahnte.

»Warum so schweigsam, Pater?«, forschte die Kaiserin nach dem Ausbleiben einer Antwort nach, drehte dem Sarkophag den Rücken zu und sah mich an. »Wenn ich zu direkt bin, lassen Sie es mich wissen. Aber was rede ich überhaupt: Dass meine Schwiegermutter nicht gut auf mich zu sprechen war – und ich nicht auf sie –, nun ja, was das betrifft, verrate ich kein Geheimnis.«

Kein Kommentar dazu.

Und schon gar nicht hier, wo, wie man gemeinhin sagte, Zank und Hader nicht mehr zählten.

Dass in dem, was Elisabeth geäußert hatte, mehr als nur ein Körnchen Wahrheit steckte, darüber war ich längst im Bilde. Stand die Kaiserinmutter doch im Ruf, »der einzige Mann in der Hofburg« zu sein. Es war Sophie gewesen, die darauf drängte, ihren Schwager zum Niederlegen der Krone zu bewegen – und das nicht ohne Grund. Ferdinand der Gütige, liebvoll-spöttisch »Gütinand der Fertige« genannt, war an Epilepsie erkrankt. An sich nicht weiter schlimm, hätte er das Zeug zum Herrscher gehabt. Dass dem nicht so war, konnte man aber nicht übersehen – und zum Leidwesen des Hofstaats auch nicht überhören. »Bin i Kaiser oder ned?«, pflegte der »Ferdl«, beim Volk durchaus nicht unbeliebt, immer dann zu krakeelen, wenn er seinen Willen nicht bekam. Ein unhaltbarer Zustand, wie selbst wohlmeinende Beobachter konstatierten.

Dabei hatten es die Verantwortlichen in der Hand, für Abhilfe zu sorgen. Nicht genug, dass Ferdl einen Wasserkopf besaß, hatte er schon als Kind eine labile Konstitution besessen. Beschränkte Intelligenz und Hang zur Exzentrik infolge einer Verwandtenehe, wahrlich nichts Neues unter der Sonne. Nur wie damit umgehen, das war die Frage. Umso mehr, da es sich um den Thronfolger handelte.

Ergo: Debil oder nicht, an der Erbfolge dufte nicht gerüttelt werden. Und so kam es, dass Erzherzog Ferdinand, wiewohl gänzlich ungeeignet, um der Tradition willen zum Kaiser von Österreich avancierte.

Ein Schuft, der Böses dabei dachte.

Aber zum Glück gab es da noch den Fürsten Metternich, der zu retten versuchte, was nicht zu retten war. Die Revolution warf bereits ihre Schatten voraus, und siehe da, als man das Jahr 48 schrieb, tauchte ein längst vergessenes Wort aus der Versenkung auf: Revolution. Höchste Zeit also, um sich Gedanken über den Fortbestand der Monarchie zu machen. Es sei denn, man hatte vor, die Seiten zu wechseln. Dass Ferdinand I. der Situation nicht gewachsen war, wer wollte es dem bedauernswerten Tropf verdenken.

Ein Glück, dass sein Neffe Gewehr bei Fuß stand, wie geschaffen, um die Dynastie aus der Krise zu führen.

Mitsamt seiner Mutter, vom Ehrgeiz geradezu zerfressen.

Ohne die nimmermüde Sophie, das lässt sich mit Bestimmtheit sagen, wäre ihr Franzi so schnell nicht Kaiser geworden. Und schon gar nicht mit 18 Jahren. Man stelle sich das einmal vor: Herrscher über ein Imperium, das einem Pulverfass glich, dem Knabenalter kaum entwachsen, ohne Erfahrung im Regieren, im Geist des Militärs erzogen, jedoch ohne profunde Bildung. Weder imstande noch willens, sich von den Rockschößen der Mutter zu lösen, die seinen Vater wie einen hergelaufenen Popanz behandelte. Und die, hätte sie die Möglichkeit gehabt, am liebsten selbst das Heft in die Hand genommen und Kaiserin geworden wäre.

»Wer war denn hier die Kaiserin – meine Schwiegermutter oder ich?«

Eine rhetorische Frage, gewiss. Bedenkt man jedoch, dass Elisabeth, bei ihrer Hochzeit gerade einmal 16 Jahre alt, von Beginn an mit ihrer Rolle haderte, fällt die Antwort keineswegs eindeutig aus. Mit 15 verlobt, mit 16 unter der Haube und mit 20 Mutter von drei Kindern, von denen die Älteste frühzeitig verstarb: ein wahrhaft kräftezehrender Werdegang, bei dem selbst hartgesottene Naturen an ihre Grenzen geraten wären. Was ich damit zum Ausdruck bringen möchte, ist: Wehe dem, der in eine solche Lage gerät, was mich betrifft, ich kann die Person nur bedauern.

»Umgekehrt gefragt, Majestät: Gab es denn überhaupt keine Möglichkeit, mit der Kaiserinmutter auf Augenhöhe zu kommunizie…«

»Auf die Gefahr hin, pietätlos zu erscheinen«, fiel mir die Kaiserin umgehend ins Wort, zupfte ihren Schleier zurecht und tat so, als könnten ihr die Reminiszenzen nichts anhaben. Dass dem nicht so war, lag auf der Hand, und als hätte es eines Beweises bedurft, gingen die Gefühle mit ihr durch: »Meine Tante war herrschsüchtig, kaltherzig, hochmütig, besserwisserisch, überheblich, bestimmend und von einem Dünkel besessen, der seinesgleichen suchte. Das zum Thema

Familienfrieden. Unter uns, Bruder: Mit einer Erinnye wie ihr unter einem Dach zu leben, das ist eine Strafe des Himmels. Ich weiß ja nicht, inwieweit Sie im Bilde sind, aber wenn ich dran denke, was sich diese Frau geleistet hat, dann verliere ich die Contenance!«

»Bei allem gebührenden Respekt, Majestät: Wäre es nicht besser, das Gespräch ein andermal ...«

»Besser jetzt als nie, Pater«, dachte die Kaiserin nicht daran, der Würde des Ortes Tribut zu zollen, ließ mich nicht ausreden und fuhr fort: »Sonst ersticke ich noch daran. Stimmt schon, man soll die Toten ruhen lassen, aber ich kann nun einmal nicht anders.« Elisabeth atmete schwer. »So wahr ich hier stehe, Bruder: Mit Sophie auf einen gemeinsamen Nenner zu kommen, das glich der Quadratur des Kreises. Es sei denn, man log ihr ins Gesicht, dann war man aus dem Gröbsten raus. Entweder du bist für mich oder du bist gegen mich, so lautete ihre Devise. Aber nicht mit mir, ma chère tante, nicht mit mir.«

»Jesus spricht: ›Du sollst deinen Nächsten lieben wie dich selbst.‹«

Elisabeth schnaubte resigniert. »Ich habe es versucht, Bruder. Franz zuliebe. Immer und immer wieder. Mit mäßigem Erfolg. Auf die Gefahr hin, mir Ihren Unmut zuzuziehen: Die Frau war wie besessen. Besessen davon, das Haus Habsburg zu neuen Höhen zu führen. Besessen von der Vorstellung, nur sie sei dazu imstande, den Kaiser vor Schaden zu bewahren. Von sich eingenommen bis ins Extrem.« Ein hektischer Atemzug, fast ein Japsen. Darauf die Worte: »Jetzt schauen Sie nicht so: Das ist die Wahrheit. Vor Metternich hatte sie noch Respekt, aber eben nur vor ihm. Niemand da, der ihr gezeigt hätte, wo es langging, weder mein Onkel noch der gute Kaiser Franz, noch irgendein Platzhirsch bei Hof. Das hat sie natürlich ausgenutzt – und sich in den Vordergrund gespielt, um ihren Franzi zu protegieren. Ich sag Ihnen eins, Bruder: Mit so einer Frau verheiratet zu sein, für einen Mann ist das ein schweres Los. Ich muss gestehen, ich hatte meinen Onkel wirklich gern, aber manchmal denke ich, er hätte schon frühzeitig auf den Tisch hauen sollen. Aber nein – Sophie behielt die Oberhand, wollte keine anderen Götter neben sich haben. Und geriet außer sich, wenn der Kaiser andere Götter – respektive Göttinnen – neben seiner Mutter duldete. Für eine Ehe ideale Voraussetzungen, finden Sie nicht auch?«

»Und der Kaiser, was war mit ihm?«

»Ach, der! Ich sage es ja ungern, aber im Grunde war mein Gatte zu bedauern. Krieg an zwei Fronten: Auf die Dauer hält das niemand aus. Aber sei's drum – wir haben ein Arrangement getroffen, für wie lange, wird man sehen.« Wieder zurück in der Gegenwart, hatte sich Elisabeth wieder im Griff. »Nehmen wir mal an, man würde nichts unversucht lassen, Ihnen Schaden zuzufügen, was dann?«

»Ich würde mich dagegen zur Wehr setzen.«

»Und das aus dem Mund eines Kapuziners – hört, hört! Aber Spaß beiseite: Nehmen wir weiterhin an, die betreffende Person würde Ihnen die Kinder wegnehmen, um sie nach eigenem Gutdünken zu erziehen: Wie würden Sie auf den Affront reagieren?«

»Eine hypothetische Frage. Wie Majestät wissen, habe ich ein Gelübde abgelegt.«

Elisabeths Tonfall verschärfte sich. »Was Sie nicht sagen! Ich wollte nur Ihre Meinung wissen – mehr nicht.«

»Zu viel der Ehre, Hoheit.«

»Ehre, wem Ehre gebührt, heißt es nicht so?«

»Wohl wahr«, antwortete ich gedämpft, nicht sicher, wie die Bemerkung zu verstehen war. Eine Kaiserin, die sich dazu herabließ, einen Mönch nach seiner Meinung zu fragen:

durchaus ungewöhnlich – und bis dato unvorstellbar. »Wie dem auch sei: Was Kinder betrifft, kann ich nicht mitreden.«

»Apropos Kinder«, spann die Verschleierte den Faden weiter, wies mit dem Daumen über die Schulter und fragte: »Die Grabstätte da hinten, was fällt Ihnen dazu ein?«

Die Frau war immer für eine Überraschung gut.

Späte Erkenntnis zwar, aber dennoch von großem Nutzen.

»Darf man fragen, worauf Euer Majestät hinauswollen?«, wich ich der Antwort auf die Frage aus, trat nach vorn und begutachtete den schlichten Sarkophag, nur eine Armlänge von der Ruhestätte der Kaiserinmutter entfernt. Natürlich wusste ich, wer darin bestattet war, und wie ich meine Begleiterin einschätzte, war auch sie darüber im Bilde. »Wer darin ruht, wissen wir ja wohl beide.«

»Stimmt. Das habe ich auch nicht gemeint.«

Joseph Karl Franz, Herzog von Reichstadt.

Geboren am 20. März 1811 zu Paris, gestorben am 22. Juli 1832 zu Schönbrunn.

Nicht nötig, das Windlicht zu Hilfe zu nehmen.

Der Text des Epitaphs war mir geläufig.

»Ich weiß, worauf Majestät anspielen. Dennoch hielte ich es für unangebracht, mich über Dinge zu äußern, die …«

»Die Sie nicht betreffen, ich weiß.«

»Die mich nichts angehen, wäre richtiger«, widerstand ich dem Versuch, mich aus der Reserve locken zu lassen, segnete das Grab und machte Anstalten, den Rückweg anzutreten. »Und die so lange zurückliegen, dass es einem Sakrileg gleichkäme, wollte man daran rühren.«

»Aber Sie haben davon gehört – oder sehe ich das falsch?«

Natürlich hatte ich davon gehört.

Wer hatte das nicht.

Ganz Wien hatte darüber getratscht. Der Sohn Napoleons, verstrickt in eine Liaison, die nicht ohne Folge blieb – und die seine Herzensdame, die ach so züchtige Sophie, vor schier unlösbare Probleme stellte: Das war der Stoff, aus dem die Kaffeehausgespräche waren.

Vom Getuschel bei Hof, ungleich schädlicher für die ehrgeizige Mittzwanzigerin, nicht zu reden.

»Ein Neffe, der seine Tante zur Mutter macht, einfach degoutant, finden Sie nicht auch?«, hakte die Kaiserin mit hohntriefender Stimme nach, dämpfte den Ton und hauchte mir mit luziferischem Duktus ins Ohr: »Wenn das der Heilige Vater wüsste, quel horreur!«

»Majestät kennen doch den Spruch: Quod erat demonstrandum.«

Elisabeth kicherte exaltiert. Und fand es amüsant, mich in die Zange zu nehmen: »Bei allem Respekt, Pater: Aber so billig kommen Sie mir nicht davon. Erinnern wir uns: Die beiden waren nur so sechs Jahre auseinander, will heißen: So unwahrscheinlich, wie sie zunächst klingt, ist die Vermutung nicht.«

»Majestät wissen doch: Die Wiener tratschen für ihr Leben gern.«

»In jedem Gerücht steckt ein Körnchen Wahrheit, nichts kommt von ungefähr.«

»Einmal angenommen, dem wäre so gewesen, um Buße zu tun, ist es zu spät.«

»Buße, wer redet denn davon!« Die Kaiserin prustete dezent. »Wenn wir schon mal hier sind, wie wäre es mit einer Tour d'Horizon? Na gut, keine Antwort ist auch eine Antwort. Also: Wir schreiben das Jahr 1814, als sich Marie Louise – ihres Zeichens Tochter des guten Kaisers Franz – mitsamt ihrem Sohn auf den Weg in die Heimat macht. Und Napoleon, dessen leiblichen Vater, seinem Schicksal überlässt. In Wien wächst Joseph Karl Franz, von seinem Großvater zum Herzog von Reichstadt ernannt, in behüteten

Verhältnissen auf. Ein hübscher junger Mann, blondgelockt, umschwärmt von den Damen, ob noch zu haben oder nicht, zudem galant und voller Esprit. Und temperamentvoll wie sein Vater, der auf Sankt Helena mit dem Schicksal hadert. Mit einem Faible für alles Militärische, den hatte er ja weiß Gott nicht gestohlen.«

»Wie ich bereits anzudeuten geruhte, Majestät: Ich bin im Bilde.«

»Zufall oder nicht, das ist die Frage.«

»Bedaure, aber ich kann Eurer Majestät nicht folgen.«

»Und ob Sie das können, Pater«, wies mich die Kaiserin wie eine Gouvernante zurecht, scharrte mit dem Fuß und raunte: »Was ich damit meine, ist: Es gehört schon eine Menge Naivität dazu, um nicht zu merken, was hier gespielt wird, respektive gespielt *wurde*. Rechter Hand der gefügige Gatte – mein Onkel möge mir die Bemerkung verzeihen! – und zu ihrer Linken, zum Greifen nah, wenn man so will, der Neffe mit korsischem Stammbaum, dem Kaiser a. D. durchaus ebenbürtig, was den Hang zu galanten Abenteuern betrifft. Also wirklich, Bruder Alban: Wer da noch an Zufälle glaubt, dem ist nicht mehr zu helfen. Wie anders wäre es sonst zu erklären, dass Erzherzog Maximilian, noch zu Lebzeiten des an Tuberkulose dahingeschiedenen Herzogs geboren, wiederum zur Linken seines leiblichen Vaters ruht – also genau hier, wo ich jetzt stehe?«

So sehr es mich danach drängte, Paroli zu bieten – ich behielt meinen Standpunkt für mich.

»Ich merke schon: Auch Sie haben sich so Ihre Gedanken gemacht«, vollendete Elisabeth knapp, nahm Aufstellung vor dem Sarkophag und ging in sich. Das schlichte Behältnis, aus Kupfer gefertigt und mit vergoldeten Ornamenten, einem Bronzekreuz mit Goldüberzug sowie dem Wappen des mexikanischen Kaiserreichs versehen, trug eine Inschrift, auf der es hieß: »*Ich möchte nicht im Thal verderben, den letzten Blick beengt von Zwang: Auf einem Berge möcht ich sterben, Bei gold'nem Sonnenuntergang.*«

»Das habe ich mit Sicherheit, Majestät. Allein schon von Amts wegen – aber wen interessiert das schon.«

»Mich zum Beispiel.«

»Majestät sind sehr gnädig.«

»Und von Natur aus neugierig, wie alle Frauen«, wurde ich von meiner Begleiterin geneckt, peinlich genug, wenn man meinen Status mit dem ihrigen verglich. »Darf man fragen, wie alt Sie sind?«

»25.«

»Geboren am?«

»27. Jänner 1864.«

»Interessant.«

»Mit Verlaub: Ich wüsste nicht, was daran so ...«

»Eine Menge«, beschied mich die Kaiserin barsch, plötzlich wieder ernst, jedoch ohne erkennbaren Grund. »Doch genug davon, das hat bis später Zeit. Wo waren wir gerade stehen geblieben – bei der Familie meines Gatten, jetzt fällt es mir wieder ein. Ein illustres Ensemble, finden Sie nicht auch?«

»Wie ich bereits sagte, Majestät: Ich ziehe es vor, neutral zu bleiben.«

»Schade drum. Aber von mir aus – dann ist es eben so«, fuhr Elisabeth achselzuckend fort, den Blick auf die Inschriftentafel am Fußende gerichtet. »Anderes Thema: Wissen Sie, verglichen mit meinem Mann war sein Bruder – oder vielmehr *Halbbruder*, um das Kind beim Namen zu nennen – ein umgänglicher, unkomplizierter, weltoffener, freigebiger und den schönen Künsten zugewandter Mensch. Und damit völlig aus der Art geschlagen.«

»So dürfen Majestät nicht denken. Wenn man Verantwortung für sein Land trägt, dann fordert das seinen Tribut. Um mit Shakespeare zu sprechen: Schwer ruht das Haupt, das eine Krone drückt.«

»Und gebildet ist er auch noch, was will man mehr.« Angenehm überrascht, deutete die hohe Frau ein Händeklatschen an. »Davon abgesehen, es ehrt Sie, wenn Sie den Kaiser in Schutz nehmen. Was mich betrifft, ich sehe die Dinge in einem anderen Licht.« Elisabeth lächelte verklärt. »Wie dem auch sei, ich habe meinen Schwager gemocht. Und er mich auch. Wie ein räudiger Hund über den Haufen geschossen zu werden, das hatte der Max nicht verdient. Warum nur hat er sich darauf eingelassen, können Sie mir das verraten? Kaiser von Mexiko, welch eine Chimäre.« Die Kaiserin verfiel ins Grübeln. »Meinem Schwager war es hier zu eng. Und mir auch. Deshalb haben wir uns auch so gut verstanden. Er wollte raus aus Wien, die Welt erkunden, neue Eindrücke sammeln, seine Fesseln abstreifen, mehr als nur ein Zweitgeborener sein. Kurzum: Er war ein Abenteurer. Aber kein Hasardeur, wenngleich ein wenig naiv. Wobei, ich frage mich, inwieweit das alles auf Wunschdenken beruhte. Wo er doch wusste, wie prekär die Lage war. Und dass es eines Übermenschen bedurft hätte, um das Blatt zu wenden. Um sich an der Macht zu halten, dazu reichten seine Mittel nicht aus – ohne Geld keine Armee, wem sage ich das.«

»Ich denke, dem ist nichts hinzuzufügen.«

»Doch, Pater! Welch Schmach, standrechtlich erschossen zu werden, von einem Mob, der es nicht wert ist, beim Namen genannt zu werden. Und wenn man bedenkt, in welchem Zustand sein Leichnam war, als er nach über sieben Monaten in Wien …«

»Majestät können versichert sein: Wenn jemand darüber im Bilde ist, dann bin ich es.«

»Als ob ich das nicht wüsste, Pater.«

»Ist es erlaubt, eine allerletzte Frage zu stellen?«

Elisabeth deutete ein Nicken an.

»Zwar ehrt es mich, Eures Vertrauens teilhaftig zu werden, zumal ich nur ein einfacher Mönch bin, aber wäre es nicht besser, solche Dinge …«

»Kämen nicht zur Sprache?«, nahm mir die Kaiserin die Worte aus dem Mund, atmete tief durch und vollendete: »Ein einfacher Mönch, aha. Und wer sagt Ihnen, dass Sie das sind?«

»Majestät sprechen in Rätseln.«

»So, tue ich das.« Ihre Worte waren noch nicht verklungen, da schlug die hohe Frau ihren Schleier zurück, entwand mir das Windlicht und betrachtete mich von Kopf bis Fuß.

Unschwer zu erraten, wie mir dabei zumute war. Ich stand da wie festgewurzelt, rührte mich keinen Zollbreit von der Stelle. Das Herz klopfte mir bis zum Hals, so heftig, dass ich fürchtete, sie würde es bemerken. Die Kaiserin indes verzog keine Miene, sah mich an, als begutachte sie ein Exponat, und fügte, während ich ihren Zeigefinger unterm Kinn spürte, nach schier endlos währendem Taxieren hinzu: »Die gleiche Stimme, die gleiche Augenfarbe, der gleiche Körperbau, nahezu die gleiche Physiognomie, dieselbe Art, sich fortzubewegen: Wenn das ein Zufall ist, dann weiß ich auch nicht mehr!«

Dann wirbelte sie herum und ward nicht mehr gesehen.

GRAF EDUARD TAAFE,
K.U.K. MINISTERPÄSIDENT
(56 JAHRE)

14

Arbeitszimmer des Kaisers im Schloss Schönbrunn, Donnerstag, 30. Mai 1889, 9.00 Uhr

»Ah, da sind Sie ja, mein lieber Taafe, bitte Platz zu nehmen«, hieß Franz Joseph mich mit Bonhomie willkommen, deutete auf den Stuhl neben dem Schreibtisch und las weiter. Je eher er davon erfährt, desto besser, fuhr es mir durch den Sinn. Fragt sich nur, wie ich es ihm beibringen soll.

Dem Kaiser bei der Arbeit zuschauen, das durften nur wenige. Wäre ich seiner Stelle gewesen, ich hätte mir eine andere Profession ausgesucht. Aktenstudium von früh bis abends, unterbrochen von Audienzen, Konferenzen, Sitzungen und Empfängen, Letztere oft bis in die Nacht hinein. Dazu musste man geboren sein – und diszipliniert bis in die Fußspitzen. Beides Dinge, die dem Jugendfreund zu eigen waren, penibel, wie er nun einmal war. Sooft sich seine Sisi auch darüber mokierte, den Kaiser ließen die Sticheleien kalt. Der Monarch, so sein unerschütterliches Credo, habe die Pflicht, das Leben in den Dienst seines Landes zu stellen. Wie pflegte Joseph II. doch zu sagen: Alles für das Volk, nichts durch das Volk. Ein Diktum, das der Kaiser verinnerlicht hatte. »Einen Moment noch, ich bin gleich soweit.«

Hut ab vor diesem Mann. Anders als meine Wenigkeit, die es vorzog, eine moderate Gangart anzuschlagen, war der Kaiser seit fünfeinhalb Stunden wach. Ich möchte ja niemandem zu nahe treten, aber wenn ich mir überlege, welcher Schlendrian in den Amtsstuben herrscht, dann stellte der Kaiser ein Vorbild dar. Aufstehen in aller Herrgottsfrühe, um im Anschluss an die Morgentoilette Akten zu wälzen, auf nüchternen Magen, versteht sich: Das war gewiss nicht jedermanns Sache.

Um 5 Uhr, während andere noch in Morpheus' Armen schlummerten, stand das frugale Frühstück an, bestehend aus Kipferln, einer Tasse Kaffee, frischer Butter und Schinken. Von da an bis zum Mittag, also geschlagene sechs Stunden lang, nahm der Kaiser nichts mehr zu sich. Suppe, gefolgt von Rindfleisch oder Geflügel sowie einem Glaserl Spaten-Bier: Bescheidener ging es wirklich nicht. Irgendwie typisch, wie er das begründete: Man müsse nicht immer so viel essen. Die Arbeit käme sonst zu kurz.

»Und um was dreht es sich?«

»Um eine heikle Angelegenheit«, rückte ich zögernd mit der Wahrheit heraus, während der Kaiser im Begriff war, eine Akte zu unterzeichnen. Links die unerledigten Vorgänge, rechts die erledigten – so war es seit jeher Usus gewesen. Im Anschluss zündete er sich eine Virginia an, unter Rauchern auch als Fiakerzigarre bekannt. Und das, obwohl sein Leibarzt dazu geraten hatte, auf Regalia Media umzusteigen – teurer zwar, jedoch bei Weitem nicht so schädlich wie der Kutscherstumpen. »Von daher meine Bitte um ein Vieraugengespräch.«

»Na, dann legen S' mal los, von Taafe«, forderte mich der Monarch mit jovialem Gestus auf, paffte einen spiralförmigen Kringel in die Luft und lehnte sich entspannt zurück. Offenbar bester Stimmung, warf er einen Blick aus dem Fenster, von wo aus der Blick bis zur Gloriette reichte. Der Park erblühte in all seiner Pracht, und wie um sein Wohlbefinden zu erhöhen, war der Himmel in makelloses Azurblau getaucht. »Aber bitte verderben S' mir ned den Tag, so schön wie heute ist es selten!«

»Wohl wahr, Majestät«, brachte ich es nicht übers Herz, mit der Tür ins Haus zu fallen, wie kaum ein anderer mit der Psyche meines Weggefährten vertraut. Eigentlich waren wir ja per Du, aber bei offiziellen Anlässen, in dem Punkt kannte der Kaiser kein Pardon, stand es mir nicht zu, mit dem Herrscher von gleich zu gleich zu verkehren. »Nichts schlimmer, als mit dem linken Bein aufzustehen.«

»Sie sagen es, von Taafe.«

Die gute Laune kam nicht von ungefähr.

Und sie hatte einen Namen: Katharina Schratt.

Wann genau sich die beiden kennengelernt hatten, entzog sich zwar meiner Kenntnis. Aber dass mehr dahintersteckte, als viele ahnten, das konnte man sich an den Fingern einer Hand abzählen. Dass die Ehe mit der Kaiserin nur noch auf dem Papier bestand, hatte sich längst herumgesprochen, wen wunderte es da, wenn Franz Joseph, 23 Jahre älter als die populäre Mimin, dem tristen Eheeinerlei entfloh. Ich persönlich konnte es dem Kaiser nachfühlen, hatte die Gattin doch ihr Plazet dazu gegeben, voll klammheimlicher Freude, nun ihrerseits ein ungebundenes Leben führen zu können. Ohne Zwänge, ohne aufs Protokoll zu achten, ohne Verpflichtungen, die sie seit jeher als lästig empfand – und ohne nörgelndes Ehegespons.

Noch ein Wort aus berufenem Munde: Bei seiner Kathi, für die er eine Villa in Hietzing erworben und mit allem nur denkbaren Komfort ausgestattet hatte, bekam der Kaiser genau das, was ihm all die Jahre über vorenthalten blieb. Nämlich Fürsorglichkeit, Wärme und ein offenes Ohr für die Probleme, die ihn plagten. Wie nahe ihm die attraktive, lebenslustige, mit reichlich Wiener Charme versehene und obendrein stets zu Scherzen aufgelegte Dame aux camélias stand, vermochte ich zwar nicht zu sagen. Dass er sie jedoch mit Präsenten überhäufte und jede freie Minute nutzte, um sich mit ihr zu treffen, auch mir war das nicht verborgen geblieben. Prosaisch ausgedrückt: Der Kaiser war ein Mensch wie jeder andere, mit einer Schwäche für adrette Damen, ob von Adel oder nicht, spielte keine Rolle. Im Vergleich zu seinem Sohn hielten sich die Affären zwar in Grenzen, ein Kostverächter war er aber dennoch nicht.

Gut möglich, dass die Schratt darüber Bescheid wusste. Wenn nicht gar wahrscheinlich. An ihrer Bereitschaft, dem Kaiser Trost zu spenden – oder sogar mehr als das, wer wusste das schon genau –, änderte sich jedoch nichts.

Jeden Morgen die gleiche Prozedur: Pünktlich um 6.30 Uhr verließ Seine Majestät das Schloss, schlenderte durch den Park und begab sich zur Menagerie. Unweit davon befand sich eine kleine Pforte, aus der Ferne nur mit Mühe zu erkennen. Die ideale Fluchttür, wenn er sich unbeobachtet glaubte. In der Gloriettegasse 9, nur einen Steinwurf vom Park entfernt, wurde er bereits erwartet. An der Gartentreppe postiert, nahm die Schratt ihren Verehrer in Empfang, pünktlich um 7 Uhr – und keine Minute früher. Auch dann, wenn es wie aus Kübeln goss, denn wozu gab es schließlich Equipagen, an denen bei Hof kein Mangel herrschte. Denn wo ein Wille war, der Zweisamkeit im dunkel getäfelten Raucherzimmer zu frönen, da war bekanntlich auch ein Weg. Kaffee und Gugelhupf, garniert mit Schmankerln, Klatsch und Theatertratsch: Mehr brauchte es nicht, um den Herrscher von Gottes Gnaden zufriedenzustellen.

Eine Menüfolge, mit der ich nicht dienen konnte.

Das Pikante dabei: Der Kaiser war nicht so bieder, wie er tat. Und hatte es faustdick hinter den Ohren. Ich meine, mit der einen anzubändeln, während man mit der andern ein langjähriges Verhältnis unterhält, das war schon allerhand.

Zumindest ich hätte das dem Kaiser nicht zugetraut, und die Frau Gemahlin, die ach so abgöttisch geliebte »Engels-Sisi«, mit Sicherheit auch nicht. Der Kaiser war eben schwer zu durchschauen, und wer glaubte, ihn zu kennen, wurde in der Regel eines Besseren belehrt.

Wien, 14. März 1889. Ein Datum, wie ich es so schnell nicht vergessen werde.

Der Kaiser hatte mich um einen Gefallen gebeten – wieder mal. Wie heikel die Mission war, wurde mir denn auch bald bewusst: Die Bitte lautete, die Beziehung zu einer Frau zu beenden, mit der er gleich mehrfach intim geworden sei – beschönigend ausgedrückt. Man ahnt es bereits: Wie es seine Art war, hatte der Kaiser die damals 16-Jährige bei einem Spaziergang durch den Kammergarten kennengelernt, ob zufällig oder nicht, sei dahingestellt. Anna, so der Name der gefälligen Nymphe, war zwar bereits verheiratet gewesen, aber nicht eben glücklich. Dass es sich beim Herrn Gemahl, dem der Kaiser Hörner aufgesetzt hatte, um einen spiel- und obendrein alkoholsüchtigen Lebemann handelte, kam erleichternd hinzu.

14 Jahre ging das so. Kaum zu glauben, aber wahr. Interessant erschien dabei vor allem, dass weder Ehemann Nummer eins noch dessen Nachfolger – ein Schürzenjäger namens Nahowski – den Mut aufbrachten, der Ménage à Trois einen Riegel vorzuschieben. Wie dem auch sei, der Kaiser ließ sich das Vergnügen etwas kosten – und sorgte dafür, dass Nahowski von der Bildfläche verschwand. Eine Versetzung in Diensten der Staatsbahn nach Galizien, wo sich Fuchs und Hase gute Nacht sagten: Schlau eingefädelt, Majestät.

Dumm nur, dass Anna, inzwischen Mutter mehrerer Kinder, in Sichtweite der Villa Schratt residierte. Ergo: So konnte es nicht weitergehen. Nicht auszudenken, wenn sich die beiden begegnet wären.

Alles, nur das nicht.

Ein Mann für die heiklen Missionen musste her – also ich.

Wien, 14. März 1889. Klärendes Gespräch mit Anna Nahowski, in Vertretung des kaiserlichen Galans. Frei nach dem Motto: Geld spielt keine Rolle. Ich möchte ja nicht zynisch werden, aber wenn man bedenkt, dass sich das Kranzgeld – welch einfühlsame Wortwahl – auf horrende 200.000 Gulden belief, dann hält sich die Empörung in Grenzen. Frühere Zuwendungen nicht mitgerechnet. Apropos: Zum Zeitpunkt der Trennung lag das Durchschnittsgehalt bei 100 Gulden monatlich – aber das nur nebenbei. Knausrig bis zum Geiz, hatte sich mein Freund von der spendablen Seite gezeigt, wie immer, wenn es um heikle Angelegenheiten ging.

»Und jetzt raus mit der Sprache, was führt Sie zu mir?«

Es half alles nichts.

Ich musste ihm reinen Wein einschenken. »Es gibt schlechte Nachrichten, Majestät.«

»Aber die gibt es doch immer, wo kämen wir da auch hin«, ging der Kaiser dazu über, sich in Ironie zu üben, zupfte die Leutnantsuniform zurecht, die er trug, und beugte sich erwartungsvoll nach vorn. »Aber keine Sorge, so schnell haut mich nichts mehr um.«

Der Moment der Wahrheit war gekommen.

Ein dezentes Räuspern, und schon ging es los: »Die Sache ist die, Majestät: Heute Morgen bekam ich einen Anruf aus dem Präsidium. Vom Polizeipräsidenten persönlich.«

»Ja, da schau her, der Baron Krauss – schon lange nichts mehr von ihm gehört. Und was wollte er?«

»Wie Majestät wissen, hat das Sicherheitsbüro die Aufgabe, für den Schutz der kaiserlichen Familie zu sorgen«, kam ich ohne Umschweife zur Sache, zog eine Notiz hervor und fuhr fort: »Laut den Angaben der zuständigen Agenten gibt das Verhalten Ihrer Majestät – ich zitiere – einmal mehr Anlass zur Sorge.«

»Das ist ja nichts Neues, oder?«

Eine rhetorische Frage.

Bloß nicht darauf antworten.

»Den Angaben von Baron Krauss zufolge habe die Kaiserin am gestrigen Mittwoch ihre Gemächer zu nächtlicher Stunde verlassen, um ...«

»Zu nächtlicher Stunde? Wann genau soll das gewesen sein?«

»Kurz vor Mitternacht, um 23.45 Uhr«, fuhr ich mit unbewegter Miene fort, trotz aufkeimenden Unbehagens um Sachlichkeit bemüht. »Und das ohne Begleitung, wie schon etliche Male zuvor.«

»Mit welchem Ziel?«

»Laut Angaben des Kollegen Krauss wurde Ihre Majestät dabei beobachtet, wie sie das Kapuzinerkloster betrat, wo sie den Abt und einen jungen Pater traf.«

»Na, wenn's weiter nichts ist, von der Sisi bin ich ganz andere Sachen gewöhnt«, kommentierte der Kaiser trocken, nahm eine Akte vom Stapel und sagte: »Ihr Diensteifer in allen Ehren, aber wenn Sie nichts dagegen haben, würde ich jetzt gern weitermachen.«

»Ich fürchte, das war noch nicht alles.«

»Jetzt hören S' mir mal gut zu, von Taafe«, ließ mich der Kaiser nicht zu Wort kommen, setzte die randlose Drahtbrille auf und atmete ungehalten durch. »Sie wissen doch, wie die Kaiserin ist. Wenn Madame sich etwas in den Kopf gesetzt hat, dann führt sie den Plan auch durch, koste es, was es wolle. Ich kenne die Frau wie aus dem Effeff, machen Sie sich da mal keine Sorgen. Es würde ihr zwar nicht ähnlich sehen, aber wer weiß, vielleicht wollte sie ja beichten gehen, kann ja bekanntlich nicht schaden.« Franz Joseph zwang sich zu einem Lächeln. »Sonderlich fromm ist sie ja nie gewesen, aber so sind die Frauen nun mal. Man weiß nie, woran man bei ihnen ist, das ist nun mal das Malheur.«

»Bei allem Respekt, Majestät: Das ist nicht der Punkt.«

»Sondern?«

»Baron Krauss zufolge hat die Visite mehr als eine Stunde gedauert.«

»Na und, was ist denn schon dabei!«

»Und da wäre noch etwas«, ignorierte ich den schroffen Ton, überflog meine Notizen und sagte: »Schenkt man den Angaben des Sicherheitsbüros Glauben – wobei es keinen Grund gibt, sie in Zweifel zu ziehen –, dann war dies bereits die zweite Visite, welche Ihre Majestät den Kapuzinern abzustatten geruhte.«

»Wenn Sie alles so genau wissen – wann fand sie statt?«

»Vor knapp vier Monaten, am 8. Februar.«

»Kein Kommentar dazu. Ich kann mir denken, worum es ging.«

»Bedaure, Majestät. Aber was wahr ist, muss auch wahr bleiben.«

»Schon gut, von Taafe. Sie können ja nichts dafür.« Den Kopf auf die rechte Hand gestützt, stierte der Kaiser wie in Trance vor sich hin. Kurz davor, vom Suizid seines Sohnes aus der Bahn geworfen zu werden, hatte er sich wie ein Berserker in die Arbeit gestürzt. Ganz anders da die Kaiserin, die es vorzog, so zu tun, als träfe sie keine Schuld. In einem Punkt war man sich jedoch einig gewesen, allen Versuchen, die Verantwortung auf andere abzuwälzen, zum Trotz: In ihrer Gegenwart durfte Rudolf nicht erwähnt werden, weder namentlich noch per Andeutung. Es sei denn, man legte es darauf an, in Ungnade zu fallen.

Und wer wollte das schon.

»Merkwürdige Geschichte.«

Kein Kommentar.

Der Mann hatte ja recht.

»Und was schlagen Sie vor, von Taafe?«

»Die Observierung fortzusetzen«, antwortete ich prompt. »Ungeachtet der Tatsache, dass Ihre Majestät es übel aufnehmen würde, erführe sie davon, dass sie …« Unsicher geworden, brach ich mitten in der Rede ab.

»Dass sie beschattet wird, sprechen Sie es ruhig aus.«

»Traurig, aber nicht zu ändern.«

»Wem sagen Sie das.« Der Kaiser stand ruckartig auf, bedeutete mir, Platz zu behalten, und wanderte unstet hin und her. Wohin der Blick auch reichte, die Memorabilien waren nicht zu übersehen, allen voran die Porträts der Kaiserin, sowohl zu Pferde als auch im Seidenkleid. Ansonsten nicht viel von Belang, wobei die Einrichtung – Kommode, Stehpult, Schreibtisch und Polsterstühle – fast schon ein wenig kärglich wirkte. »Wenn ich Sie nicht hätte, dann gute Nacht, Österreich!«

Die Äußerung kam überraschend für mich.

Ein Lob aus dem Mund des Kaisers, wann hatte es das jemals gegeben.

Obwohl, Franz Joseph wusste, wovon er sprach. War ich es doch gewesen, mit dem sich der Kaiser am Dies Irae besprach. Betreffend die künftigen Maßnahmen, als da wären: Entsendung einer Hofkommission nach Mayerling, um die Lage vor Ort zu eruieren, Überführung der Leiche des Kronprinzen nach Wien und Kontaktaufnahme mit dem Abt von Heiligenkreuz zwecks Bestattung der kleinen Vetsera, Erstellung eines psychiatrischen Gutachtens, um die Unzurechnungsfähigkeit des Thronfolgers zu attestieren, und, schlimm genug, aber dringend geboten, Nachforschungen betreffs des Lebenswandels Seiner Kaiserlichen Hoheit des Kronprinzen. Fazit: Franz Joseph war über alles im Bilde gewesen – und hatte es vorgezogen, sich in Zurückhaltung zu üben.

»Seine Majestät sind sehr gnädig.«

»So, bin ich das.« Die Hände hinter dem Rücken verschränkt, blieb der Kaiser mit nachdenklicher Miene stehen, blickte aus dem Fenster und sagte: »Wie dem auch sei, auf Sie ist wenigstens Verlass, und wenn hier jemand auf dem neuesten Stand ist, dann ist es der Graf von Taafe.«

»Stets zu Diensten, solange es Majestät beliebt.«

»Genau das wollte ich hören«, murmelte der Souverän, nahm die Virginia aus dem Mund und drückte sie aus. »Ich hätte da nämlich eine Bitte.«

»Die zu erfüllen mir eine Ehre wäre.«

Der Kaiser deutete ein Nicken an. »Der Kapuziner, über den wir vorhin sprachen: Was wissen Sie über ihn?«

»So gut wie nichts, Majestät.«

»Dann sehen Sie zu, dass sich das ändert«, gab der Kaiser mit gerunzelter Stirn zurück, begab sich zum Schreibtisch und nahm Platz. »Bitte mich diesbezüglich auf dem Laufenden zu halten, und zwar alle zwei Tage«, fügte er nach kurzem Nachdenken hinzu, eine Akte in der Hand, die der Geheimhaltung unterlag. »Und jetzt entschuldigen Sie mich, ich habe zu tun!«

VERSCHLUSSSACHE (IV)

K. k. Agenten-Institut

Streng vertraulich!

Betreff: Aufenthaltsorte Ihrer Majestät der Kaiserin

2. Juni: Spaziergang mit dem Kaiser und Frau Katharina Kiss-Schratt, Burgschauspielerin, wohnhaft in Hietzing, 13. Bezirk, Gloriettegasse 9

6. Juni: Ausflug nach Breitenfurth

8. Juli: Feldafing, Hotel Strauch, im Anschluss Weiterfahrt nach Possenhofen

9. Juli: Besuch bei Helene Erbprinzessin von Thurn und Taxis im Schloss zu Garatshausen (Schwester I.M.)

15. Juli: Gastein, Villa Helenenburg

6. September: Madonna di Campiglio

15. September: Übernachtung im Hotel Mendelhof am Mendelpass (1363 m)

16. September: Meran, Schloss Trautmannsdorff. Kaiserin in vollständiger Zurückgezogenheit, Kinder aus der Umgebung bezeichnen I.M. als »die schwarze Frau«.

5. Oktober: Riva di Garda

7. Oktober: Meran, im Beisein von S.M. höchstselbst. Weiterhin anwesend: Erzherzogin Marie Valerie und ihr Gatte, Erzherzog Franz Salvator von Österreich-Toskana

16. Oktober: Besuch im Franziskanerinnenkloster von Lana bei Meran

31. Oktober: Schloss Miramar bei Triest. Die Kaiserin bewohnt das Schlafzimmer ihrer Schwägerin, Witwe Sr. Kaiserlichen Hoheit Erzherzog Maximilian († in Queretaro, Mexiko).

2. November: An Bord der »Miramar« nach Pula, Kroatien. Notabene: Es wurden Ziegen und eine Kuh mitgeführt, die der Kaiserin ihre Trinkmilch liefern sollten, wegen Seekrankheit aber keine mehr gaben.

5. November: Ankunft von Erzherzogin Valerie in Schloss Gödöllö, Ungarn

6. November: Nachricht vom Eintreffen der Kaiserin auf Korfu

22. November: Abreise der Kaiserin, Ziel zunächst unbekannt

25. November: Ankunft der Kaiserin in Tunis

3. Dezember: Weiterreise I.M. nach Wien, Ankunft am 4. Dezember 1889

Äußerungen der Kaiserin im vertrauten Kreis:

»Hier fühlt man nicht nur, hier weiß man und sieht täglich, was geschehen ist, und die Last ist nicht abzuschütteln.« (5.12.)

»Rudolf hat meinen Glauben totgeschossen.« (8.12.)

9. Dezember: Die Kaiserin äußert die Absicht, ihre Garderobe an ihre Töchter zu verschenken (um hinfort nur noch Schwarz zu tragen).

18. Dezember: Diner im Alexandrinerzimmer der Hofburg, im Beisein der Schwester I.M., Herzogin Marie in Bayern. Die Kaiserin in Tränen aufgelöst, desgleichen Erzherzogin Marie Valerie. (I.M. erhebt den Vorwurf, S.M. habe sie gezwungen, daran teilzunehmen!)

22. Dezember: Schloss Miramar bei Triest

PATER ALBAN, KUSTOS DER KAPUZINERGRUFT IN WIEN (25 JAHRE)

15

Praterallee, Sonntag, 27. Oktober 1889, 16.40 Uhr

»Nerven hast du ja, das muss dir der Neid lassen«, schimpfte ich halblaut vor mich hin, trat beiseite, um einen Zweispänner passieren zu lassen, und setzte den Weg zum Lusthaus fort. Links hinter mir ragte die Rotunde empor, ein Kuppelbau der Superlative, der alles Dagewesene übertraf. Mehr als doppelt so groß wie beim Petersdom, die Konstruktion konnte sich wirklich sehen lassen.

Wären da nur nicht die Kosten gewesen.

Cholerasterbefälle 1873 pro 100.000 Einwohner: 430. Defizit der Weltausstellung im gleichen Jahr: 15,3 Millionen Gulden.

Nicht nur für mich ein Schlag ins Gesicht.

»Ich muss schon sagen, das ist wirklich ein starkes Stück. Erst lässt du monatelang nichts von dir hören, und dann tauchst du wie ein Dschinn aus der Versenkung auf. Deus ex Machina, die Rolle ist dir auf den Leib geschneidert.«

»Jetzt mach dir halt ned gleich ins Habit, Zerberus«, ließ sich Schwammerl auch jetzt nicht aus der Ruhe bringen, blickte einer Kokette hinterher, die mit wiegenden Hüften ihrer Wege zog, und ruckelte die abgetragene Melone zurecht. »Ois halb so wild, davon geht die Welt ned unter.«

»Vater, vergib ihm, denn er weiß nicht, was er tut.«

»Ja, da schau her – der Alban ist unter die Lästerer gegangen«, ergriff Schwammerl die Chance zur Revanche beim Schopf, zog eine Tabatiere hervor und griff hinein. »Auch eine?«

»Machst du Witze?«

»Dann eben nicht, wer ned will, hat g'habt. Du weißt eben nicht, was gut ist«, gab Emil belustigt zurück, einen Zigarillo der Marke Clubmaster in der Hand, den er mit schwungvollem Gestus entzündete. Ganz Mann von Welt, fügte er hinzu: »Du weißt gar ned, was dir entgeht, Alban. Entspann dich, das Leben ist dann nur noch halb so diffizil.«

Der Mann hatte es gerade nötig. Vor acht Monaten, während des Geheimtreffens im Kunsthistorischen Museum, war er noch am Boden zerstört gewesen, auf der Flucht vor den Agenten des Sicherheitsbüros, und das mit gutem Grund. Drum merke: Wer die Keckheit besitzt, den Handlangern der Macht ins Handwerk zu pfuschen, dessen Leben hängt am seidenen Faden. Es sei denn, er besäße einen Freund, der ihm aus der Patsche hilft.

Einen Freund wie mich.

Dessen Nachsicht fast schon an Dummheit grenzte.

»Na, du musst es ja wissen«, setzte ich mich eher halbherzig zur Wehr, atmete tief durch und fragte: »Und wie ist das werte Befinden, alles soweit in Ordnung mit dir?«

»Könnte nicht besser gehen, wie du siehst«, schwadronierte der fettleibige Koloss, breitete die Arme aus und prustete: »Was meinst, Merkwürden, wie schau ich aus?«

Wie ein Schießbudenbesitzer im Wurstelprater, dachte ich bei mir, zog es jedoch vor, mich in Courtoisie zu üben. Das Jackett mit dem Karomuster zu eng, die Nadelstreifenhosen zu kurz, die Schuhe kurz davor, aus dem Leim zu gehen: Aus Schwammerl würde wohl nie ein Salonlöwe werden.

Und das war auch gut so.

»Blendend – wie immer«, zog ich mich lächelnd aus der Affäre, daran gewöhnt, gute Miene zu bösem Spiel zu machen. »Aber das beantwortet nicht meine Frage.«

»Immer schön der Reihe nach«, wiegelte Emil grienend ab, sah sich um, ob jemand in der Nähe war, und nahm einen kräftigen Zug. »Da fällt mir gerade ein: Der Umschlag, den du damals in Verwahrung genommen hast, du hast ihn doch sicher versteckt?«

»Umschlag?«

»Jetzt tu ned so deppert, das nervt.« Prohaskas Miene verfinsterte sich. »Wer weiß, vielleicht kann ich das Zeugs ja verscherbeln, irgendwann muss ich ja auch mal an mich denken. Und weißt du, was das Beste ist? Damit habe ich sie alle miteinander in der Hand, ein Wink von mir, und die Falle schnappt zu. Du ahnst nicht, wer da alles mit drinhängt, die werden Augen machen, wart's nur ab.«

»Wenn ich dir einen Rat geben darf: Lass die Finger davon. Der Schuss geht nach hinten los, da bin ich mir sicher.«

»Wer nicht wagt, der nicht gewinnt.«

»Im Häfn sind noch Plätze frei. Fragt sich nur, ob du nicht verhungerst.«

»Kommt auf die Portionen an, würde ich sagen.« Schwammerl lächelte verschmitzt. »Aber keine Angst, wenn du das Geheimnis für dich behältst, soll es dein Schaden nicht sein. Du weißt schon, kleine Geschenke erhalten die Freundschaft.«

»Ach, daher weht der Wind!«

»Sprach die Nonne und ließ einen foan«, witzelte Schwammerl vergrätzt. »Also was ist: Bekomme ich eine Antwort?«

»Du kannst beruhigt sein. Deine Pretiosen sind so sicher wie in Abrahams Schoß«, machte ich aus meinem Unmut keinen Hehl, kurz davor, den Quälgeist sich selbst zu überlassen. »Ich merke schon: Meinen Kopf für dich hinzuhalten, dafür bin ich gut genug. Aber wehe, es läuft etwas schief, dann ist es mit der Kameradschaft vorbei.«

»Schmarrn!«, ruderte Prohaska zurück, Vertreter einer Spezies, der man nichts übelnehmen konnte. Und verfiel dann auch prompt ins Wienerische, wie immer, wenn er emotional wurde: »Wenn i di ned g'ehabt hätt', wär' i im Oasch g'wesen. Aber so was von. Wenigstens einer, auf den man sich verlassen kann.«

»Wenn wir gerade dabei sind: Wie kommst du über die Runden?«

»Einigermaßen«, gestand Prohaska zögernd ein, schnitt eine Grimasse, die dem Hanswurst im Zirkus Busch alle Ehre gemacht hätte, und pustete den Rauch des Zigarillos in die Luft. »Man schlägt sich eben so durch, auch ohne Job bei der Zeitung. Einem wie mir bleibt eben nichts erspart.«

»Heißt das, sie haben dich …«

»Rausgeschmissen, du hast es erfasst, Kleiner«, spie Schwammerl die Worte im Stakkato heraus, warf das Zigarillo weg und trat es aus. »Dieser Fetzenschädel von Chefredakteur, der scheißt sich doch vor Angst in die Hosn. Da siehst du's mal wieder: Wenn es hart auf hart kommt, lassen dich die Vollkoffer im Regen stehen. Wollen sich nicht die Pfoten dreckig machen, das ist alles. Keinen Oasch in der Hosn, aber große Töne spucken, so haben wir's gern. Habe die Ehre, Herr Hofrat – Sie können mich mal!«

»Mit anderen Worten, den Herrschaften sitzt die Angst im Nacken.«

»Bis zum Anschlag.«

»Und was jetzt?«

»Abwarten und Obstler trinken«, übte sich Emil in Galgenhumor, zuckte mit den Achseln und stapfte weiter. »Apropos, weißt du schon das Neuste?«

Auf alles gefasst, sah ich Emil fragend an.

Wohl wissend, dass er nichts für sich behalten konnte. »Dein Freund Schwammerl ist unter die Privatdetektive gegangen, na, was sagst du jetzt?«

Am besten, ich sagte überhaupt nichts mehr.

Bei Emil war jedes Wort zu viel.

Privatdetektiv, auch das noch.

»Weißt du, was ich denke? Die da oben haben dermaßen viel Dreck am Stecken, wenn ich es geschickt anstelle, werde ich mich vor Aufträgen nicht retten können.«

»Wenn du meinst.«

»Ja, meine ich«, bekräftigte Prohaska vehement, winkte mich mit dem Zeigefinger heran und prahlte: »Du wirst lachen, aber ich hab auch schon ein Büro.«

Ein Büro.

Das wurde ja immer verrückter.

»Und wo?«

»In der Taborstraße. Direkt neben der Produktenbörse.«

»Mietkosten?«

»Siehst du, genau darüber wollte ich mit dir reden«, kam Emil ohne Umschweife auf den Punkt, lüftete die Melone, um eine Dame halbseidener Provenienz zu hofieren, und starrte ihr wie gebannt hinterher. »Die wäre eine Sünde wert, oder was meinst du dazu?«

»Wieder mal knapp bei Kasse, wusste ich's doch«, ging ich über die Anzüglichkeit hinweg, war ich von Schwammerl doch nichts anderes gewohnt. Er konnte einfach nicht anders, schon in der Schule immun gegen Moralpredigten, die an ihm abprallten, als sei er in Stein gemeißelt. »Der Herr möchte mich also anpumpen, wie ich sehe, bist du deiner Linie treu geblieben. Schon mal etwas von Armutsgelübde gehört?«

»Die Kapuziner und arm, da lachen ja wohl die Hühner.«

»Noch ein Wort, und wir sind geschiedene Leute.«

»Jetzt sei doch nicht so, Alban«, winselte Emil devot, immer noch im Bann der Halbweltdame, von deren Reizen er sich partout nicht losreißen konnte. An einer Weggabelung angelangt, schlug sie den Weg zum Schweizerhaus ein – und entschwand den sehnsuchtsvollen Blicken.

Zurück in der realen Welt, drehte sich Prohaska zu mir um. Und zog mich katzbuckelnd mit sich fort: »Sobald ich wieder flüssig bin, kriegst du die Marie zurück, das verspreche ich dir hoch und …«

»Wie viel?«

»So viel, wie du entbehren kannst. Pecunia non olet.«

»Und ich dachte, du hättest Latein gehasst«, antwortete ich spitz, zog einen 50-Gulden-Schein hervor, den ich in weiser Voraussicht eingesteckt hatte, und drückte ihn Schwammerl in die Hand. »Meine gesamten Ersparnisse, mehr dürfen wir nicht besitzen.«

»Vergelt's Gott, Alban – das werde ich dir nicht vergessen«, atmete Schwammerl freudetrunken auf, steckte das Geld ein und klopfte mir auf die Schulter. »Und jetzt erzähl, was gibt's Neues?«

»Bruder Severin geht es nicht gut. Wir befürchten das Schlimmste.«

»Das tut mir leid.« Emil klang so, als meinte er es ehrlich. »Jetzt kann ich es dir ja sagen: Er war der einzige Lehrer, vor dem ich Respekt hatte. Die andern konntest du in der Pfeife rauchen. Besonders den Direktor, ich sag dir eins, wenn ich den Beidl noch mal seh', dann gibt's was auf die …« Ein ungehaltener Blick von mir, und Prohaska hielt sich im Zaum. »Wie gesagt: Bruder Severin war ein echtes Vorbild, Leute wie ihn gibt es selten.«

»Das kann man wohl sagen«, pflichtete ich Emil bei. Beim Gedanken, meinem Mentor könne etwas zustoßen, kam bleierne Schwermut in mir auf, ein Grund mehr, das Thema nicht zu vertiefen. »Reden wir nicht mehr drüber, wird schon werden.«

»Gute Besserung, wenn du ihn siehst. Ich drücke ihm die Daumen.«

»Ich richte es ihm aus.«

Um mich abzulenken, warf ich einen Blick in die Runde. Würziger Herbstgeruch durchzog die Luft, und der Prater war in ein Meer von Farben getaucht. Aus Nordost wehte eine leichte Brise heran, wirbelte das buntscheckige Laub auf und zerstob so schnell, wie sie gekommen war. Die Silberpappeln am Weg standen dicht an dicht, das Geäst ineinander verschlungen, ein Kordon aus Laub und Farbenpracht. Misteln und Efeu rundeten das Panorama ab, wie geschaffen, um die Eichen mit Schmuckbändern zu bekränzen.

Je weiter man sich vom Hauptweg entfernte, desto dichter das wuchernde Unterholz, ein Gewirr aus Tümpeln, morschem Holz und Schlingpflanzen, ein Tummelplatz für Getier jeder Art, darunter Nebelkrähen, Graureiher und Spechte, unter die sich die Möwen aus den Donauauen mischten.

Nach Westen blickend, wo das Abendrot den Horizont mit Purpur übergoss, atmete ich erleichtert auf. An diesem Ort hatte ich mich schon immer wohlgefühlt, anders als Schwammerl, der es vorzog, den Wurstelprater zu frequentieren. Imbissstände in rauen Mengen, dazu Schießbuden, Weinschenken und Bierschwemmen, in denen man sein eigenes Wort nicht verstand: für meinen Freund das irdische Paradies. Und wenn es ihm dann auch noch gelang, den Watschenmann niederzukämpfen, dann war der Himmel auf Erden perfekt. Auf eine Kautschukfigur einzudreschen, bis ein Klingeln ertönte, um dem Unfug ein Ende zu bereiten, für mich ein eher zweifelhaftes Vergnügen. Dann noch lieber der magische Guckkasten, an dessen Motiven selbst ich mich nicht sattsehen konnte. Zu bestaunen gab es da allerhand, angefangen bei berühmten Bauwerken, deren Ruf in alle Welt gedrungen war. Der Steffel durfte dabei nicht fehlen, vom Kolosseum in Rom, Schauplatz blutiger Gladiatorenkämpfe, nicht zu reden. Der Prager Hradschin, die Rialtobrücke in Venedig, der Petersdom, die Kettenbrücke in Budapest, Schloss Schönbrunn, der Wolfgangsee, das Panorama von Sarajewo, anhand der Minarette im Nu zu identifizieren: An Wunderwerken fehlte es wahrlich nicht.

Der Prater im Herbst, ein Hort der Ruhe, sobald man den Rummel hinter sich ließ. Verschlungene Pfade, verträumte Lichtungen, verwunschene Teiche fernab des Weges. So nah am pulsierenden Leben – und doch so fern. Umrahmt von den Farben des Herbstes, die der Seele neue Kraft verliehen. Wie geschaffen, um die Fährnisse des Lebens zu vergessen.

Zwei Frauen, zwei Mysterien.

Beide im schwarzen Gewand, unnahbar und geheimnisvoll. Die eine Mitte 40, schlank, kultiviert und mit mediterranem Teint, die andere im Bann des Hades, unstet und kapriziös, auf der Flucht vor der Welt und vor sich selbst.

Die eine ein wandelndes Phantom, ein Trugbild aus dem Reich der Träume, die andere bereits zu Lebzeiten zum Mythos mutiert.

Schwer zu durchschauen, zwei Bücher mit sieben Siegeln.

Höchste Zeit zu erkunden, was dahintersteckte.

»Jetzt rück schon raus damit«, brachte Schwammerl meinen Tagtraum zum Zerplatzen, sah mich an, als habe er vor, mir eine Strafpredigt zu halten, und drängte: »Du hast doch was auf dem Herzen, sprich dich aus.«

»Nicht der Rede wert.«

»Das sagst du immer«, gab mein Gefährte partout keine Ruhe, nicht gewillt, sich wie ein Page abspeisen zu lassen. »Alles, was recht ist, aber so kann es nun mal nicht weitergehen. Erst quetschst du mich aus bis zum Gehtnichtmehr, und dann machst du einen auf deppert. So haben wir nicht gewettet, mein Freund, also mach jetzt gefälligst die Goschen auf!«

Harte Schale, weicher Kern.

Gegen Emil war seit jeher kein Kraut gewachsen.

Und so raffte ich mich dazu auf, meine Erlebnisse zu schildern. Einmal in Fahrt, holte ich zu einem umfassenden Rückblick aus. Kein Detail, das dabei nicht zur Sprache kam, angefangen beim Eklat im Stephansdom, der selbst jetzt, Monate später, wie ein Bleiklumpen auf mir lastete.

»Na, das ist ja allerhand«, ließ Schwammerl am Ende des Berichts verlauten, kratzte sich am Schädel und gestand: »Also, wenn du meine Meinung hören willst, die Kaiserin ist nicht mehr ganz richtig im Kopf.«

»Findest du?«

»Und ziemlich morbid«, setzte sich Emil über meinen Einwand hinweg, zog seinen Gürtel hoch und schüttelte den Kopf. »Ich meine, guck dir die Sippschaft doch mal an: der Kaiser wieder auf Brautschau, der kleine Bruder ein stadtbekannter Päderast, sein Vater halb deppert, die Frau Mama – Gott hab den abgehalfterten Dragoner selig – giftig wie eine Natter, sein Schwiegervater ein Hallodri, wie er im Buche stand: Also, wer da nicht dankend abwinkt, dem ist nicht mehr zu helfen.«

»Die Roten sind auch nicht besser, mach dir da mal keine Illusionen.«

»Warten wir's ab«, lenkte Schwammerl ein und griff nach der Tabatiere, um seiner Sucht zu frönen. Nur um mitten in der Bewegung aufzuhorchen, die Nase wie ein Suchhund in die Höhe gereckt. »Pst, hast du das gehört?«

Argwöhnisch geworden, blickte ich mich suchend um.

Und wurde fündig.

Unweit der Stelle, an der wir eine kurze Pause eingelegt hatten, waren wie aus dem Nichts zwei Männer aufgetaucht, der eine groß und stämmig, sein Gefährte, ins dezente Schwarz eines abgetragenen Anzugs gehüllt, so hager, als sei er von der Schwindsucht befallen.

»Wie ich sehe, denken wir beide das Gleiche«, machte Emil aus seinem Argwohn keinen Hehl, zog mich mit sich fort und flüsterte mir ins Ohr: »Und was nun?«

»Sagtest du nicht, du hättest umgesattelt?«

»Klar doch«, bekräftigte Prohaska knapp, bog nach rechts in einen überwucherten Seitenweg ein und hatte Mühe, mit mir Schritt zu halten. Im Westen begann es bereits zu dämmern, und wie um die Schnüffler in die Irre zu führen, senkte sich ein dichter Nebelschleier herab. »Wieso fragst du?«

»Du könntest mir einen Gefallen tun.«

»Hat das nicht bis später Zeit?«, keuchte Schwammerl, im Begriff, die letzten Kräfte zu mobilisieren. »Ich meine, um als Detektiv etwas zu reißen, dazu braucht man eine Menge Er…«

»Du wirst das Kind schon schaukeln. Ich glaube an dich.«

»Und worum geht es?«, stieß Emil schwer atmend hervor, blieb stehen, um nach Luft zu ringen, und warf einen Blick über die Schulter.

Totenstille.

Weder Schritte noch Tierlaute noch Flügelschlag.

Die Spitzel waren verschwunden.

»Um die Frau, von der ich dir vorhin erzählt habe«, weihte ich Schwammerl in mein Vorhaben ein, von Dunstfetzen umgarnt, durch die kein Laut zu dringen schien. »Finde heraus, wer sie ist – und dir wird fürstlicher Lohn zuteil!«

DREI
TODESSUCHT

PATER ALBAN, KUSTOS DER KAPUZINERGRUFT IN WIEN (25 JAHRE)

16

Allgemeines Krankenhaus im 9. Bezirk, Samstag, 30. November 1889, 16.15 Uhr

»Lass gut sein, mein Junge«, ächzte Bruder Severin gepresst, rang nach Luft und schloss die überschatteten Augen. Die Kerze neben dem Feldbett geriet ins Flackern, und wenn ich daran dachte, wie es um ihn stand, krampfte sich mir das Herz zusammen. Doch ließ ich mir nichts anmerken, betupfte die Stirn meines Mentors, um den Schweißfluss einzudämmen, und bat um himmlischen Beistand. Bruder Severin hilflos dahinsiechen zu sehen, das war mehr, als ich ertragen konnte. Der Anblick deprimierte mich zutiefst, allen Erfahrungen, die ich gesammelt hatte, zum Trotz. »Die große Stille kommt noch früh genug.«

Im Begriff, das Fenster zu schließen, hielt ich mitten in der Bewegung inne. Der Wunsch meines Mentors war mir Befehl, mochte die Luft, die durch den Spalt drang, auch noch so zugig sein. Die Stimmung hätte trister nicht sein können, und wie um dies zu unterstreichen, begann es wie aus Kübeln zu gießen. Fast schien es, als stünde der Weltuntergang bevor, allemal ein Grund, in Schwermut zu verfallen.

»Aber nicht in nächster Zeit«, warf ich wider besseres Wissen ein, trat ans Bett des Dahinsiechenden und setzte mich. Kaum war dies geschehen, schien mein Mentor förmlich zu erbeben, umhüllt von einem verschlissenen Laken, unter dem sich der ausgezehrte Leib abzeichnete.

Es war Zeit, der Wahrheit ins Auge zu sehen. Von dem Mann, ohne den mein Leben aus den Fugen geraten wäre, war außer der Gesichtsform nichts übrig geblieben, und mir war, als mache sich der Greis zum Aufbruch bereit. »Nur Mut, Meister. Mit Gottes Hilfe wird es bald wieder aufwärts gehen, daran besteht kein …«

Mit einem Satz auf den Beinen, brach ich mitten in der Rede ab, schlang den Arm unter seine Achseln und richtete ihn auf.

Tuberkulose im finalen Stadium.

Jetzt half nur noch Beten.

Die Ärzte hatten ihr Urteil gefällt.

Bruder Severin nicht mehr in der Nähe zu wissen, daran wagte ich nicht zu denken. Meinen Vater hatte ich zwar nicht gekannt, aber was machte das schon. Sein Äquivalent war ja immer zur Stelle gewesen, von Kindesbeinen an, Beschützer und väterlicher Freund zugleich. Darüber hinaus auch als weiser Ratgeber, der mir dabei half, bei den Kapuzinern Fuß zu fassen. Wäre mein Ziehvater nicht gewesen, der mir mit Rat und Tat zur Seite stand, ich hätte den Orden wieder verlassen. Kurz: Ohne Severin hätte ich Schiffbruch erlitten. An der Erkenntnis führte kein Weg vorbei.

Heiliger Franziskus, hilf, verharrte ich im stillen Gebet, eine Blechschale in der Hand, um den Auswurf aufzufangen.

Eine Hustenattacke nach der andern, zunächst im Stundentakt, in der Folge jedoch weitaus öfter. Seit zwei Wochen ging das nun schon so. Ein Wunder, dass der Greis noch ansprechbar war, hatte die Tortur doch erheblich an den Kräften gezehrt. Es war sein Wille gewesen, der ihn aufrechterhielt – und sein Glaube, der ihm die Kraft dazu verlieh.

Bis heute.

Denn da wurde es richtig schlimm.

Das Gesicht an die Decke der Siechenstube gerichtet, riss Severin den Mund wie im Starrkrampf auf, stieß ein Keuchen aus, das mir durch Mark und Bein ging.

Und begann wie Espenlaub zu zittern.

Kurz darauf brach es mit Macht aus ihm hervor, schlimmer denn je, eine Marter ohnegleichen. So wahr der Herr mein Zeuge ist, der Anfall kam einer Folter gleich. Hustenstoß folgte auf Hustenstoß, und ich hatte Mühe, meinen Mentor im Gleichgewicht zu halten. Nicht lange, und die Schale war randvoll, eine Mixtur aus Blut, Galle und Magensäure, deren Geruch mir den Schweiß aus den Poren trieb. Jetzt nur nicht erlahmen, dachte ich bei mir, ermahnte mich zur Ruhe und leistete Beistand, so gut ich konnte. Doch auch bei mir ließen die Kräfte langsam nach, der Schlafmangel forderte seinen Tribut.

Aber dann war es geschafft.

Fürs Erste jedenfalls.

Schwer atmend sank Severin auf sein Lager zurück, die Gesichtszüge wächsern und fahl, ein Bild zum Gotterbarmen. Noch ein paar Hustenstöße mehr, und das Schicksal meines Mentors wäre besiegelt gewesen.

Die Schale in der Hand, um den Inhalt in den Ausguss neben der Tür zu kippen, richtete ich mich mühsam auf, durchquerte die weiß getünchte Stube und beeilte mich, mein Vorhaben in die Tat umzusetzen.

»Du musst das nicht tun, mein Junge.« Die Stimme in meinem Rücken klang bekümmert, und ich fragte mich, ob es nicht besser sei, mich taub zu stellen. Bruder Severin brauchte dringend Ruhe, und wie es aussah, war er noch lange nicht überm Berg.

Bleib sachlich, Alban.

Sein Schicksal ist besiegelt.

Bemüht, die Stimme der Vernunft zum Schweigen zu bringen, deponierte ich die Schale auf dem Beistelltisch, trat ans Bett und sprach: »Das wäre überstanden, Vater, von nun an geht es wieder aufwärts.«

»Setz dich, mein Junge.«

Ich gehorchte.

»Ich habe mit dir zu reden.«

»Aber Meister, das strengt doch zu sehr an«, wandte ich stirnrunzelnd ein, ergriff seine Hand und drückte sie. »Ein wenig Ruhe, dann wird alles wieder gut.«

»Nimm mir die Beichte ab, meine Zeit ist gekommen.«

Die Worte versetzten mir einen Stich in die Brust.

So heftig, als würde sie von einer Klinge durchbohrt.

»Ich weiß nicht so recht«, machte ich den Versuch, ihn auf später zu vertrösten, wohl wissend, dass das Ansinnen scheitern würde. Wenn Bruder Severin sich etwas in den Kopf gesetzt hatte, das lehrte die Erfahrung, dann konnte man sich die Einwände sparen. »Ein Schüler, der seinem Lehrer die Beichte abnimmt, wie passt das denn zusammen!«

»Sehr gut«, presste mein Vorbild unter Aufbietung all seiner Kräfte hervor, verstärkte seinen Griff, um das Gesagte zu bekräftigen, und warf mir einen Blick zu, der mich schaudern machte. Aus seinem Gesicht, eingefallen, bleifarben und zerklüftet wie ein Felsabhang, blickte mir der nahende Tod entgegen. So sehr ich mich dagegen sträubte, die Würfel waren gefallen. »Es ist höchste Zeit – und ich möchte in Ruhe sterben.«

»So dürfen Sie nicht reden, Meister.«

»Sag bitte Du zu mir, es wäre mir eine Ehre.«

»Aber Meister …«

»Kein ›Aber‹, mein Junge, ich möchte es so. Primus humilitatis gradus est oboedientia sine mora, schon vergessen?«

»Wie könnte ich.«

»Versprich mir, dass du mir vergeben wirst.«

Vergeben?

Das verstehe, wer will.

»Bei allem Respekt, Vater – Sie sprechen … Aber du sprichst in Rätseln.«

»So, tue ich das.« Bruder Severin atmete schwer. »Komm näher, mein Junge, ich möchte dir etwas anvertrauen. Diesen Raum darf es aber nicht verlassen, sonst …«

Die Stimme meines Mitbruders erstarb.

Ich fügte mich, wandte ihm mein Ohr zu und wartete. Von der Spitalgasse drang das Rumpeln eines Fuhrwerks herauf, begleitet vom Gezänk zweier Passanten, die sich beschuldigten, den anderen angerempelt zu haben.

Wie banal das Leben doch war – und wie unnütz die Allüren der Erdenbewohner.

»Sprich weiter, ich höre dir zu.«

»Das … Das freut mich, mein Sohn«, nahm Severin seine ganze Kraft zusammen, umklammerte meine Schulter und flüsterte: »Versprich es mir, Alban: Ich flehe dich an!«

»Die Bitte sei dir gewährt.«

»Du weißt … Du weißt gar nicht, wie glücklich mich das macht«, hauchte mir Severin mit heiserer Stimme ins Ohr, röchelte nach Luft und sprach: »Jetzt kann ich ruhig sterben, gedankt sei dem Herrn für Seine Gnade.«

Ein Amen auf den Lippen, verfiel ich in brütendes Schweigen.

Vergebung – und wofür?

Das Verhalten meines Ziehvaters gab mir Rätsel auf.

»Du musst wissen, ich …«, fuhr der Greis mit ersterbendem Tonfall fort, der Atem so schwach, dass man ihn kaum spürte. »Ich wurde dazu gezwungen, mich der Lüge zu bedienen, und das auf höchsten Befehl. Du musst mir verzeihen, ich konnte nicht anders.«

Auf höchsten Befehl.

Jetzt verstand ich überhaupt nichts mehr.

»Ein andermal, Bruder. Du musst dich schonen.« Ein ungutes Gefühl im Bauch, ging ich über die Bemerkung hinweg.

Da braute sich etwas zusammen.

Das verriet mir mein Instinkt.

»Ich konnte nicht anders, der Heilige Franziskus kann es bezeugen.« Fast schon im Delirium, richtete sich der Sterbende stöhnend auf, deutete auf das Bildnis am Fußende und begann wie ein Ertrinkender zu hecheln. Nur um sich wieder zurück aufs Bett fallen zu lassen, Tränen im eingefallenen Gesicht.

Ein Bild, das ich nie vergessen werde.

»Du kannst ihn fragen, er weiß über alles Bescheid.«

»Sprich, Bruder: Was ist geschehen?«

Der Befehlston blieb nicht ohne Wirkung. Urplötzlich wieder klar im Kopf, ergriff Bruder Severin das Wort. »Du erinnerst dich an die Zeit im Waisenhaus?«

Und ob ich mich daran erinnerte.

Eine Zeit wie diese vergaß man nie.

»Gewiss. Hätte es dich nicht gegeben, ich wäre an der Welt ver...«

»Unsere Begegnung war kein Zufall«, brachte mich Severin jäh zum Verstummen, mied meinen Blick und fuhr fort: »Du musst wissen, mein Junge: Im Leben gibt es Dinge, gegen die man sich nicht zur Wehr setzen kann. Auch dann nicht, wenn man Gefahr läuft, seine Prinzipien zu verraten.«

»Komm zur Sache, Bruder.«

»Mein Auftrag lautete, ein Auge auf dich zu haben«, fügte Severin erklärend an, der Blick so starr wie bei einer Marmorskulptur. »Und so blieb mir nichts anderes übrig, als Gehorsam zu üben, und sei es nur, um weiteren Schaden abzuwenden, unter anderem auch von dir.«

»Der Auftrag an dich, auf wessen Betreiben kam er zustande?«

Severin hob abwehrend die Hand. »Versteh doch, mein Junge«, beteuerte der Greis, »ich habe geschworen, Stillschweigen zu bewahren, ich kann nicht anders.«

»Wer steckt dahinter, Bruder?«, hakte ich unerbittlich nach, eine rhetorische Frage, das wusste ich nur zu gut. War ich doch beim Versuch, Licht ins Dunkel meiner ungeklärten Herkunft zu bringen, gleich mehrfach auf eine Mauer des Schweigens gestoßen. So auch an meinem 21. Geburtstag, als ich mich erkühnte, den Guardian darauf anzusprechen. Er sei nicht befugt, mir Auskünfte betreffs meiner Abstammung zu erteilen, hatte der Vorsteher von oben herab erklärt. Von daher täte ich gut daran, den Kasus auf sich beruhen zu lassen. Der Vater im Himmel wache über mich, und das sei ja wohl das Wichtigste.

Roma locuta, causa finita.

Auch jetzt, vier Jahre später, klang mir die Antwort immer noch im Ohr.

Sooft ich auch nachfragte, sie blieb stets die gleiche.

»Um der Liebe Christi willen, sprich«, redete ich auf den Sterbenden ein, auf die Gefahr hin, den Bogen zu überspannen. »Sprich endlich, ich habe ein Recht darauf!«

Bruder Severin reagierte nicht, eins mit dem hereinbrechenden Zwielicht, das ihn wie ein Bahrtuch umhüllte. »Du warst mein ganzer Stolz, das wollte ich dir noch sagen«, lallte er wie in Trance vor sich hin, kurz vor dem nächsten Anfall, wie der rasselnde Atem bezeugte. »Und so begabt wie kaum ein Zweiter. Das … Das habe ich sofort gemerkt – und beim Prinzipal darauf gedrungen, dich ans Theresianum zu schicken.«

»Und auf wessen Kosten?«

Lass gut sein, Alban.

Von ihm wirst du kein Wort erfahren.

»Mein Name, von wem habe ich ihn bekommen?«

»Von … Von deiner Mutter«, ließ sich Severin erweichen, mir einen Wink zu geben, von Krämpfen geschüttelt, die das Leben aus dem fragilen Körper saugten. »Von ihr hast du auch dein Talent fürs Klavierspielen, daran besteht … Daran besteht kein …«

Das Ohr vor dem Mund des Sterbenden, hatte ich Mühe, die Fassung zu bewahren, gefangen in einem Wirbelsturm von Bildern, der dafür sorgte, dass meine Sinne den Dienst aufgaben.

»Vergib mir, Alban«, drang die Stimme meines Mentors wie von fern an mein Ohr, die letzten Worte, die ich vernahm. »Vergib mir, mein Junge, ich habe es für dich getan!«

17

Sankt Marxer Friedhof im 3. Bezirk, Freitag, 6. Dezember 1889, 15.50 Uhr

Einziger Gast bei einer Beerdigung.

Es gab eben immer ein erstes Mal.

Obwohl, ein wenig sprachlos war ich schon – wenn nicht gar leicht verwundert. Sankt Markus als letzte Ruhestätte meines Mentors, auf die Idee wäre ich nun wirklich nicht gekommen. Und doch war dem so, im Testament stand es schwarz auf weiß. Auf dem dortigen Friedhof, so Severin in nüchternem Duktus, befinde sich das Grab seiner Eltern. Und genau dort, fernab von Lärm und Unrast, wolle er den Tag des Gerichts erwarten. Das Wenige, was er besitze, vermache er dem Findelhaus, und er lege Wert darauf, bei seinem Heimgang von niemandem begleitet zu werden.

Außer von mir.

Und bitte keine Trauerreden. Die habe er nicht verdient.

Punktum.

Das Vertrackte dabei: Auf dem Friedhof fanden keine Beerdigungen mehr statt. Ausnahmen von der Regel wurden zwar gemacht, doch nur dann, wenn es triftige Gründe gab. Wenn nicht, wurden die Toten zum Zentralfriedhof gebracht, um ein Vielfaches größer – und weit weg vom pulsierenden Leben.

Ein Freigeist, der Böses dabei dachte.

Sondererlaubnis hin oder her, der letzte Wille meines Mentors war mir heilig, den Enthüllungen auf dem Sterbebett zum Trotz. Er war für mich da gewesen, wenn ich ihn brauchte, allein das zählte jetzt für mich.

Punktum maximum.

Die Kritik hatte nicht lange auf sich warten lassen. Der Tote, so der Konvent nahezu unisono, gehöre nun einmal dorthin, wo sich sein Zuhause – sprich: das Kloster – befinde. Und weiter: Der Orden sei ja schließlich seine Familie gewesen, umso mehr, da er schon als Kind zur Vollwaise geworden sei.

Eine Meinung, die ich nicht teilte.

Mit zwölf auf sich allein gestellt, weil die Eltern binnen Tagesfrist an der Cholera starben, an seinem Schicksal trug mein Ziehvater keine Schuld.

Ebenso wenig wie ich.

Geteiltes Schicksal, geteiltes Leid.

Bereits zu Lebzeiten eine Legende, hatte der Tote eine tiefe Lücke hinterlassen. Und das nicht nur am Neuen Markt. Die Trauer hatte breite Kreise gezogen, angesichts der Meriten, die er erwarb, kein Wunder. Die Presse stimmte denn auch wahre Lobeshymnen an, allen voran die Wiener Zeitung, Sprachrohr der Regierung Taafe. Darüber hinaus waren gleich mehrere Traueradressen erschienen, unter anderem im gemäßigten Fremdenblatt, parallel zu einem Nachruf des Kardinals. An Kondolenzschreiben hatte ebenfalls kein Mangel geherrscht, sichtbarer Beweis, wie populär mein Ziehvater war.

Entsprechend groß, wenn nicht gar beängstigend, war auch der Andrang bei der gestrigen Trauerfeier gewesen. Umso größer dann das Erstaunen, als verlautbart wurde, dass man Severin zuliebe eine Ausnahme machen und ihn seinem Wunsch entsprechend in Sankt Marx bestatten würde.

Mit mir als einzigem Gast.

Und so stand ich nun hier, umgeben von verwitterten Grabsteinen, deren Entzifferung kaum mehr möglich schien. Der Schnee fiel in dicken Flocken, nicht mehr lange, und die Spuren, die ich hinterließ, wären vom Erdboden getilgt.

Media in vita morte sumus – wie wahr. Wie viel Zeit mir auf Erden noch beschieden sein würde, wer wusste das schon. Schwer vorstellbar, dass ich so alt wie mein Mentor werden würde. Und fraglich auch, ob es Sinn machte, meine Profession fortzuführen. Waren doch Dinge geschehen, die dazu taugten, den Glauben zu verlieren.

Vor die Frage gestellt, wie es ab jetzt mit mir weitergehen solle, tat ich mich mit der Antwort schwer. Wie eng die Beziehungen waren, die der Orden zum Kaiserhaus unterhielt, das war mir von Anbeginn klar gewesen. Doch dann war der 30. Jänner gekommen, der Tag, an dem die Welt aus den Fugen geriet. Die meinige, bis dato weitgehend heil, mit eingeschlossen.

Quo vadis, Alban?

Ich wusste es nicht.

»In Nomine Patris, et Filii, et Spiritus Sancti – Amen.« Die taub gewordenen Hände aufeinandergepresst, wurde ich Zeuge, wie der Sarg im Erdreich verschwand. Die Totengräber ließen sich Zeit damit, trotz Wind und Wetter, die das Ambiente in eine bizarre Einöde verwandelten.

Der Friedhof, zum Zeitpunkt des Entstehens noch außerhalb der Stadt, bot ein Bild des Jammers. Von Unkraut überwuchert, dämmerten die Grüfte dem Jüngsten Tag entgegen, geschmückt mit verwitterten Epitaphien, um die sich Moosflechten und wilder Efeu rankten. Die Grabdenkmäler, nicht wenige davon in Schieflage, sahen wie antike Relikte aus, wiewohl aus dem gegenwärtigen Jahrhundert.

Ansonsten das althergebrachte Bild: Genien mit gesenkter Fackel, Urnensockel, die vom Steinfraß befallen waren, verrostete Eisengitter, um die Grabplatten zu beschirmen, Engelsfiguren, von den Unbilden der Natur in Mitleidenschaft gezogen. Und über allem der herabrieselnde Schnee, der wie ein Tuch über der verlassenen Hauptallee lag.

»Sind Sie ein Verwandter, Pater?«

Aus den Gedanken gerissen, blickte ich unvermittelt auf. Der Totengräber, ein Schlaks mit Zylinder und Trinkernase, glotzte mich stirnrunzelnd an. Sein Kompagnon, Duplikat im Miniaturformat, tat es dem Schwarzbefrackten gleich.

»Einen Moment noch, das haben wir gleich«, wich ich der Antwort aus, griff unter mein Habit und zog eine nagelneue 8-Gulden-Münze hervor. »Hier, für Ihre Mühe.«

»Vergelt's Gott«, lautete die im Chor gesprochene Replik, gefolgt von einer Verbeugung, die ich als unpassend empfand. »Und einen schönen Tag noch, Pater.«

Von wegen »schön«.

Der Mann hatte gut reden.

»Ihnen auch – und danke.«

Ein Kopfnicken zum Abschied, und die beiden Saatkrähen staksten davon.

»Jetzt sind wir unter uns, Vater«, murmelte ich bedrückt, trat nach vorn, um ein Gebet zu sprechen, und ließ den Blick über das zugeschaufelte Grab schweifen. Doch so sehr ich mich auch bemühte, die alten Zeiten wachzurufen, das Gedächtnis spielte mir einen Streich. Urplötzlich war die Erinnerung wie ausgelöscht, gerade so, als habe der Tote nicht existiert. Vergessen war die Zeit im Waisenhaus, vergessen auch die Zeit am Theresianum, als ich froh sein konnte, ihn als Lehrer zu haben. In meinem Kopf herrschte eine große Leere, ein Gefühl, wie ich es bis dato nicht gekannt hatte.

Hinzukam ein weiteres: Getreu den Prinzipien, die er mit Verve vertrat, hatte sich Severin eine Grabinschrift verbeten.

Der Mensch, so sein ernüchterndes Fazit, sei nichts weiter als eine Quintessenz von Staub, nicht würdig, sich zum Herrn über den Erdkreis aufzuschwingen. Was sei denn da schon ein Name – doch nichts anderes als Schall und Rauch.

Ich fand, dem war nichts hinzuzufügen.

Anno Domini 1812. Viel mehr war vom Epitaph nicht übrig geblieben. Völlig unnütz, sich den Kopf darüber zu zerbrechen. Was blieb, waren verwitterte Lettern, die keinen Sinn ergaben, umtost von den eisigen Flocken, die wie ein Schleier vom grau verhangenen Himmel fielen.

Requiescat in pace.

Gepriesen sei der Herr in Seiner Gnade.

Steif vor Kälte, harrte ich noch eine Weile aus. Dann machte ich mich auf den Rückweg in die Stadt.

Doch halt, jetzt fiel es mir wieder ein.

Ich hatte ja noch etwas vor.

Wo genau der größte Komponist aller Zeiten ruhte, wusste zwar niemand so genau. Den Magistrat hatte das jedoch nicht gehindert, ein Monument zu errichten. Zwar nur eine Geste, aber immerhin. 30 Jahre war das alles nun schon her: Wie schnell doch die Zeit vergangen war.

Carpe diem, Pater.

Der Tod kommt oft schneller, als man denkt.

Den Weg kannte ich von früher, und so fand ich mich schnell zurecht. Nur einen Steinwurf vom Grab meines Mentors entfernt, fiel das Grabdenkmal sofort ins Auge. Auf den Sockel einer geborstenen Säule gestützt, während die Linke auf einer erloschenen Fackel ruhte, hielt ein Engel einsame Wacht. Drumherum tobte der Sturm, wirbelte Eissplitter auf und verstreute sie in alle Winde.

6. Dezember 1791. Vom Stephansdom kommend, nähert sich ein Kondukt, biegt in die Wollzeile ein und zieht zum Stubentor. Es ist bereits spät am Tag, das Wetter windig

und kühl, doch beileibe noch nicht winterlich. Nur ein paar wenige Passanten säumen den Weg, kaum einer, der dem Leichenzug Beachtung schenkt. Für die Teilnehmer ein Grund zum Hadern, denn der Tote war schließlich nicht irgendwer. In Wien kannte ihn fast jedes Kind – und wer ihn nicht kannte, der verstand nichts von Musik. Die Melodien aus seinen Opern hatten ihn unsterblich gemacht, so eingängig, dass sie jeder nachpfeifen konnte. Betrüblich, dass er mit Geld nur so um sich geworfen und der Spielsucht in einem Maße gehuldigt hatte, dass ihm die Schulden mit der Zeit über den Kopf wuchsen. An der Schaffenskraft, die er an den Tag legte, änderte der Umstand jedoch nichts. Ein Jammer, dass er nicht imstande war, sein Requiem zu beenden, zählt es doch mit zum Schönsten, das er erschuf.

Am Tor angelangt, nehmen die Trauernden Abschied. Es ist nicht üblich, den Leichnam in ihrem Beisein zu bestatten – und behördlicherseits auch nicht erwünscht. Und so sagen sie denn leise Adieu, an der Spitze Frau und Kinder, Tränen der Trauer im Gesicht.

Kurz darauf fährt der Leichenwagen weiter. Mit Ausnahme des Kutschers, der seinen Klepper mit einem gebeizten Stock traktiert, ist niemand mit von der Partie. Der Weg in schlechtem Zustand, aufgeweicht durch Ross und Reiter – ohne Not tut sich das keiner an.

Vorbei an dem Kordon aus Silberpappeln, die dem Toten das letzte Geleit geben, ruckelt der Einspänner dem Ziel entgegen. Nur etwas mehr als eine halbe Stunde, und es ist vollbracht. Der Zausel auf dem Kutschbock atmet auf. Bevor es dunkel wird, möchte er wieder zurück sein.

Auf dem Klappsarg hinter dem Kutschbock liegt ein Bouquet.

Schneerosen, passend zur Jahreszeit.

Das ist alles.

Vor dem Tor angekommen, wo sich die Totengräber die Wartezeit mit Würfeln verkürzen, wird der Klappsarg auf einen alten Handkarren gehievt. Dann beginnt die letzte Etappe, vorbei an einem weitläufigen Gräberfeld, über dem es bereits zu dunkeln beginnt.

Nicht lange, und das Reihengrab im Zentrum ist erreicht. Außer den Bestattern ist niemand zugegen, kein Stein kennzeichnet die Stelle, wo es sich befindet. Ein kurzer Ruck, und die Klappe am Fußende öffnet sich. Der Dahingeschiedene, in der Blüte seiner Jahre aus dem Leben gerissen, ist in einen Sack aus Segeltuch eingenäht. Ein weiterer, ungleich kräftigerer Stoß, und der Leichnam kullert ins Erdreich hinab. Eine Schaufel Kalk, und das Tagewerk der Bestatter ist beendet.

Und die Welt ist um einen Genius ärmer geworden.

W. A. Mozart.

1756-1791.

Kaum hatte ich den Epitaph in Augenschein genommen, fuhr mir der Schreck durch sämtliche Glieder.

Das hatte ich nicht erwartet.

Der Albtraum begann von Neuem.

Da war er wieder, der Junge aus dem Heim in der Gassergasse, der wie von Sinnen an dem schmiedeeisernen Gitter rüttelte.

Und da war auch sie, annähernd doppelt so alt wie ich. Mediterraner Teint, dunkelbraunes und bis auf die Schultern herabreichendes Haar, olivfarbene Haut, schlank von Wuchs und grazil wie eine Ballerina. Langes Kleid aus dunklem Seidenstoff, dazu die mit Spitzen besetzte Mantille auf dem Kopf.

Und ein Umhang mit Pelzbesatz, für Normalsterbliche unerschwinglich.

Beim Heiligen Franziskus von Assisi, das konnte, nein, das durfte einfach nicht wahr sein.

Leider nur ein frommer Wunsch.

Dies war kein Traumgespinst, kein Produkt meiner überreizten Sinne. Die Frau in Schwarz war real. So real wie der Engel neben ihr.

Und so erhaben, dass ich wie versteinert innehielt.

»Ich wusste, du würdest kommen.« Worte, die wie ein Stilett in meinen Gehörgang drangen, untermalt vom Wirbeln der Elemente, die auf mich niederfuhren, als stünde der Weltuntergang bevor.

Peinigend wie eine ätzende Flüssigkeit.

Und wohltuend zugleich.

Lacrimosa dies illa, qua resurget ex favilla, iudicandus homo reus, huic ergo parce, Deus.

»Dona eius requiem«, stammelte ich entgeistert vor mich hin, in der Schlusszeile des Lacrimosa angelangt, dessen Text ich im Geist rezitiert hatte.

Gerade so, als handele ich auf Befehl.

Und abermals: »Schenke ihnen Ruhe. Amen.«

Die Frau indes rührte sich nicht von der Stelle, ein Lächeln im Gesicht, das ich nicht zu deuten wusste.

»Wer sind Sie?«, stieß ich mit einer Mischung aus Furcht und Jähzorn hervor, trat nach vorn und zischte: »Was soll die Scharade, raus mit der Sprache!«

»Finde es heraus, Alban Blum«, forderte mich das wandelnde Mysterium auf, zog den Hutschleier vors Gesicht, um sich unkenntlich zu machen, und winkte mir lächelnd zu. »Steht doch geschrieben: Wer da suchet, der findet auch.«

»Sie sagen mir jetzt sofort, wer Sie sind!«, schrie ich meinen Unmut heraus, machte eine Drohgebärde und taumelte auf die Todesgöttin zu. Albtraum und Realität vermischten sich, und mir war, als ginge mein Verstand in Stücke. Und so streifte ich denn durch Zeit und Raum, umkreist von irrlichternden Bildern, die wie Seifenblasen zerplatzten, die einen grau, die anderen bunt wie ein Blumenfeld im Mai. Teils gestochen scharf, zum Teil aber auch vage und verschwommen. Der Verzweiflung nah, stolperte ich hilflos zwischen den wirbelnden Bildfetzen umher, griff bald hierhin, bald dorthin, um ihrer habhaft zu werden. Vereinzelt glückte das Unterfangen auch, doch wie ich feststellte, waren die Impressionen stets die gleichen. Da war das schmiedeeiserne Tor im Waisenhaus, dazu bestimmt, den Weg in die Freiheit zu blockieren, die Gruftpforte im Kloster, an der sich das blakende Fackellicht brach, das Portal von Sankt Stephan, wo mir Severin lächelnd den Vortritt ließ, der Majordomus vor der Tür der Klosterkirche, den Zeremonienstab in der Hand, und zu guter Letzt war da auch das Friedhofstor, von wo aus sich der Blick im Nichts verlor. Was dahinter kam, vermochte ich nicht zu sagen, und so blieb ich wie festgewurzelt stehen. *Und siehe, ich erblickte ein fahles Pferd. Und der darauf saß, war der Tod, und die Hölle folgte ihm nach. Und ihnen ward Macht gegeben, zu töten mit dem Schwert und dem Hunger und mit dem Tod und den Tieren der Wildnis.*

Am Scheideweg zwischen Wahn und Wirklichkeit, steigerte ich mich in eine Philippika hinein. »Sie sagen mir jetzt sofort, wie Ihr Name ist«, stieß ich wild gestikulierend hervor, hielt den Arm vors Gesicht, um die Windböen fernzuhalten, und schrie mit sich überschlagender Stimme: »Raus mit der Sprache, oder Sie lernen mich kennen!«

»Nichts lieber als das«, entgegnete die Anonyma kühl, rückte ihren Hutschleier zurecht und traf Anstalten, den Weg zur Pforte einzuschlagen. »Je eher, desto lieber, *mon cher*!«

18

Kapuzinerkloster am Neuen Markt, Samstag, 7. Dezember 1889, 11.00 Uhr

»Und dann?«, konnte Schwammerl es nicht abwarten, bis ich zur Pointe kam, durchmaß das Besuchszimmer und forderte mich zum Weitersprechen auf. »Du hast sie doch nicht etwa entwischen lassen – bitte sag, dass das nicht stimmt!«

»Doch.«

Prohaska sah mich ungläubig an. »Du machst Witze.«

»Nichts läge mir ferner, mein Freund«, erwiderte ich dumpf, trat ans Fenster, um einen Blick in den verschneiten Innenhof zu werfen, und ließ die Hände auf der rohgezimmerten Brüstung ruhen. Die Welt war wie zu Eis erstarrt, und wie zum Beweis wurde ich von einem Kälteschauer erfasst. Seit vorgestern hatte ich kaum ein Auge zugetan, nicht mehr lange, und ich wäre mit der Kraft am Ende. Was ich auch tat, um die Geschehnisse vom Vortag aus dem Kopf zu bekommen, die Schreckensbilder wurde ich nicht los. »Nimm bitte zur Kenntnis: Nach Lachen ist mir nicht zumute.«

»I glaub, mi tritt a Gaul.«

»Das Gleiche habe ich gestern auch gedacht«, sprach ich mit belegter Stimme, atmete tief durch und beobachtete einen Kolkraben, wie er nach Würmern pickte. »War eben viel los in letzter Zeit, ich meine, irgendwann kommt man halt an seine Grenzen. Überall nur Tod, Niedertracht und Lüge, den wollte ich sehen, der davon unbeeindruckt bleibt.«

»Im Leben wird einem nichts geschenkt, gerade du müsstest das doch wissen. Im Übrigen, was hätte Bruder Severin denn machen sollen? Du weißt doch, wie es in eurer Firma zugeht, oder nicht? Wenn dir einer von den Purpurträgern sagt, tu dies oder tu das, dann wird erwartet, dass du spurst. Tust du es nicht, dann hast du die Heilige Inquisition am Hals.«

»Zu deiner Information: Wir schreiben das Jahr 1889. Und nicht 1489.«

»Was du nicht sagst, Zerberus«, ereiferte sich Prohaska mit dröhnendem Bass. »Und was war des neulich im Prater, kannst mir des vielleicht erklären? Die zwaa Oaschg'sichter, die woan doch ned zum Plaisir unterwegs.«

Schwammerl in Rage, eine Fundgrube für Wiener Schmäh.

»Nicht so laut, wir sind hier nicht beim Heurigen«, bereitete ich der Schimpfkanonade ein Ende, lugte sicherheitshalber vor die Tür und schloss sie wieder. »In Zukunft drück dich ein bisschen gewählter aus, wir …«

»Befinden uns in einem Kloster, ich weiß«, gab Emil in gekünsteltem Hochdeutsch zurück, schnitt eine Grimasse und setzte sich. »Und was jetzt?«

»Der Detektiv aus der Leopoldstadt hat das Wort«, erwiderte ich knapp. »Dann lass mal hören, was gibt es Neues?«

Emil ließ sich mit der Antwort Zeit. Alles andere wäre eine Überraschung gewesen. »Eins gleich vorab: Eure Heiligkeit werden entzückt sein.«

»Die Sache ist ernst, Kamerad Leichtfuß. Du weißt ja, es steht viel auf dem Spiel. *Für uns beide*.«

»Schon mal drüber nachgedacht, dass nicht ich es war, hinter dem die Kiberer her gewesen sind?«

»Du glaubst also allen Ernstes, ich werde von der Polizei …«, murmelte ich nachdenklich vor mich hin, ließ die Fingerkuppen über den Mund gleiten und brach ab. »Aber warum in aller Welt sollte mich jemand beschatten, das ergibt doch überhaupt keinen Sinn.«

»Im Moment jedenfalls noch nicht, da gebe ich dir recht.« Emil zückte sein Notizbuch, schlug es auf und fragte: »Was möchtest du zuerst hören – die gute Nachricht oder die schlechte?«

»Die schlechte.«

»Hab ich gleich gewusst. Also: Was die Suche nach dem Phantom in Schwarz angeht, war bei den Kiberern nichts zu holen. Keine Vermisstenmeldungen, auf die deine Beschreibung passen würde. Keine Delikte irgendwelcher Art. Keine wie auch immer gearteten Gaunereien. Nicht die geringste Schummelei. Mit einem Wort, Fehlanzeige.« Schwammerl seufzte achselzuckend auf. »Hätte mich auch gewundert, wenn ich fündig geworden wäre. Tut mir leid, Kleiner, aber solange wir nicht wissen, wie die Dame heißt, gehen unsere Chancen gegen null. Eine Stecknadel im Heuhaufen zu finden wäre leichter. Es sei denn, Kommissar Zufall steigt bei mir ein.«

»Wohl wahr.«

»Bevor du mich fragst: Mein Gewährsmann möchte anonym bleiben.«

»Verständlich.«

Schwammerl hielt abwartend inne. »Du warst doch im Waisenhaus, erinnere ich mich da richtig?«

»Wieso fragst du, das weißt du doch!«

»Klar weiß ich das. Aber das ist momentan nicht der Punkt.«

»Anderes Thema, ich möchte jetzt nicht darüber sprechen. Und überhaupt, was hat das mit unserer Suche zu tun?«

»Mehr, als du denkst, mein Freund«, wies mich Prohaska behutsam in die Schranken, massierte sein Doppelkinn und verkündete: »Parole: Zurück zu den Wurzeln.«

»Ich verstehe kein Wort.«

»Was ich damit sagen möchte, ist: Je genauer wir dein Vorleben unter die Lupe nehmen, desto größer die Chance, auf eine Spur zu stoßen.«

»Ich will nicht darüber reden, hast du das jetzt endlich kapiert?«

»Nicht so laut, ich höre gut!«, ahmte Schwammerl meinen Duktus nach, die Pranke abwehrend in die Höhe gereckt. »Wir sind hier nicht beim Heurigen in Grinzing, nimm das gefälligst zur Kenntnis.« Ein affektiertes Räuspern, eine gezierte Geste, ein Lächeln im vierschrötigen Gesicht. Darauf die Worte: »Willst du hören, was mir der Schrubber mit Haube ins Ohr zu flüstern geruhte, ja oder nein?«

»Sag bloß, du …«

»Richtig geraten! Ich habe mir erlaubt, mich ein wenig umzuhören. Gassergasse 19 im 5. Bezirk, was will uns die Adresse sagen?«

»Auf die Gefahr hin, mich zu wiederholen: Mit dem Thema bin ich durch.«

»Aber ich nicht!«, blaffte Prohaska zurück, warf mir einen Drohblick zu und knurrte: »Und jetzt halt gefälligst die Luft an, oder du siehst mich so schnell nicht wieder. Da will man dir helfen, und was machst du? Du tust so, als ginge es dich nichts an. Also wirklich, das soll mal einer kapieren.« Die Zornesfalte tiefer denn je, reckte Emil das Kinn. »Also, was ist: Machen wir nun weiter oder nicht? Falls nein, wäre es das gewesen.«

»Der Experte hat das Wort. Ich bin gespannt.«

»Na also, warum nicht gleich.« Emil lächelte schief. »Um auf die Furie von Oberin zurückzukommen, in dem Punkt kann ich dich verstehen. Die Rutschn hat den Teufel im Leib, die Kinder können einem leidtun.«

»Mäßige dich.«

»Zu spät.« Schwammerl grinste verschmitzt. »Aber egal, sie hat mir aus der Hand gefressen, und nur darauf kam es mir an. Na gut, ein bisschen geflunkert hab ich schon, von wegen Polizeiagent und so. Aber wie heißt es doch gleich: Der Zweck heiligt die Mittel.« Die Grübchen meines Gefährten vertieften sich. »Und weißt du, was? Die Blunzn hat mich nicht mal nach der Legitimation gefragt, kein Wunder, wenn man so charmant ist wie ich. Da siehst du's mal wieder, wer koa, der koa!«

»Und was kam dabei heraus?«

»Immer gemach, Alban. So viel Zeit muss sein.«

»Jetzt komm schon, mach's nicht so spannend.« Ein zornfunkelnder Blick, und der Agent von eigenen Gnaden knickte ein. »Dann will ich mal nicht so sein, Zerberus. Du bist ja schon mächtig blass im Gesicht.«

Kann sein.

Aber wenigstens habe ich einen Grund dafür.

Emil ergänzend: »Die Dame war so was von handzahm, du hättest es nicht für möglich gehalten. Es geschehen eben noch Zeichen und Wunder, man muss nur fest dran glauben.«

»Der Titel der Posse, wie lautet er?«

»Agent Schwammerl in geheimer Mission.«

»Hört sich gut an. Und was passiert in dem Stück?«

»Ein Privatdetektiv gibt vor, auf der Suche nach den Mitgliedern einer Kinderbande zu sein. Um ihr das Handwerk zu legen, hat er sich eine Tarnung zugelegt, Kontakt zur örtlichen Halbwelt aufgenommen und sich einen Namen damit gemacht, indem er als Mann fürs Grobe agiert.«

»Passend zu seiner Figur.«

»Du sagst es.« Schwammerl tat so, als fechte ihn die Spitze

nicht an. »Wie dem auch sei, der Erfolg der Ermittlungen lässt nicht lange auf sich warten. Findet Agent Schwammerl doch heraus, dass die Verbindungen der Bande bis ins Waisenhaus reichen – frei nach Grimms Märchen, versteht sich! – und beschließt, das Übel an der Wurzel zu packen, sprich: die Oberin höchstselbst um Mithilfe zu bitten. Na, was sagst dazu?«

»Wenn es nicht wahr ist, ist es doch gut erfunden.«

»Eben. Ihr Gesicht hättest du sehen sollen, du hättest deine helle Freude daran gehabt.« Schwammerl schnalzte genüsslich mit der Zunge, wie vor dem Souper im Imperial. »Frag mich jetzt bloß nicht, wie ich auf die depperte Idee gekommen bin. Du weißt ja, Not macht erfinderisch.«

»Und was kam bei der Scharade heraus?«

»Die Oberin stand kurz vor dem Infarkt, das kannst du dir ja denken. Und hat beteuert, sie könne sich das nicht vorstellen. In ihrem Heim – mit Betonung auf dem Possessivpronomen – käme so etwas nicht vor, wie jedermann wisse, gäbe es keinen Grund zur Klage. Sie sei bereit, für ihre Schützlinge die Hand ins Feuer zu legen, der Verdacht entbehre jeder Grundlage.«

»Und dann?«

Emil kicherte amüsiert. »Dann habe ich meinen Köder ausgeworfen.«

»Bedeutet?«

»Ich habe sie nach den Namen von Insassen gefragt, die als schwierig gelten.«

»Ohne Erfolg, nehme ich an?«

Prohaska nickte. Und fügte ergänzend hinzu: »Und nach Vorfällen der unliebsamen Art, seien sie auch noch so lange her.«

»Alle Achtung. An dir ist ein Naderer verloren gegangen.«

»Verbindlichen Dank.«

»Heißt das, sie hat den Köder geschluckt?«

Schwammerl nickte, ein selbstzufriedenes Lächeln im Gesicht. »Am Anfang hat sie sich noch geziert. Aber dann hat sie so richtig vom Leder gezogen. Hat sich in Rage geredet wie ein Marktschreier. Ja, vor längerer Zeit habe es da einen Zwischenfall gegeben. Beim Versuch, sich Zugang zum Hauptgebäude zu verschaffen, sei eine Frau auf frischer Tat ertappt und vom Pedell postwendend des Hauses verwiesen worden. Kurz darauf sei sie dabei beobachtet worden, wie sie ein Kind zu sich winkte, um es auszufragen. Das Ende vom Lied: Anzeige gegen Unbekannt.« Im Begriff, ein vorläufiges Resümee zu ziehen, hielt Schwammerl stirnrunzelnd inne. »Was ist denn auf einmal los, irgendwas nicht in Ordnung mit dir?«

»Alles bestens. Mach ruhig weiter.«

»Anzeige gegen Unbekannt, fängt's bei Hochwürden an zu klingeln?«

»Einstweilen nur so viel: Vor dir ziehe ich den Hut.«

»Dass ich das noch erleben durfte«, rief Schwammerl frohlockend aus, räkelte sich wie eine Diva und deklamierte: »Fassen wir also zusammen: Nach eingehender Prüfung spricht alles dafür, dass es sich bei der Frau, die dir nachstellt, um deine Mutter handelt. Sprich: Mit den Konzertbesuchen verfolgte sie einen bestimmten Zweck, und was die Begegnung im Stephansdom betrifft, scheint auch sie von langer Hand geplant gewesen zu sein. Dass die Frau etwas zu verbergen hat, liegt auf der Hand, denn wie wäre es sonst zu erklären, dass sie immer dann, wenn es brenzlig wurde, von dannen schwebte. So geschehen bei deinem Konzert am 29. Mai – und im Anschluss an Severins Beerdigung. Wobei Letzterer, vor Tagesfrist bestattet, in dem Verwirrspiel à la Shakespeare eine Schlüsselrolle spielte. Weigerte er sich doch standhaft, ihre Identität preiszugeben. Einziger, wenn auch nebulöser

Hinweis: der Auftrag, sich um dich zu kümmern. Von wem er mit der Mission betraut wurde, als Ziehvater zu fungieren, das Geheimnis hat er mit ins Grab genommen. Das Merkwürdige an der Sache: Meinem Informanten zufolge stammt die Anzeige gegen Unbekannt vom 3. Dezember 1873. Mit anderen Worten, seit damals sind knapp 16 Jahre vergangen.« Prohaska atmete hastig durch. »Tatsache ist, dass es sich bei der Beklagten und Madame Noir um ein und dieselbe Person handelt. Stimmt deine Beschreibung doch mit derjenigen der Oberin überein.«

»Alle Achtung. Gute Arbeit.«

»Frage zum Schluss: Warum dieses Verwirrspiel anzetteln, wenn man genau weiß, was Sache ist. Angenommen, sie will – respektive wollte – mit dir in Kontakt treten, wäre es da nicht einfacher gewesen, dies brieflich zu tun? Zugegeben, dazu braucht es eine Menge Mut, aber es gibt Momente, da muss man alles auf eine Karte setzen.«

»Stimmt.«

»Und vor allem: Warum hat sich die Dame so viel Zeit gelassen, 16 Jahre sind ein bisschen viel.«

»Von der Frage, warum ich ins Waisenhaus kam, ganz zu schweigen.«

»Eben.« Schwammerls Miene verfinsterte sich. »Rätsel über Rätsel, da soll mal einer schlau daraus werden.«

Stummes Bejahen meinerseits.

»Und was jetzt?«

»Wir müssen versuchen, ihren Namen herauszufinden. Sonst kommen wir auf keinen grünen Zweig.«

Schwammerl bejahte. »Fragt sich nur, wie.«

»Vorschlag: Lass uns eine Nacht drüber schlafen«, erbat ich mir Bedenkzeit, klopfte Emil auf die Schulter und sagte: »Uns beiden fällt bestimmt was ein, wäre doch gelacht, wenn wir das Problem nicht in den Griff be…«

»Die Herren müssen entschuldigen, aber es ist dringend«, fiel mir der Vorsteher, der ohne anzuklopfen in den Raum stürmte, jäh ins Wort, bedeutete mir, ihm zu folgen, und hielt es offenbar nicht für nötig, mich ins Bild zu setzen. »Pater Alban wird dringend gebraucht, alles andere hat bis später Zeit!«

19

Lainzer Tiergarten, 14.30 Uhr

Der Lakai machte eine einladende Handbewegung, wies ins Innere der Equipage und nickte mir beim Einsteigen zu. »Eine Bitte hätte ich noch, Pater: Wären Sie so gut, die Gardinen zuzuziehen?«

»Und wozu?«, fragte ich überrascht, wechselte einen Blick mit Schwammerl und nahm in Fahrtrichtung Platz. »Ich habe nichts zu verbergen. Und der Herr da auch nicht.«

»Wie schön für Sie, aber die Herrschaft legt allergrößten Wert darauf.«

»Jetzt, wo Sie es erwähnen: Um wen handelt es sich dabei?«

»Bedaure«, näselte die ergraute Eminenz, so eitel, dass es unter ihrer Würde schien, mich anzuschauen. »Aber mir wurde aufgetragen, absolutes Stillschweigen zu bewahren. Die Presse – Sie verstehen.«

»Für die bin ich nicht interessant genug, die Mühe können Sie sich sparen.«

»Falls Sie es noch nicht wissen, Pater: Die Herrschaft bestimmt, wo es langgeht. Sowohl im Kloster als auch anderswo. Am besten, Sie finden sich damit ab.« Der Lakai lächelte blasiert. »Sind Sie soweit?«

Die Frage stieß auf taube Ohren.

»Und was meint der Vater Guardian dazu?«, nahm ich mir vielmehr die Freiheit, das Wort an den peinlich berührten Vorsteher zu richten. Und nahm die Antwort mit unterschwelligem Spott vorweg: »Ich meine, Sie haben ja schließlich das Sagen.«

Der Guardian gab keine Antwort.

Und los ging die Fahrt ins Ungewisse.

Von wegen Gardinen zuziehen. Da hatte sich die Schranze den Falschen ausgesucht. Blindekuh spielen, für mich kam das nicht infrage.

Die Gardine zwischen Daumen und Zeigefinger geklemmt, lugte ich voller Argwohn in die Kälte hinaus. Linker Hand tauchte soeben die Karlskirche auf, an deren Kuppel sich das gleißende Sonnenlicht brach. Unmittelbar davor ragten die beiden Spiralsäulen empor, bekränzt mit goldglänzenden Adlern, die mit ausgebreiteten Schwingen auf ihrem Ausguck kauerten.

Kurzer Halt, um die Trambahn passieren zu lassen.

Dann ging es im Eiltempo weiter.

Wohin, war mir nach wie vor ein Rätsel.

Mich fror. Aber wer weiß, vielleicht hatte ich auch ein wenig Angst. Im Ungewissen zu bleiben war mir ein Gräuel, am heutigen Samstag mehr denn je. Aber was blieb mir anderes übrig, dem Wunsch meines Vorstehers musste Folge geleistet werden.

Oboedientia sine mora.

Das alte Lied.

Vorbei am überfüllten Naschmarkt, wo wie immer dichtes Gedränge herrschte, ratterte der Zweispänner an der Wienzeile entlang. Trotz Minusgraden waren Dutzende von Fahrzeugen unterwegs, darunter Fuhrwerke, Handkarren und Fiaker, die versuchten, nur ja nicht ins Schleudern zu kommen. Das Pflaster war nahezu vollständig mit Eis überzogen, zum Leidwesen des Kutschers auf dem Vordersitz, der aus dem Fluchen fast nicht mehr herauskam.

Und dann kam auch schon das Schloss Schönbrunn in Sicht. Kein Grund, sich groß Gedanken zu machen. An jemanden wie mich würde der Kaiser keinen Gedanken verschwenden. Warum auch. Und was die Kaiserin betraf, von ihr hatte ich monatelang nichts gehört. Obwohl, mit der Monarchin ein Gespräch unter vier Augen zu führen, das war schon etwas Besonderes gewesen. Voyeurismus war mir dennoch fremd, und ich legte keinen Wert darauf, zum Experten für familiäre Zwistigkeiten zu werden. Ganz anders dagegen Schwammerl, für ihn wären die Gespräche zur Fundgrube geworden. Mit der Kaiserin im Reich der Toten, ich konnte die Schlagzeile bereits vor mir sehen.

Hietzinger Hauptstraße, kurz nach 14 Uhr. Bereits länger als eine halbe Stunde unterwegs, Ende des Geschaukels nicht in Sicht. Ländliche Gegend, von Fabrikgebäuden keine Spur. Soweit ich wusste, war der Tiergarten nicht mehr weit. Aber was hieß das schon. Das Ziel konnte überall liegen. Und die Fahrt – für mich die Höllenvision schlechthin – noch Stunden dauern.

Der Spekulationen müde, ließ ich mich in den gepolsterten Sitz sinken.

Geduld war das Gebot der Stunde.

In Gedanken beim gestrigen Freitag, rief ich die Begegnung auf dem Friedhof wach. Ich konnte mir nicht helfen, aber je länger ich darüber nachdachte, desto mehr Rätsel türmten sich vor mir auf. Aber wer weiß, vielleicht hatte ich mir das alles nur eingebildet. Ganz sicher war ich mir nicht. Mit Visionen hatte ich zwar noch keine Erfahrungen gesammelt, aber was nicht war, das konnte ja noch werden.

»Nur keine Sorge, Pater: Wir sind gleich da!«

»Gut zu wissen.« Da hatte ich mir nichts sehnlicher gewünscht, als eine Familie zu haben – und jetzt dies. Auf einmal tat ich mich damit schwer, war die Frau, die mir wie ein Schatten folgte, doch ein Buch mit sieben Siegeln für mich. Der Gedanke, es könne sich um meine Mutter handeln, machte mir zu schaffen. Denn da war diese unsichtbare Barriere, die mich von ihr trennte – und Fragen über Fragen, eine vertrackter als die andere. Mithin am wichtigsten: Warum hatte es so lange gedauert, bis sie wieder auftauchte? Schwammerl zufolge war die Anzeige 1873 erfolgt, kurz nach meinem neunten Geburtstag. Inzwischen waren aber 16 Jahre vergangen, in denen ich kein Lebenszeichen erhielt, weder von ihr noch durch einen Mittelsmann. An der Geschichte stimmte etwas nicht, und solange die Zweifel nicht ausgeräumt waren, hielt sich die Freude über das Dénouement in Grenzen.

Von der Frage, wo die Dame steckte, einmal abgesehen.

Und mein Vater, was war mit ihm?

Blieb zu klären, was damals geschah.

Auf der Suche nach der Stecknadel im Heuhaufen, weiß Gott kein angenehmer Zeitvertreib.

»So, da wären wir.« Tief in Gedanken, fuhr ich in die Höhe und sah hinaus. Der Lakai wartete bereits auf mich, in Habachtstellung, wie bei einer Parade.

Auf alles gefasst, stieg ich aus.

Und rieb mir verwundert die Augen.

Die Equipage war vor einer prunkvollen Villa vorgefahren. Errichtet im Stil eines Herrensitzes, sah sie wie ein verwunschenes Waldschlösschen aus, ein Hort der Stille, um den sich der sonnenbeschienene Neuschnee scharte.

Geblendet vom hellen Tageslicht, sah ich mich verwundert um.

Die mehrstöckige Villa, bestehend aus zwei Seitenflügeln, einer Mansarde, zwei Türmen sowie einer Uhr auf dem gewölbten Dach, war von Laub- und Nadelbäumen umgeben und sowohl aus Hausteinen als auch aus glasierten Ziegelsteinen errichtet worden. Vor dem Treppenaufgang, der in die viereckige Loggia führte, befand sich ein Brunnen, an dessen Rand sich eine in Stein gehauene Figurengruppe erhob. Genoveva, ihr Söhnchen und das Reh: beinahe schon ein Idyll, wäre da nicht die dicke Eisschicht gewesen.

Halb am Erfrieren.

Das hatte ich jetzt davon.

»Nach Ihnen, Pater.« Auf dem Treppenabsatz postiert, forderte mich mein Bewacher zum Weitergehen auf, während der Fiaker vom Bock sprang, um die Pferde zu füttern. Die Sache wurde immer kurioser, und ich fragte mich, warum um einen Mönch so viel Aufhebens gemacht wurde. Viel lieber wäre ich jetzt an meiner Orgel gesessen, nur noch zwei Wochen, um mich auf das nächste Konzert einzustimmen. »Immer geradeaus, Sie werden bereits erwartet.«

Fragt sich nur, von wem, seufzte ich innerlich auf, wobei mich eine unbestimmte Ahnung beschlich. Ein Domizil im Grünen konnten sich zwar viele leisten, aber um sich hier einzukaufen, dazu musste man Geld wie Heu besitzen. War dies der Fall, standen die Türen zur Macht weit offen. Hast du was, dann bist du was: In dem Spruch steckte eine Menge Wahrheit.

Es war die Kälte, die mich zum Weitergehen animierte, und so hüllte ich mich noch tiefer in den Umhang, den ich über dem Habit trug, und kam der Aufforderung nach. Im achteckigen Vestibül, mit Wandtäfelungen und einem Bronzelüster an der Kassettendecke versehen, wurde ich von einer mir unbekannten Dame begrüßt, um die 50, nahezu grau und in ungarischer Tracht. Ein Indiz, das meine Vermutung zu bestätigen schien. Auch sie begnügte sich mit einer knappen Geste, lächelte mich huldvoll an und übernahm die Führung.

Zu Gast in Klingsors Zauberschloss.

Das hätte ich mir wirklich nicht träumen lassen.

In puncto Luxus ließ der Salon keine Wünsche offen. Ein Kamin gehörte natürlich auch dazu, wo käme man da auch hin. Aus dunkelgrünem Marmor, mit einem Louis-Quinze-Spiegel auf dem Sims. Auffallend auch, weil überaus rar, die beiden Nischen an der Schmalseite, als Rokoko-Brunnen gestaltet, in denen sich Delfine und Kleinkinder tummelten. Keine bloße Zierde, wie ich im Vorbeigehen bemerkte, sondern ein Depot, um die Getränke in gekühltem Zustand zu servieren. Ideen musste der Mensch haben – und das nötige Kleingeld, um sie in die Tat umzusetzen. Die Brunnen selbst wurden mit fließendem Wasser gespeist, dessen Plätschern eine heimelige Atmosphäre schuf.

Arkadien im Kleinformat, wohl dem, dem es vergönnt war, sich hier umzutun. Normalsterbliche wie ich konnten davon nur träumen.

Und dann erst der Blick auf den Park. Ein Tableau wie in einer Oper von Rameau.

Das nannte ich Savoir-vivre.

Wobei, ein Bad suchte man hier vergebens. Auch Toiletten gab es erst viel später, wie ich unter der Hand erfuhr. Sprechkästen ließen ebenfalls auf sich warten, vom Nutzen, den sie brachten, einmal abgesehen. Egal wie praktisch, Telefonapparate waren mir suspekt – und sind es immer noch. Eine Meinung, mit der ich nicht alleine war. Ein Gespräch unter vier Augen, für mich war dies durch nichts zu ersetzen.

Doch genug davon, ich greife dem Geschehen voraus.

Ein Blick an die Decke, und der Verdacht, den ich im Stillen hegte, reifte zur Gewissheit heran. Ein Relief, das die Göttin Aurora zeigte, wie sie hoch droben am Firmament ihrer Wege zog, gefolgt vom Prunkwagen des Sommers. Nicht schwer zu erraten, welche Person sich dahinter verbarg.

Eine Person, die dem Philhellenismus huldigte. Und die das Studium der Mythologie aus Passion betrieb.

»Und wie gefällt Ihnen mein Domizil?«

An der Verandatür postiert, rührte sich die Hausherrin nicht vom Fleck. Sie stand mit dem Rücken zu mir, einen Fächer aus dunklen Marabufedern in der Hand.

In Schwarz gekleidet, wie könnte es anders sein.

Schlank wie eine Ziersäule aus Granit – beinahe hager.

»Sie sagen ja gar nichts, Pater: Hat es Ihnen etwa die Sprache verschlagen?«

Die Stimme hätte ich aus Tausenden heraushören können.

Jetzt hatte ich Gewissheit.

»Sie haben mich rufen lassen?«

Die Frage verhallte ungehört. »Nun sagen Sie schon: Gefällt Ihnen die Villa oder nicht?«

»Mit Verlaub: Es könnte ein bisschen wärmer sein.«

»Dem ist nichts hinzuzufügen.«

»Und womit kann ich dienen, Majestät?«

»Indem Sie mir ein wenig Gesellschaft leisten. Treten Sie näher, Pater.«

Ein Wink mit dem Fächer, und ich tat, wie mir geheißen.

»Na, was sagen Sie jetzt?«

»Ich bin überwältigt«, gestand ich ohne Umschweife ein, vom Panorama, das sich mir darbot, in Bann gezogen. Der Blick reichte bis zum Horizont, und welche Wirkung der Park im Sommer ausübte, daran wagte ich nicht zu denken. Ein Szenario wie im Märchen tat sich vor mir auf, ins Zwielicht des dahinsiechenden Nachmittags getaucht. In unmittelbarer Nähe, nur einen Steinwurf von der Villa entfernt, erstreckte sich ein weitläufiger Rosenhain, erst kürzlich angelegt, wie ich aus dem Mund der Hausherrin erfuhr. Aber auch an Baumwuchs mangelte es nicht, sowohl einheimischer als auch mediterraner Provenienz, wobei der Mammut besonders hervorstach. Nadelbäume, eher untypisch für die Gegend, traf man nebst anderen ebenfalls an, ferner

Birken, Hainbuchen, Erlen, Eschen und jahrhundertealte Eichen, die dem Ambiente die Aura des Urzustands verliehen. Schier unendlich groß, lockte der Garten Eden zum Verweilen ein, ein Refugium, zu dem nur die Wenigsten Zutritt hatten. »Wenn Majestät die Bemerkung gestatten: Schön haben Sie es hier.«

»Ja und nein.«

Denjenigen der Kaiserin meidend, die ihre Handfläche mit dem zugeklappten Fächer traktierte, fiel mein Blick auf eine Statue im Garten, deren Montur, darunter Flügelhelm, Schwert und Umhang, auf eine Figur aus der griechischen Mythologie verwies.

»Hermes, Gott der Kaufleute, Händler, Hirten und Diebe«, erriet die Kaiserin meine Gedanken, deutete auf die Skulptur, die unweit der Terrasse auf einem Sockel posierte, und ergänzte mit empathischem Ton: »Und der Reisenden, das sollte man nicht vergessen. Apropos: Sprechen Sie Griechisch?«

»Leider nein. In der Schule hatte ich Altgriechisch als Fach, mit mehr kann ich leider nicht dienen.«

»Dann lassen Sie mal hören – ich bin gespannt.«

Keine Ahnung, was die Kaiserin damit bezweckte.

»Ernsthaft?«

»Aber natürlich. Sonst würde ich Sie nicht darum bitten.«

Einen dicken Kloß im Hals, trat ich verlegen auf der Stelle.

»Nur keine Bange, Pater: Es bleibt unter uns«, munterte mich die Monarchin auf, zupfte ihren Plastronkragen zurecht und sagte: »Nur ein kurzer Passus – von Homer vielleicht?«

Darauf ich: »Menin aeide, thea, Peleïado Akhileos oulomenen, he muri' Akhaiois alge' etheke, pollas d'iphthimous psukhàs Aïdi proïapsen heroon.«

»Und das von einem Kapuziner!«, rief die Kaiserin anerkennend aus, deutete ein Händeklatschen an und sagte: »Ich bin beeindruckt, Bruder Alban: mein Kompliment.«

»Das freut mich, Majestät.«

»Achilleus ist mein Heroe, müssen Sie wissen.« Tief in Gedanken, ließ die Kaiserin den Blick auf dem Garten ruhen. Am Horizont trat ein Reh zwischen den Bäumen hervor, hielt seine Nase in den Wind und erstarrte. Dann machte es einen Satz und verschwand. »Und Gott Hermes natürlich auch. Wenn wir gerade bei Vorbildern sind: Mögen Sie Heine?«

»Gedichte sind nicht unbedingt mein Fall.«

»Sondern?«

»Mozart.«

»Und wer noch?«

»Bach. Und vor allem Wagner.«

»Tatsächlich?«, konnte die Kaiserin ihre Überraschung nicht verbergen, legte eine Kunstpause ein und sprach: »Ja, wenn das so ist, dann hätte ich eine Bitte an Sie. Die letzte für heute, mein Ehrenwort!«

»Sie sei Ihnen gewährt«, gab ich pflichtschuldigst zurück, wie so oft, wenn ich mit ihr zu tun hatte, mit einem flauen Gefühl im Bauch. »Und womit kann ich dienen, Majestät?«

»Damit!«

Die Kaiserin deutete nach links. Der Flügel in der Ecke war mit einem schwarzen Tuch verhüllt, desgleichen das Mobiliar, darunter eine Chaiselongue, den Umrissen nach zu urteilen Louis-quinze.

»Sagten Sie nicht, Sie mögen Wagner?«

»Doch«, bekräftigte ich verwirrt, sah die Hausherrin aus dem Augenwinkel an und fuhr fort: »Ich möchte Majestät ja nicht zu nahe treten, aber ich verstehe nicht ganz, was das mit unserer Unterredung …«

»Anders ausgedrückt«, ließ sich die Kaiserin nicht beirren, streckte den Arm aus und deutete mit dem Finger nach links. »Wären Sie bereit, mir eine Kostprobe Ihres Könnens zu geben? Wenn ja, würde ich das sehr zu schätzen wissen. Aber ich möchte Sie zu nichts zwingen, die Entscheidung liegt allein bei Ihnen.«

Mit allem hatte ich gerechnet, nur damit nicht.

Ob im Guten oder anderweitig: Madame war immer für eine Überraschung gut.

Aber das wusste ich ja bereits.

Interessant zu erfahren, wie der Herr Gemahl darüber dachte.

»Und an welches Stück haben Majestät gedacht?«, bereitete ich dem Hickhack ein Ende, entfernte das Abdecktuch und setzte mich. Dann klappte ich den Klaviaturdeckel hoch.

Ein Flügel aus dem Hause Bechstein.

Wie zu erwarten.

»Ich meine, so ganz ohne Orchester, ist das nicht ein bisschen wenig?«

»Keineswegs.« Die Muse in Schwarz blieb stur. Und machte einen überraschenden Vorschlag. »Wie wäre es mit der Ouvertüre zu Tannhäuser – mir zuliebe? Für mich kommt die Oper an erster Stelle, nur ein paar Töne, und ich bin in einer anderen Welt. Vetter Ludwig ging es genauso, er hat Wagner vergöttert, aber das wissen Sie ja bestimmt.«

Wer wusste das nicht. Hätte es den König von Bayern nicht gegeben, Wagner wäre in der Versenkung verschwunden. Bei Hof hatte er ohnedies kaum Freunde gehabt, und es war Ludwig gewesen, der ihm helfend unter die Arme griff. Wie hoch die Schulden auch sein mochten, Ludwig sprang bereitwillig in die Bresche, zum Unwillen der Kamarilla, die um ihren Einfluss zu fürchten begann. Das Ende vom Lied: Ludwig geriet zusehends ins Abseits, sowohl intern – will heißen, innerhalb der Familie –, als auch unter seinesgleichen. Und starb unter ungeklärten Umständen, wie vonseiten der Behörden verlautbart wurde.

Tod im Starnberger See, das Finale eines Lebens in Einsamkeit. Für seine Cousine, dem König in vielem ähnlich, ein schwerer Schlag.

Fazit: Musikalisch über jeden Zweifel erhaben, hatte Wagners Charakter zu wünschen übrig gelassen.

Höflich ausgedrückt.

Doch das gehörte nicht hierher. Denn was letztendlich zählte, das war sein musikalisches Genie, den Skandalen, in die er verwickelt war, zum Trotz. »Falls Sie die Noten benötigen, Ida kann sie Ihnen bringen«, fügte die Kaiserin hinzu, die Stimme in ein euphorisches Timbre getaucht, hinter dem sich der Hang zur Exaltiertheit verbarg. »Mein Fundus steht zu Ihrer Verfügung, falls nötig, machen Sie Gebrauch davon. Wir haben alles im Haus, auch wenn wir es nur im Sommer bewohnen. Sie sehen ja, im Winter ist es viel zu kalt, es sei denn, es gibt etwas zu besprechen. *Unter vier Augen.*« Die Monarchin reckte das Kinn, räusperte sich und sprach: »Es gibt Probleme, die erörtert man am besten zu zweit, vor allem, wenn es sich um Intimitäten handelt. Finden Sie nicht auch, Pater?«

Intimitäten.

Also darauf lief das Verwirrspiel hinaus.

Fragte sich nur, was mich das anging. Und um wen es sich dabei drehte.

»Majestät sprechen in Rätseln«, unternahm ich den Versuch, mir Klarheit zu verschaffen. Das Gespräch begann sich im Kreis zu drehen, wozu es also künstlich in die Länge ziehen.

Keine Reaktion.

Die Frau ließ sich nicht in die Karten schauen. »Später, Pater. Die Musik geht vor. Wie sieht es aus, möchten Sie vom Blatt spielen oder nicht?«

»Nicht nötig.«

Die Monarchin nickte anerkennend mit dem Kopf. »Dann stimmt es also, was man sich über Sie erzählt.«

»Alles nur Gerüchte. Ich weiß nicht, wie die Leute darauf kommen.«

»Ich schon«, rückte die Kaiserin von ihrer Meinung nicht ab, peinlich genug, wenn man in Betracht zog, welchen Status ich besaß. Schwer vorstellbar zudem, dass ich hier war, um ein Privatkonzert zu geben, wo es in Wien doch von Virtuosen nur so wimmelte. Pianisten gab es wie Sand am Meer, nur ein Wink, und sie hätten sich die Klinke in die Hand gegeben. »Wie man hört, sind Sie ein Naturtalent, jemanden wie Sie muss man mit der Lupe suchen.«

»Das bezweifle ich.«

»Ich nicht«, hatte die Kaiserin das letzte Wort, nahm eine Klingel zur Hand, um den Lakaien herbeizuzitieren, und verharrte reglos auf der Stelle. »Der Worte sind genug gewechselt, ich schlage vor, Sie schreiten zur Tat.«

»Wie Kaiserliche Hoheit wünschen.« Ein Blick in die Raummitte, wo die Hofschranze im Begriff stand, den Deckenleuchter zu entzünden, und das Ein-Mann-Orchester trat in Aktion.

Nicht lange, und ein mystisches Timbre erfüllte den Raum, von Klängen begleitet, die wie ein Betäubungsmittel wirkten. Und siehe da, die Szenerie begann sich zu verwandeln, und mir war, als hielte ich mich in einem Rittersaal auf, umringt von Gästen, die in einen Disput verwickelt waren. Die Kombattanten, darunter Wolfram von Eschenbach, ein Recke namens Tannhäuser, Herr Walther von der Vogelweide und ein gewisser Biterolf, gerieten in einen wüsten Streit, und es blieb dem Landgrafen vorbehalten, dem Gezänk ein Ende zu bereiten.

Andante maestoso, Allegro, Schlussakkord.

Die Zeit war wie im Flug vergangen.

Stille.

Zurück in der Gegenwart, atmete ich hörbar auf. Mein Gedächtnis hatte mich nicht im Stich gelassen, nur gut, dass mir keine Patzer unterliefen. Lieber ein Konzert vor vollem Haus als ein Pas de deux, mehr gab es dazu nicht zu sagen.

Der Mohr hatte seine Schuldigkeit getan. Je eher man ihn vor die Tür setzte, desto lieber.

»Und jetzt zu Ihnen, Jean-Baptiste Fleury.«

Jäh aufgeschreckt, wandte ich den Kopf nach links.

Die Kaiserin hatte sich unbemerkt genähert, gerade so, als schwebe sie einen Fußbreit über dem Boden, den zugeklappten Fächer in der Hand.

Mit Sisi von Angesicht zu Angesicht.

Eine faustdicke Überraschung.

Auf die Gefahr hin, als Verleumder dazustehen: Bei ihrem Anblick erschrak ich bis ins Mark. Nicht etwa, weil Elisabeth älter wirkte, als sie in Wahrheit war. Sondern weil mich das Gefühl beschlich, mir sei der leibhaftige Tod erschienen. Die Miene wie zu Eis erstarrt, war die Farbe aus ihrem Gesicht gewichen, der Teint wachsbleich, als habe sich die Frau eine Maske übergestülpt. Keine Spur mehr von der Feenkönigin, die wie hingehaucht auf den Bildnissen der Hofmaler prangte, ein bestrickendes Lächeln im Gesicht, während ihr die Haare in Wellen über die Schulter fielen. Spitzer Mund, spitze Nase, spitzes Kinn, die Lippen blutarm, nahezu fahl: Das Leben hatte deutliche Spuren hinterlassen. Einzig der Blick, mit dem sie mich musterte, strahlte einen Hauch von Warmherzigkeit aus, vermischt mit unterschwelligem Bedauern, das sie dem Gast gegenüber zum Ausdruck brachte. »Ça va bien, Monsieur? Oder ist es Ihnen lieber, wenn ich Maestro zu Ihnen sage?«

Die Überraschung war perfekt.

Mir fehlten die Worte.

»Jetzt sind Sie sprachlos, geben Sie es zu«, fuhr die Kaiserin in Ermangelung einer Antwort fort, glitt lautlos hinter den Flügel und sah mich an. »Na, wie sehe ich aus?«

Wie jemand, der mit sich nicht im Reinen ist.

Ehrlich währte bekanntlich am längsten.

»Schon gut, so genau will ich es auch nicht wissen. Mir sagt ohnehin niemand die Wahrheit, und wenn ich mich auf den Kopf stelle.« Die Kaiserin seufzte geziert. Ein Blick auf die Haarschnecke auf dem Hinterkopf, und die Pensionatsleiterin war perfekt. »Aber ich kann Sie verstehen, wer rechnet denn schon mit so etwas.«

»So leid es mir tut, ich kann nicht folgen.«

»Das wird sich legen, machen Sie sich da mal keine Gedanken.« Die Handflächen auf dem schwarz lackierten Korpus, setzte Sisi ein rätselhaftes Lächeln auf. »Kommen wir zum Thema: Ich habe mir erlaubt, ein paar Erkundigungen einzuziehen, vor allem, was Ihre Chronique scandaleuse betrifft. Schauen Sie mich nicht so an, junger Mann, ich meine es doch nur gut mit Ihnen.« Elisabeth hielt stirnrunzelnd inne. »Sie erinnern sich an unser Gespräch im Mai?«

»Gewiss.«

»Und auch an die Bemerkung, mit der ich mich von Ihnen verabschiedet habe?«

Zitat: Die gleiche Stimme, die gleiche Augenfarbe, der gleiche Körperbau, nahezu die gleiche Physiognomie, dieselbe Art, sich fortzubewegen: Wenn das ein Zufall ist, dann weiß ich auch nicht mehr.

Und ob ich mich daran erinnerte.

Wie töricht, den Worten keine Beachtung zu schenken.

»Natürlich.«

Die Kaiserin zog die Augenbraue hoch. »Mir scheint, im Leben wurde Ihnen nichts geschenkt. Aber der Reihe nach. Den Recherchen meiner Vertrauten zufolge wurden Sie am 27. Jänner 1864 in Wien geboren, trifft das zu?«

»Durchaus.«

»Und wo genau?«

»Um ganz ehrlich zu sein, ich weiß es nicht.«

»Aber ich.«

»Und von wem?«

»Geduld, junger Mann. Dazu kommen wir gleich.« Der Blick der Kaiserin verhärtete sich. »Zuvor noch eine kurze Frage: Was wissen Sie über Ihre Mutter?«

»Nur sehr wenig.«

»Und das heißt im Detail?«

»Bruder Severin meinte, Sie sei eine Musikerin gewesen. Und habe versucht, mich ausfindig zu machen. Dabei ist es jedoch geblieben.«

»Verstehe.« Elisabeth atmete schwer. »Fahren wir fort: Wie mir berichtet wurde, kam Ihre Mutter im Findel- und Gebärhaus an der Alser Straße nieder. Ein Hospiz für ledige Mütter, wie ich erfuhr.«

»Davon wusste ich nichts.«

»Ist ja auch kein Wunder.« Die Kaiserin sah mich prüfend an. »Wo doch alle Hebel in Bewegung gesetzt wurden, um die Spuren zu verwischen. Wie dem auch sei: Auf die Salesianerinnen war auch hier Verlass. Drei Jahre können zwar ziemlich lang werden, aber nach allem, was ich weiß, scheint es Ihnen am Rennweg an nichts gefehlt zu haben. Ich nehme an, Sie können sich daran erinnern?«

»Leider nein.«

»Da capo, Pater Severin! Alles richtig gemacht.«

»Bedaure, aber ich kann immer noch nicht folgen.«

»Und ob Sie das können, mon cher. Aber lassen wir das. Der Mann hat versucht, seinen Fehler wiedergutzumachen, und nur darauf kommt es an. Wie man hört, war er wie ein zweiter Vater für Sie?«

»Er *war* mein Vater.«

»Es spricht für Sie, wenn Sie so denken. Die christliche Botschaft hat ja auch was für sich.«

»Wenn es erlaubt ist: Wie kommt es, dass Euer Majestät so gut Bescheid …«

»Auch im Kloster haben die Wände Ohren, wussten Sie das nicht?« Elisabeth lächelte dünn. »Einerlei: Meinen Informationen zufolge wurde beschlossen, Sie im Alter von drei Jahren in die Obhut des Waisenhauses im 5. Bezirk zu geben. Im Gegensatz zu ihren Mitinsassen bot sich Ihnen jedoch die Chance, mit zwölf Jahren aufs Theresianum zu wechseln. Unter tätiger Mithilfe Ihres Mentors, der die Meinung vertrat, Sie seien überdurchschnittlich begabt. Eine Einschätzung, die durchaus zutraf, betrachtet man Ihre Zensuren: Bestnoten in allen Fächern, Leibesübungen ausgenommen. Ausgeprägte Begabung in Musik, Beherrschen mehrerer Instrumente, Virtuose auf der Orgel, begnadeter Pianist. Und das ohne jeglichen Unterricht, per Intuition, wenn man so will. Also, wenn das kein Grund ist, auf sich stolz zu sein, dann bin ich mit meinem Latein am Ende. Und dann überspringt der Knabe auch noch zwei Klassen und legt die Matura schon mit 17 ab. Das nenne ich Einsatz, bon travail, junger Mann.«

»Ergebensten Dank.«

»Und es geht noch weiter: Auf Anraten Ihres Mentors wechseln Sie mit 17 aufs Priesterseminar, wo Sie sich dem Curriculum – wie könnte es anders sein! – mit überdurchschnittlichem Lerneifer widmen. Bei der Priesterweihe gerade einmal 21 Jahre alt, ich bin mir sicher, das macht Ihnen so schnell keiner nach. Kein Wunder, dass Sie vor Jahresfrist zum Kustos ernannt wurden, Ihr Portefeuille ist wirklich beeindruckend.«

»Nicht der Rede wert, Majestät.«

»Ihre Bescheidenheit ehrt Sie, aber was wahr ist, muss auch wahr bleiben. Apropos: Warum sind Sie eigentlich Priester geworden? Ich meine, Sie verfügen doch über so viele Fähigkeiten, hätte es da nicht nähergelegen, sich anderweitig zu orientieren?«

»Der Gedanke ist mir nie gekommen.«

»Wirklich nicht?«

Eine Frage, die ich mit Nein beantwortete.

Für mich gab es da nichts zu überlegen.

»Sie sind doch ein exzellenter Musiker, davon konnte ich mich ja vorhin überzeugen. Die Türen wären Ihnen überall offen gestanden, in der Oper und auch anderswo. Warum dann der Entschluss, einem Orden beizutreten? Mir persönlich leuchtet das nicht ein.«

»Wie ich bereits sagte, Majestät: Da gab es nichts zu überlegen.«

»Und Bruder Severin?«

»Hat sich riesig darüber gefreut.«

»Das kann ich mir vorstellen«, gab meine Gesprächspartnerin schroff zurück, mit unüberhörbarem Sarkasmus in der Stimme, eine Drehung um 180 Grad. »Wie ich den Mann kenne, hatte Gehorsam einen hohen Stellenwert für ihn.«

»Fragte sich nur, gegenüber wem.«

»Darauf müssen Sie schon selbst kommen, Bruder«, retournierte Sisi prompt, umrundete den Flügel und trat neben mich. »Aber wir sind ja noch nicht am Ende. Ich bin mir sicher, der Groschen wird gleich fallen.«

Kunstpause.

Ein herausfordernder Blick in meine Richtung.

Am besten, ich reagierte nicht darauf. Der Verdacht, den ich hegte, war schlimm genug.

»Kommen wir also zu Ihrer Mutter. Wie ich höre, haben Sie sie bereits kennengelernt?«

Jetzt war es aber genug. Wie ein Prüfling examiniert zu werden, das ging mir gewaltig gegen den Strich. »Sind Majestät nicht der Meinung, wir sollten mit offenen Karten spielen?«

»Durchaus.«

»Dürfte ich dann erfahren, wie es kommt, dass Kaiserliche Hoheit besser über mich Bescheid wissen, als ich über mich selbst?«

»Junger Mann: Wenn die Kaiserin von Österreich es nicht zuwege bringt, Recherchen in eigener Sache anzustellen, wer denn dann?«

»Mit anderen Worten: Ein Wink genügt, und Jagdhunde nehmen die Witterung auf.«

Ein mildes Lächeln im Gesicht, atmete die Monarchin tief durch. »Sie stellen sich das alles sehr einfach vor. Aber das ist es nicht. Man muss schon die richtigen Leute kennen, um an heikle Details zu kommen, auch ich mache da keine Ausnahme. Glück für mich, dass es noch Menschen gibt, auf die ich mich verlassen kann. Mehr möchte ich dazu nicht sagen, bitte mich diesbezüglich nicht falsch zu verstehen.« Elisabeth hielt abwartend inne. Und fuhr, als ich keine Reaktion zeigte, im Duktus einer Gouvernante fort: »Um nicht vom Thema abzukommen, Sie sind im Ungewissen, um wen es sich bei Ihrer Mutter handelt?«

»Leider ja«, erwiderte ich verstimmt, intonierte das Thema aus der Tannhäuser-Ouvertüre und machte keine Anstalten fortzufahren.

Das Hin und Her zehrte an den Nerven.

Nichts lieber, als mich unter Verbeugungen zurückzuziehen.

»Na, dann will ich Sie mal nicht länger auf die Folter spannen«, schien die Kaiserin meine Gedanken zu erraten, legte ihren Fächer beiseite und ging in meinem Rücken auf und ab. »Wie Sie Ihrem Geburtsnamen entnehmen können, stammt Ihre Mutter aus …«

»Frankreich?«

»Aus der Schweiz«, fuhr die Hausherrin ohne innezuhalten fort, während ihre Schritte im Stakkato durch den Raum hallten. Im Freien brach bereits die Dämmerung herein, nicht lange, und Gott Hermes war verschwunden. »Genauer gesagt aus Genf, wo der Vater ein renommiertes Bankhaus leitet. Und es sich leisten kann, seine Tochter auf das hiesige Konservatorium zu schicken. Bernadette, so der Name der jungen Dame, ist ungewöhnlich talentiert, beherrscht mehrere Instrumente, darunter vor allem das Klavier, und legt einen Lerneifer an den Tag, der ohne Beispiel ist. Im Ergebnis bedeutet dies: Sie beendet das Studium mit Auszeichnung und wird – kein Wunder dies – von den führenden Häusern am Platze umworben. An der Oper erhält sie eine Stelle als Cellistin – und macht auch dort durch ihr Können von sich reden. Hin und wieder gibt sie auch Solokonzerte, auf dem Klavier, versteht sich, ihrer eigentlichen Domäne. Den Lebensunterhalt bestreitet sie selbst, unter anderem, indem sie Stunden gibt –, zum Entsetzen ihrer Eltern, die alles daransetzen, sie unter die Haube zu bekommen. Wenn möglich, mit einem Bankier, falls nicht vorhanden, mit einem Sprössling aus gutem Haus. Bernadette will davon nichts wissen, Musik ist ihr ein und alles. Und siehe da, am Ende schafft sie es in die Zeitung, und das will bekanntlich etwas heißen. Die Kritiker, allen voran der Chefkolumnist bei der Wiener Zeitung, sind enchanté – und reißen sich darum, sie zu interviewen. Und die Fotografen stehen Schlange, um sie abzulichten. Ragt Bernadette doch nicht nur durch ihr Können, sondern auch durch ihr Aussehen aus der Masse der Musizierenden hervor, dunkelhaarig, schlank und grazil, der Traum aller Männer im Stehparkett. Von den Schürzenjägern in den Logen nicht zu reden.« Die Monarchin schnaubte verächtlich auf. »Womit wir beim eigentlichen Thema wären.«

Stille.

Die Spannung im Raum hatte den Siedepunkt erreicht.

Jetzt war ich es, der das Schweigen brach. »Das da lautet: Den Männern ist nicht zu trauen.«

»Sie sagen es.«

»Und das Ende der Geschichte?«

»Tragisch, was haben Sie denn gedacht.« Neben dem Kaminsims postiert, wo ihre Gestalt einen Schatten in die Raummitte warf, fuhr die Kaiserin halblaut fort: »Insofern, als sich ihr Vater aus der Verantwortung stahl. Auf eine Art, wie ich es nicht für möglich gehalten hätte. Schon gar nicht bei einem Mann wie ihm. Aber was soll's, hinterher ist man immer schlauer.«

»Heißt das, Majestät wissen, um wen …«

»Natürlich weiß ich das. Sonst stünde ich nicht hier. Wenn Sie so gut wären, einen Blick nach rechts zu werfen, dann erübrigt sich jeglicher Kommentar.«

Eine Rokokokommode mit Ziermuster, vollgestellt mit Erinnerungsstücken, in der Hauptsache Fotografien, teils jüngeren, teils älteren Datums. Und dazwischen, die Devotionalien überragend, ein Porträt des Allerhöchsten Paares, angefertigt kurz nach der Hochzeit, als die Kaiserin gerade einmal 17 war, ins Zwielicht der hereinbrechenden Dämmerung getaucht.

Keine weiteren Fragen.

Die Opera seria war beendet.

Blieb mir nur noch, den Klaviaturdeckel herunterzuklappen. Und mich schleunigst zu empfehlen.

»Einen Moment noch, Monsieur Fleury. Ich bin noch nicht am Ende.«

»Aber ich.«

»Wer in Ihrer Lage wäre das nicht.« Wachsbleich im Gesicht, fuhr die Kaiserin fort: »200.000 Gulden als Entschädigung und Starthilfe in ein neues Leben, wie nobel von ihm. Aber darum ging es nicht.«

»Sondern um was?«

»Ihre Mutter kam in eine Klinik. Psychiatrie im 9. Bezirk. Der Ort für die schwierigen Fälle. Wieso, können Sie sich denken. Fakt ist, ihre Eltern wollten nichts mehr mit ihr zu tun haben. Wie die Begründung lautete, können Sie sich denken. Schlimmer noch, wurde Ihre Mutter alsbald von Schuldgefühlen gepackt, kurz davor, den Verstand zu verlieren. Geld ist eben nicht alles, wie man landläufig sagt.«

»Und dann?«

»Bernadette wurde nach acht Jahren entlassen. Und hat den Angaben meiner Vertrauenspersonen zufolge sämtliche Hebel in Bewegung gesetzt, um mit Ihnen in Kontakt zu treten. Umsonst. In ihrer Not ist sie sogar beim Obersthofmeister vorstellig geworden, hat das Kranzgeld zurückerstattet und darum gebeten, man möge ihr mitteilen, wo Sie sind. Nur um im Anschluss für 15 Jahre des Landes verwiesen zu werden. Begründung: Majestätsbeleidigung.« Die Kaiserin lachte verächtlich auf. »Bevor Sie mich fragen, warum ich das alles für Sie tue: Ich finde, so geht man mit einer Frau nicht um. Ganz gleich, woher sie kommt und aus welchen Verhältnissen sie stammt. Ich hoffe, Sie ziehen die richtigen Schlüsse daraus, es wäre Ihnen zu gönnen.«

»Ich werde versuchen, ich selbst zu bleiben. Insofern steht die Marschroute schon fest. Alles Weitere wird sich ergeben. Apropos, das Wichtigste hätte ich beinahe vergessen. Dürfte ich wohl erfahren, wo sich meine Mutter …«

»Dem Manne kann geholfen werden«, fiel mir die Kaiserin lächelnd ins Wort, läutete die Klingel und wandte sich zur Tür. Kaum war dies geschehen, schwangen die goldverzierten Flügel auf, und eine Frau mit südländischem Teint betrat den Raum, in Begleitung der kaiserlichen Hofdame, die eine Geste in meine Richtung machte. »Und jetzt lasse ich Sie beide lieber allein, der Gesprächsstoff geht Ihnen bestimmt nicht aus!«

VERSCHLUSSSACHE (V)

K. k. Agenten-Institut

Streng vertraulich!

Wien, 10. Dezember 1889

Wie vonseiten des Sicherheitsbüros verlautet, handelt es sich bei dem Kapuzinermönch, mit dem Ihre Majestät die Kaiserin seit Anfang Februar mehrfach in Kontakt zu treten geruhte, um einen gebürtigen Wiener namens Alban (25), Kustos der Grablege des Erlauchten Kaiserhauses im Kloster am Neuen Markt.

Nachfolgend das erwünschte Bewegungsprofil:

8. Februar, 20 Uhr: Eintreffen I.M. im Kloster. Besuch der Gruft im Beisein der o.g. Person

29. Mai, kurz vor Mitternacht: Abermalige Visite, jedoch erheblich länger als beim ersten Mal

7. Dezember, 14.30 Uhr: Der o.g. Ordensbruder hält sich in der Hermesvilla im Lainzer Tiergarten auf, wo er mit I.M. ein ca. 70 Minuten währendes Gespräch unter vier Augen führt.

21. Dezember, 19.30 Uhr: Im Anschluss an ein Orgelkonzert, das der zu Oberservierende in der Kapuzinerkirche gibt, trifft sich der o.g. Kustos mit zwei weiteren Personen, um in ihrem Beisein über den Christkindlmarkt (!) zu schlendern. Alle drei befinden sich in gelöster Stimmung und geben sich dem Genuss von Jagertee (!) hin.

Recherchen zufolge handelt es sich bei den Begleitern des Kustos um

a) einen in etwa gleichaltrigen Mann von korpulenter Statur, der von Bruder A. mit »Schwammerl« angeredet wird (weitere Angaben in Kürze).

b) eine Frau mittleren Alters, von der Zielperson mit »Maman« (frz. Mutter) angesprochen. Wie bei a) sind nähere Einzelheiten über die Frau nicht bekannt (Näheres zu gegebener Zeit).

Nota bene: Vom Observierenden wird Bruder A. mit den Worten zitiert: »Von wegen Kustos. Die Zeiten sind vorbei. Anfang Februar ist endgültig Schluss. Den Ersten möchte ich noch miterleben, dann lasse ich mich dort nicht mehr blicken. Auf zu neuen Ufern, die Musik wartet!«

Gez. Jedlaczek, Polizeioberkommissar

Post Skriptum, streng geheim!

Wien, 27.12.1889

»Auf Veranlassung S.M. des Kaisers sind die Recherchen in Sachen Alban B. umgehend einzustellen. Sämtliche Akten sind dem Ministerpräsidenten zwecks Verwahrung auszuhändigen.«

Gez. Baron Franz Krauss, K.u.k. Polizeidirektion, Wien 1., Schottenring 11

HERMANN VON WIDERHOFER,
LEIBARZT DES KRONPRINZEN
(57 JAHRE)

20

Kloster Mayerling im Wienerwald, Donnerstag, 30. Jänner 1890, 10.45 Uhr

Die Einladung kam überraschend, erst kurz vor Beginn der Fahrt. Der Kaiser bitte darum, ihn nach Mayerling zu begleiten, so der Adjutant aus der Entourage.

Der Not gehorchend willigte ich ein.

Die Erinnerung an die Geschehnisse war noch frisch, und es verging kein Tag, an dem ich das Blutbad vor einem Jahr nicht vor mir sah. Es gibt eben Dinge, die man ein Lebtag nicht vergisst – und Wunden, die nie ganz verheilen. Wäre es nach mir gegangen, ich hätte keinen Fuß mehr in das Jagdschloss gesetzt. Aber wenn die Pflicht rief – und wenn einem die Kaiserin Grüße ausrichten ließ, dies kam erschwerend für mich hinzu –, dann wusste auch ich, was die Stunde schlug.

Wien Südbahnhof, 9.30 Uhr am Vormittag. Fahrt mit dem Hofzug nach Baden, von dort per Equipage nach Mayerling. Anders als vor einem Jahr, als ich gezwungen war, mit einem Fiaker vorliebzunehmen. Die Fahrt wird mir stets in Erinnerung bleiben, ein Vorgeschmack auf das, was mich dort erwartete.

Der Kronprinz leblos aufgefunden.

Und ich dazu auserkoren, das Terrain zu sondieren. Will heißen, den Kaiser aus der Schusslinie des Boulevards zu befördern.

Schlimmer hätte es wahrhaftig nicht kommen können.

Schwamm drüber.

Geschehen war geschehen.

Ich hatte es geschafft, mich über Wasser zu halten. Das war die Hauptsache. Und ich hatte ein Auge dabei zugedrückt, zum Wohle der Monarchie. Wenn das Vaterland zu den Fahnen rief, hatte ich Gewehr bei Fuß zu stehen. Das war ich dem Kaiser schuldig gewesen. Eine Hand wusch nun mal die andere, mein Schaden sollte es nicht sein.

Eine Überraschung wurde mir aber dennoch zuteil. Neben dem Kaiser und Erzherzogin Marie Valerie war auch die Kaiserin mit von der Partie. Im Privatabteil, von den Jubelbürgern hermetisch abgeschirmt, das verstand sich quasi von selbst. Eine Reise in die Vergangenheit, um des verstorbenen Sohnes zu gedenken, eine längst überfällige Aktion. Und ein Versuch, ihre Absenz bei der Beerdigung vergessen zu machen.

Majestät war eben immer für eine Überraschung gut. Und tat zumeist das, was ihr beliebte.

Elisabeth bei guter Gesundheit, das wäre ja auch ein Wunder gewesen. In Baden angekommen, wo sie grußlos in der Equipage verschwand, begann die Majestät über heftige Kopfschmerzen zu klagen. In Anbetracht des Besuchs, der ihr bevorstand, kein Wunder.

Aber irgendwie auch bezeichnend.

Und noch etwas fiel mir auf. Zwischen dem Kaiser und seiner Frau herrschte eisiges Schweigen. An sich nichts Ungewöhnliches, wenn ich es mir genau überlegte. Merkwürdig kam mir das Verhalten aber trotzdem vor, denn da war etwas in ihrem Blick, was mich stutzig machte. Verachtung, gepaart mit Wut und der Zurschaustellung von Langweile: wahrlich kein gutes Zeichen. Aber wer weiß, vielleicht hing die Verstimmung auch mit den Gerüchten zusammen, die seit Anfang Dezember im Umlauf waren. Einmal mehr, so die Spitzen hinter vorgehaltener Hand, habe es erhebliche Differenzen gegeben. Der Grund: die Affäre des Kaisers mit einer Pianistin, alles schon lange her, gewiss, für Ihre Majestät jedoch der Anlass, mit Scheidung zu drohen. Wie ernst die Demarche gemeint war, sei dahingestellt, wollte Elisabeth den Status doch nicht missen. Reisen in aller Herren Länder, mal hierhin, mal dorthin, bald zu Wasser, bald zu Lande, mit Vergnügen auch nach Korfu oder Gödöllö, und das alles ohne einen einzigen Heller zu berappen, schon gar nicht aus eigener Tasche: ein Leben, von dem andere nur träumen konnten.

Aber sei's drum, da in der Burg seit jeher dummes Zeug und Lügen im Minutentakt verbreitet wurden, maß ich den Gerüchten keine Bedeutung bei. Der Kaiser lebte sein Leben – das der Arbeit und dem Dienst am Vaterland gewidmet war, das sei zu seiner Ehre vermerkt –, und die Kaiserin das ihrige. Dezent formuliert, die Kombattanten taten so als ob, versuchten den Schein zu wahren und gingen sich, wann immer möglich, aus dem Weg. Mein Fall wäre das ganz bestimmt nicht gewesen, aber was tat man nichts alles, um gut dazustehen. Apropos Scheidung: Für den Kaiser wäre das nie infrage gekommen – und für den Papst mit Sicherheit auch nicht. Ehe-Aus im Hause Habsburg, Bastion und Aushängeschild des Katholizismus: geradezu unvorstellbar, wenn nicht gar utopisch.

Anderes, nicht minder ernstes Thema.

Nach etwa einstündiger Fahrt durch einen idyllischen, von schneebedeckten Hügeln und Bergeshöhen gesäumten Landstrich mit einem Bach in der Mitte kamen wir in Mayerling an. Aus der Ferne sah alles wie früher aus, doch je mehr wir uns näherten, desto klarer fielen die Veränderungen ins Auge. Stand doch der Umbau zum Kloster vor dem

Abschluss, finanziert durch einen Griff in die Privatschatulle, der den Kaiser 140.000 Gulden kostete.

Das nannte ich wahre Demut.

Keine Spur mehr von Rudolfs Schlafzimmer, Ort der unfassbaren Tragödie. Fast schien es, als habe es die Bluttat nie gegeben. Anmerkung am Rande, wiewohl makaber: Anstelle des Bettes, wo ich auf die entseelten Körper stieß, erhob sich der neu errichtete Hochaltar. Teil einer neogotischen Kapelle, in der wir an der Heiligen Messe teilnahmen. Fazit aus dem Mund von Erzherzogin Valerie, Rudolfs jüngster Schwester: »Da weint ja niemand, ist das nicht merkwürdig, Herr Doktor?«

Oh doch, das war es. Ein Blick in die Gesichter der frommen Schwestern, die das Geschehen mit banger Miene verfolgten, und man wusste Bescheid.

Requiem für einen Mörder.

Vor einem Jahr hätte ich mir das nicht träumen lassen.

Erleichtert, dass der Gottesdienst vorüber war, schloss ich mich dem Rundgang durchs Kloster an. Auch hier das gleiche Bild: Mit Ausnahme der Mauer, die den Konvent der Karmelitinnen umgab, war im Jagdschloss kaum ein Stein auf dem andern geblieben.

Alle Achtung, vor den Schwestern ziehe ich den Hut. Abgesehen davon, dass viel Wert auf Disziplin gelegt wurde, sahen die Zellen wie eine Kammer im Armenhaus aus. Bettstatt mit Strohsäcken anstelle einer Matratze, dazu ein Betschemel, ein Regal für die spärlichen Habseligkeiten und ein Totenschädel am Kopfende, um an die Vergänglichkeit alles Irdischen zu erinnern: das zum Thema gottgefälliges Leben. Um es abermals zu betonen: Ich bewunderte diese Frauen. Ein Leben in Abgeschiedenheit, um im Anschluss im Hof begraben zu werden, gewiss nicht jedermanns Sache.

Und gewiss auch nicht die meinige.

Wieder zurück in Wien, dachte ich, das sei es fürs Erste gewesen. Weit gefehlt. Am Abend wurde ich nämlich in die Burg gerufen, die Kaiserin leide an Migräne, ich solle so gut sein und mich um sie kümmern.

Soweit ihre Tochter.

Nicht lange, und der Grund für die Malaise wurde offenbar. Valerie zufolge, die mich darum bat, kein Wort darüber verlauten zu lassen, habe ihre Mutter das Kapuzinerkloster besucht. Aus welchem Grund, konnte ich mir denken. Je älter die Majestät wurde, desto deutlicher trat der Hang zum Morbiden hervor. Laut ihrer Tochter sei die Visite bereits die dritte gewesen, ein Grund mehr, ein Auge auf die Kaiserin zu haben.

Gesagt, getan. Im Kloster angekommen, wurden Mutter und Tochter bereits erwartet. Ein Pater namens Alban, der mit der Kaiserin auf vertrautem Fuß zu stehen schien, begleitete die beiden in die Gruft, eine Fackel in der Hand, um ihnen vorauszuleuchten. Am Grabmal von Maria Theresia und etlichen anderen Särgen vorbei führte der Weg zu einer mit Kränzen geschmückten Nische, wo Rudolf neben seinem Onkel begraben lag.

Und dann, so Valerie, sei das Unfassbare geschehen: Der Kustos habe die Kaiserin umarmt, ihr die Fackel in die Hand gedrückt und alles nur erdenklich Gute für die Zukunft sowie einen sanften Tod gewünscht.

Dann sei er in der Dunkelheit verschwunden.

Um fortan nicht mehr gesehen zu werden.

VIER
EPILOG

IRMA SZTARAY, HOFDAME DER KAISERIN (34 JAHRE)

21

Genf, Quai du Mont-Blanc, 10. September 1898, 13.15 Uhr

Schon 13.15 Uhr, und von der Kaiserin keine Spur. Allmählich wurde ich nervös.

Ich hatte eine unruhige Nacht gehabt. Und was für eine. Da sage mal einer, der Mensch könne nicht in die Zukunft blicken. Und ob er das kann, vielleicht ohne sich dessen bewusst zu sein. Er muss auf seine innere Stimme hören, mehr nicht. Das allerdings ist leichter gesagt als getan.

Die Kaiserin als Zielscheibe eines Mordanschlags, nicht einmal im Traum wäre ich auf so eine Idee gekommen. Und so wie mir ging es auch vielen anderen. Egal, mit wem ich seitdem sprach, niemand rechnete damit, dass so etwas geschehen könne. Nicht einmal der größte Pessimist. Wohl auch deshalb hatte die Kaiserin das Personal angewiesen, mit dem 12-Uhr-Zug vorauszufahren und die nötigen Vorkehrungen für ihre Ankunft in Territet zu treffen. Sie selbst zog es vor, die Strecke mit dem Dampfschiff zurückzulegen. Der Landschaft wegen, wie sie zu betonen nicht müde wurde. Schiffsreisen gingen ihr über alles, ob komfortabel oder nicht, spielte keine Rolle.

Am Tag X haderte die Kaiserin mit der Welt, wie so oft, wenn sie eine schlaflose Nacht hinter sich hatte: »Müde bin ich nicht«, ließ sie mich während der morgendlichen Frisierprozedur wissen, das Haar immer noch lang, doch längst nicht mehr so dicht wie in früheren Jahren. Auch wenn sie es nicht wahrhaben wollte, die grauen Strähnen waren nicht zu übersehen, allen Bemühungen zum Trotz, die Vorboten des Alters zu kaschieren. »Oder jedenfalls nicht sehr. Solange ich wach war, lauschte ich den Musikanten, die drunten vor dem Eingang ein Ständchen gaben. Schön anzuhören, diese italienischen Volksweisen. Es gab Zeiten, da konnte ich nicht genug davon bekommen. Gestern Abend wurde ich ihrer jedoch bald überdrüssig. Weiß Gott, aus welch unerfindlichem Grund.«

»Majestät hätten nur zu klingeln brauchen, und schon wäre der Spuk beendet gewesen.«

Das Gesicht der Kaiserin wurde aschfahl. »Spuk«, murmelte sie und ließ die Bedienstete, die ihr Haar zurechtmachte, nicht aus den Augen. Wenn es um ihr Ein und Alles ging, verstand die Kaiserin keinen Spaß, wehe dem, der ihren Unmut auf sich zog. »Spuk – so könnte man es nennen.«

»Genug, Marie-Louise, das müsste reichen.« Auf Diskretion bedacht, wies meine Herrin die Coiffeuse an, das Toilettenzimmer zu verlassen, wandte sich ruckartig um und sagte: »Sie halten mich für spinnert, Gräfin – geben Sie es zu.«

»Wenn ich so denken würde, Majestät, dann stünde ich nicht hier.«

»Und wer weiß, vielleicht ist ja auch was dran«, antwortete meine Herrin, der Blick so starr, als sehe sie durch mich hindurch. In Gedanken war sie offenbar weit weg, nicht das erste Mal während der Reise, wie ich bekümmert registrierte. »Vielleicht bin ich ja wirklich nicht ganz richtig im Kopf. Und sehe demnächst weiße Mäuse.«

»Bei allem gebotenen Respekt: So dürfen Majestät nicht reden.«

»Anzeichen gäbe es zur Genüge.« Da saß sie nun, die Haltung kerzengerade, ganz in Schwarz und den Fächer wie gewohnt in Reichweite. »Sie werden sehen, Gräfin – bald ist es soweit.«

»Das wird nicht geschehen, Majestät. Dafür lege ich die Hand ins Feuer.«

»Dann sehen Sie mal zu, dass Sie sich nicht verbrennen, Gräfin«, erwiderte die Kaiserin, halb spöttisch, halb ernst, wie es ihre Angewohnheit war. »Wissen Sie, von wem ich heute Nacht geträumt habe?«

Ich konnte es mir denken, darum schwieg ich.

»Von Rudolf und Sophie.«

Und wusste nicht, wohin mit meinen Blicken.

»Verstehen Sie, was ich damit sagen will? Was ich auch tue, wohin ich auch reise, egal, welche Mittel ich anwende, um aus dem Schatten der Vergangenheit zu treten, ich stehe auf verlorenem Posten. Ich kann tun, was ich will – sie holt mich immer wieder ein. Die Leute haben keine Ahnung, was es heißt, ein Kind zu verlieren. Und wenn es dann noch zwei sind, wie bei mir … Wie dem auch sei: Den möchte ich sehen, der so etwas verwinden kann. Ich fürchte nur, es gibt ihn nicht. Machen wir uns nichts vor, Gräfin. Wer mit ansehen muss, wie sein Kind zu Grabe getragen wird, für den wird das Leben zur immerwährenden Qual.« Die Kaiserin legte eine kurze Pause ein. Dann flüsterte sie: »Auch wenn Sie es nicht wahrhaben wollen, Gräfin: Meine Tage sind gezählt. Je früher es vorbei ist, desto besser. Schauen Sie mich nicht so an, das ist mein Ernst. Wozu jahrelang Schmerzen leiden, wenn es Mittel und Wege gibt, sie loszuwerden?«

»Majestät spielen doch nicht etwa mit dem Gedanken, freiwillig …«

»Aus dem Leben zu scheiden?« Die Ellbogen auf der Kante der Frisierkommode, ließ die Kaiserin den Blick auf ihrem

Spiegelbild ruhen. »Sagen wir mal so: Ich wäre froh, wenn mir jemand zuvorkäme. Vorausgesetzt, der Tod käme schnell – und mir bliebe keine Zeit zum Nachdenken.«

»Bitte untertänigst bemerken zu dürfen: Majestät versündigen sich.«

»Und wenn schon, wen kümmert's? Sie glauben gar nicht, wie mir das Gefasel vom Reich Gottes und der ewigen Seligkeit auf die Nerven geht! Alles, wonach ich strebe, ist, dass meine Irrfahrten ein baldiges Ende finden. Je rascher, desto lieber wäre es mir. Und was den Kaiser und meine beiden Töchter angeht, die werden sich schneller damit abfinden, als man denkt. Franz wird sich in die Arme der Schratt flüchten, und was die Kinder betrifft, nun ja, die werden sich schon irgendwie zu helfen wissen. Und wenn nicht, gibt es ja noch die Schwiegersöhne. Wie ich sie kenne, werden sie alles Menschenmögliche tun.«

»Majestät erlauben, dass ich eine Frage stelle?«

»Selbstverständlich, Gräfin – ich bitte darum.«

»Was macht Euch so sicher, dass ...«

»Nur Mut, Gräfin. Sprechen Sie sich aus.« Die Kaiserin lächelte mich hintergründig an. »Sie haben nichts zu befürchten, wir sind unter uns.«

»Der Mensch lebt von der Hoffnung, ist es nicht so?«

»Ach ja, tut er das? Ihr Optimismus in Ehren, aber was mich betrifft, muss ich Ihnen widersprechen.«

Nicht in der Stimmung für Tändeleien, tat ich so, als hätte ich die Bemerkung der Kaiserin nicht registriert, nahm meinen ganzen Mut zusammen und sagte: »Und wer garantiert mir, dass die Welt, die Euer Majestät herbeisehnt, eine bessere sein wird?«

Die Kaiserin lachte bitter auf. »Niemand, da haben Sie recht. Wie pflegte Hamlet doch zu sagen: ›Nur dass die Furcht vor etwas nach dem Tod den Willen irrt ...‹«

»Dass wir die Übel, die wir haben, lieber ertragen, als zu unbekannten fliehn«, vollendete ich bedrückt, anderweitig ein Affront, unter vier Augen jedoch nicht der Rede wert. »Genau das habe ich gemeint. Majestät sehnen den Tod herbei, in der Hoffnung, im Jenseits würde alles besser. Fragt sich, ob man es nicht bedauert, wenn es soweit ist.«

»Wissen Sie, was ich denke, Gräfin?«, erwiderte meine Herrin, die Stimme harsch und fast nicht wiederzuerkennen. »Viel schlimmer als jetzt kann es nicht mehr werden. Bitte verstehen Sie mich nicht falsch, das ist keineswegs persönlich gemeint. Ihre Gesellschaft war mir eine große Stütze, was auch geschieht, ich möchte die Zweisamkeit nicht missen. Aber es ist nun einmal so, dass ich eine Bedrücktheit verspüre, die mir das Leben zur Hölle auf Erden macht.«

»An manchen Tagen, aber doch nicht immer!«

»Drücken wir es mal so aus: Ich bin nicht neugierig darauf, was das Leben an Überraschungen bereithält. Ich will damit sagen, die Vorstellung, ich könne 70 oder noch älter werden, macht mir Angst. Dann lieber gleich sterben, wenn es sein muss, auch von fremder Hand. Hauptsache, die Qual, unter der ich leide, hat ein Ende.«

Zutiefst irritiert, suchte ich nach Worten.

Und fand sie nicht, so sehr ich mich auch bemühte.

»Doch genug damit, ich möchte Ihnen mit meinem Lamento nicht die Laune verderben.« Die Kaiserin zupfte ihren Kragen zurecht, erhob sich und trat auf den Balkon hinaus, von wo sich eine herrliche Aussicht eröffnete. »So dicht vor mir habe ich den Mont Blanc noch nie gesehen«, sinnierte sie mit Blick auf die schneebedeckten Gipfel, zum Greifen nah, doch mehr als eine Tagesreise von hier entfernt. »Aber es hilft nichts, wir müssen Adieu sagen. Ich nehme an, die nötigen Vorkehrungen wurden getroffen?«

»Gewiss, Majestät«, versicherte ich mit neu erwachter

Energie, froh über den Themenwechsel, der mir wie gerufen kam. »Ich darf vermelden, alles bereit zum Aufbruch.«

»Und meine Einkäufe?«

»Verpackt, bezahlt und wie befohlen an ihren Bestimmungsort versandt.« Bereits am Vorabend, nachdem wir Eis essen gewesen waren, hatten wir einen Abstecher zu Dimier gemacht. Dort hatten wir ein Mitbringsel für Erzherzogin Valerie gekauft, den erklärten Liebling der Kaiserin, der nichts zu teuer war, wenn es ihr Nesthäkchen betraf. Der Tisch war zwar nicht ganz billig gewesen, aber das schien meine Herrin nicht zu interessieren. Doch wer geglaubt hatte, die Kaiserin ließe es dabei bewenden, wurde eines Besseren belehrt. Auf der Suche nach einem Präsent für ihre Enkelin hatte die mehrfache Großmutter während des vormittäglichen Stadtbummels ein Musikaliengeschäft aufgesucht. Zur Freude des beflissenen Inhabers, wie sich unschwer denken lässt. Auch dort hatte sie weder Kosten noch Mühen gescheut, um den Lieben daheim eine Freude zu bereiten. Das Orchestrion, von dessen Funktionstüchtigkeit sich die Kaiserin persönlich überzeugt hatte, stellte denn auch alles mir Bekannte in den Schatten. Zuerst kamen Melodien aus Aida an die Reihe, danach Carmen und Rigoletto und zum Schluss Tannhäuser, ihre Lieblingsoper. »Majestät können unbesorgt sein, die Präsente werden ihre Adressaten erreichen.«

»Na, dann bin ich ja erleichtert«, meinte die Kaiserin und ließ es sich nicht nehmen, eine Stärkung in Form von einem Glas Milch zu sich zu nehmen. »Auch einen Schluck, Gräfin?«

Ich verneinte, und das nicht nur, weil ich die Vorliebe der Kaiserin nicht teilte. »Majestät«, trieb ich die 60-Jährige zur Eile an, im Gegensatz zu mir mit einem Übermaß an Gelassenheit gesegnet. »Es ist schon 13.30 Uhr, wir müssen gehen, sonst verspäten wir uns!«

Die Antwort machte mich frösteln: »Fragt sich nur, wohin, Gräfin«, flüsterte die Kaiserin, eine Zweideutigkeit, die mich schaudern machte. »Gehen müssen wir bekanntlich alle. Der eine früher, der andere später.«

Dann ließ sie sich Fächer und Schirm reichen und verließ die Suite.

Die Kaiserin hatte es nicht eilig, ich dagegen umso mehr.

»Majestät, das Schiffssignal!«, mahnte ich, als meine Herrin dem Hotelier Adieu sagte, der seinen Gast unter Verbeugungen zum Ausgang eskortierte. »Wir müssen uns sputen, sonst kommen wir zu spät.«

»Na, wenn schon«, lautete die Replik, während ich ihr dabei half, ihren Schirm aufzuspannen. »Dann nehmen wir eben das nächste Schiff. Es gibt Schlimmeres, oder?«

Ja, das gab es.

Aber davon ahnten wir in diesem Moment noch nichts.

Und so liefen wir in unser Unglück, überquerten die Straße und wandten uns nach rechts, um auf kürzestem Weg zur Anlegestelle zu gelangen. Wie zuvor schien es die Kaiserin nicht eilig zu haben und ließ den Blick über das einzigartige Panorama schweifen. In Höhe des Monument Brunswick blieb sie sogar stehen, deutete auf das Geäst zweier Kastanienbäume und meinte in sorglosem Ton: »Sehen Sie nur, Irma – die Kastanien blühen. Ist das nicht herrlich? Und das zum zweiten Mal, wie daheim in Schönbrunn. Der Kaiser schreibt mir, dass sie auch dort in voller Blüte stehen – im Gegensatz zu mir, der mir vor der Zukunft graut.«

Im Gegensatz zu mir. Da war er wieder, der scheinbar heitere, von Kummer durchtränkte Duktus, ein Indiz, wie sehr meine Herrin mit sich haderte. Nicht einmal das mondäne

Flair oder ein Panorama ohne Beispiel konnten ihre Tristesse verscheuchen, und es machte keinen Unterschied, ob sie ihre Tage am Genfer See oder sonst wo verbrachte. Elisabeth von Österreich, von ihrem Gatten liebevoll Sisi genannt, war eine Frau, die des Lebens überdrüssig geworden war.

Eine Frau, die den Tod förmlich herbeisehnte.

Doch halt. Ich muss mich revidieren. Das heißt, ich muss etwas klarstellen. Anders als erhofft, kam Gevatter Tod in Gestalt eines Mörders – eines kaltblütigen, von blindwütigem Hass erfüllten Mörders. Und damit nicht so, wie die Kaiserin es sich gewünscht hatte. Aus purer Willkür und auf offener Straße gemeuchelt zu werden war das Schlimmste, was ihr widerfahren konnte, und es macht keinen Unterschied, ob sie den Tod als Erlösung von ihren Leiden betrachtete. Elisabeth von Österreich hatte das Pech, zur falschen Zeit am falschen Ort zu sein – und als Exempel herhalten zu müssen. Der eine oder andere wird mich zwar belächeln, wenn ich es so formuliere, doch was auch geschieht, ich stehe dazu. An den Verhältnissen, in die ihr Mörder hineingeboren wurde, trug die Kaiserin keine Schuld. Mag man es auch anders sehen, für mich ist und bleibt diese Kreatur ein Monstrum. Ein Monstrum, das mehr Schaden angerichtet hat, als man mit Worten zum Ausdruck bringen kann.

Allein, auch ich bin nicht frei von Schuld. Hätte ich mich nicht ablenken lassen, ich hätte die Gefahr, in der die Kaiserin schwebte, erkennen können. Ach was, ich hätte sie erkennen müssen. Das und manch anderes, was mit dem Mordanschlag auf meine Herrin zusammenhängt, muss ich mir heute zum Vorwurf machen. Auch wenn nichts auf ein bevorstehendes Attentat hindeutete, ich war es, die auf meine Herrin achtzugeben hatte. Und das im umfassenden Sinn des Wortes. Was nichts anderes heißt, als dass ich ein gerüttelt Maß an Schuld an den Geschehnissen trage.

Quai du Mont-Blanc, 13.40 Uhr. Das Signal zur Abfahrt, lauter und durchdringender als zuvor. Ich beschleunige meine Schritte, weiche einem Souvenirhändler aus und ziehe mein Portemonnaie hervor, um das Geld für die Fahrkarten hervorzukramen. Das alles dauert nur wenige Sekunden, aber lang genug, um das Schicksal meiner Herrin zu besiegeln. Urplötzlich taucht ein Mann vor uns auf, kreuz und quer über das Trottoir huschend, wie ein Raubtier auf Beutezug. Und das ausgerechnet jetzt, denke ich bei mir, ohne Blick für die Gefahr, die uns vonseiten des schäbig gekleideten Mannes droht. Schon wieder einer dieser Kerle, die sich mit Almosen über Wasser halten. Und wenn er sich auf den Kopf stellt, bei mir beißt der Bursche auf Granit.

Und dann geschieht es, bevor ich einen Warnruf ausstoßen oder der Kaiserin zu Hilfe eilen kann. Der Angreifer macht einen Ausfallschritt, um sein ahnungsloses Opfer zu täuschen, nähert sich von links, greift unters Jackett, zückt sein Mordinstrument, nimmt Anlauf – und sticht zu.

Die Kaiserin bricht wie vom Blitz getroffen zusammen, der Täter sucht sein Heil in der Flucht.

Außer mir vor Entsetzen, eile ich meiner Herrin zu Hilfe, unterstützt von zahlreichen Passanten, die sich besorgt und fassungslos um uns scharen.

Und dann, wie durch ein Wunder, das Unfassbare.

Wieder bei Bewusstsein, schlägt die Kaiserin die Augen auf, mustert die Umstehenden, bis sich unsere Blicke treffen. Sieht mich Hilfe suchend an. Unterstützt durch einen Fiaker, der herbeigeeilt ist, helfe ich ihr auf die Beine.

Das Gesicht gerötet, die Augen feucht, die Haarflechten vom Sturz gelockert, die Haltung aufrecht wie ehedem. Genauso wird mir meine Herrin in Erinnerung bleiben, ein Muster an Disziplin und Willenskraft. »Wie geht es Euch, Majestät? Ich hoffe, Eurer Majestät ist nichts geschehen!«

»Nein, Irma«, lautet die Antwort, zur Freude der Passanten, die sie mit aufmunternden Bemerkungen bedenken. »Sieht so aus, als sei mir nichts zugestoßen.«

Eine Fehleinschätzung, wie sie folgenschwerer nicht hätte sein können.

Und was tut die Kaiserin?

Sie dankt den Passanten für ihre Anteilnahme, jedem Einzelnen in seiner Sprache, auf Deutsch, Französisch und Englisch. Bekräftigt wiederholt, dass ihr nichts fehle, und gestattet dem Fiaker, ihr bei der Reinigung des Kleides zur Hand zu gehen. Dann setzt sie den Hut auf, lässt sich Fächer und Schirm reichen, lächelt, grüßt freundlich in die Runde – und setzt ihren Weg zur Anlegestelle fort.

Dort angekommen, hält sie inne, und mir ist, als blicke sie durch mich hindurch. »Wer weiß, vielleicht wollte er mir die Uhr wegnehmen«, sinniert die Kaiserin halblaut vor sich hin. Dann wendet sie sich mir zu und flüstert: »Nicht wahr, ich bin ein wenig blass?«

»Ein wenig, vielleicht vom Schrecken«, antworte ich, nicht ahnend, wie es wirklich um sie steht. »Majestät haben es hinter sich, das ist die Hauptsache!«

Worte, für die ich mich später hätte ohrfeigen können.

JEAN BAPTISTE FLEURY, KONZERTPIANIST (34 JAHRE)

22

Quai du Mont-Blanc in Genf, Samstag, 10. September 1898, 13.40 Uhr

»Und, schon ein bisschen aufgeregt?«

»Aber nur ein bisschen, maman«, spielte ich die Tatsache, dass ich am Sonntag in der Genfer Oper gastieren und dabei Werke von Chopin, Mussorgski und Debussy zum Besten geben würde, mit einem Achselzucken herunter, schaute auf den See hinaus und genoss die spätsommerlichen Temperaturen. Am Ufer der Île Rousseau, linker Hand und zum Greifen nah, dümpelten die Schwäne vor sich hin, und während wir über die Pont du Mont-Blanc spazierten, wurde mein Haar durch ein laues Lüftchen erfasst.

Am Pier, nur ein paar Gehminuten von der Brückenmitte entfernt, hatten sich lange Schlangen gebildet. An einem Tag wie heute, wo der wolkenlose Himmel bis zum Mont-Blanc-Massiv reichte, auch kein Wunder. Das schöne Wetter ausnützen, solange es noch ging: So wie wir beide dachten die meisten. Der Herbst kam noch früh genug, von Schnee und Frostwetter ganz zu schweigen. »Das bisschen Lampenfieber macht mir nichts aus. Irgendwie gehört es ja auch dazu. Wenn man sich einfach hinsetzt und sein Programm abspult, das merken die Leute sofort.«

»Wem sagst du das.«

»Nur keine Bange, maman. Ich bin schon ein paar Jahre

im Geschäft, so schnell bringt mich nichts mehr aus der Fassung.«

»Vraiment?«

»Sagen wir mal so: Ich weiß, was ich kann. Alles Weitere wird sich zeigen.«

»C'est bien comme ça«, pflichtete mir meine Mutter bei, selbst jetzt noch, Anfang 50, schlank wie eine Primaballerina. Wäre ich nicht im Bilde gewesen, ich hätte sie wesentlich jünger geschätzt, auf 40 vielleicht, wenn überhaupt. »Wenn du einen guten Tag hast, steckst du die Konkurrenz in die Tasche. Davon bin ich überzeugt.«

»Merci, maman. C'est très gentil.«

»Trois fois rien, mon fils«, gab meine Mutter lächelnd zurück. »Mag sein, das klingt überheblich: Aber ich wüsste nicht, wer imstande wäre, dir das Wasser zu reichen. Überleg doch mal, wo du schon überall gastiert hast, Baptiste. Kein Grund, vor der Konkurrenz Reißaus zu nehmen. Opéra national de Paris, Mailänder Scala, Königliche Oper in Berlin, von Wien wollen wir gar nicht reden: Fehlt nur noch die Metropolitan in New York, dann ist deine Trophäensammlung komplett.«

»Kein Wunder, bei der Mutter!«, gab ich das Kompliment zurück, nahm meine Taschenuhr und schaute nach der Zeit. »Kurz vor 13.30 Uhr, wir sollten uns beeilen, sonst fährt der Dampfer ohne uns ab.«

»Was nicht sein muss, da gebe ich dir recht«, pflichtete mir meine Mutter bei, hakte sich bei mir unter und beschleunigte ihren Schritt. Kurz darauf bogen wir nach rechts auf die Seepromenade ab, wo vor Flaneuren kaum ein Durchkommen war. Die Damen kamen fast durchwegs in Weiß daher, mit breitkrempigen Hüten und Sonnenschirm, die Herren im feinen Zwirn, mit Stehkragen, teurer Uhrkette und Nelke am Revers. »Hier herrscht ja ein ziemlicher Betrieb, soll voll habe ich den Kai noch nie erlebt. Na ja, sehen und gesehen werden, die Leute sind doch überall gleich. Apropos: Wie heißt denn das Schiff, mit dem wir fahren?«

»Genève«, gab ich postwendend zurück, zog die Fahrkarten hervor, die ich am Vormittag gekauft hatte, und steuerte auf die Laufplanken an der Kaimauer zu. Dort angekommen, deutete ich auf den Rumpf eines Dampfboots, von dessen Deck das Signal zur Abfahrt ertönte. »Das ist sie, lass uns an Bord gehen, es sind nur noch ein paar Minuten.«

Gesagt, getan.

Am Ende der Planke angekommen, zeigte ich die Fahrkarten vor, eskortierte meine Mutter aufs Oberdeck und sah mich nach einem Platz im Schatten um. Die Sonne stach nur so vom Himmel, und dem Gedränge nach zu urteilen, das ringsum herrschte, war die Passage nahezu ausgebucht. Der Schaufelraddampfer selbst war ziemlich neu, groß genug, um Hunderte von Ausflüglern über den See zu chauffieren.

»Da vorn, maman!« Die Suche nach einer Bank war erfolgreich gewesen. Sie lag an der Steuerbordseite, nur ein paar Schritte vom überfüllten Vordeck entfernt. »Da haben wir ja noch mal Glück gehabt.«

Von wegen Glück.

Die Wortwahl würde ich noch bereuen.

»Sieh nur, Baptiste, der Mont Blanc!«, rief meine Mutter freudestrahlend aus, nahm ihre Fahrkarte zur Hand, um sich Luft zuzufächeln, und wies mit dem Zeigefinger nach rechts. »Na, was sagst du jetzt? Es ist doch schön hier, findest du nicht?«

»Fast so schön wie in Wien. Aber nur fast.«

»Das musste ja kommen, ich hatte es geahnt«, frotzelte meine Mutter zurück, stupste mich mit dem Ellbogen und machte es sich bequem. »Was ein echter Wiener ist, der …«

»Wird schon unruhig, wenn er den Steffl nicht mehr sieht«,

nahm ich ihr die Worte aus dem Mund. »Das wolltest du doch sagen, oder?«

»Du vermisst deinen Freund Emil, oder sehe ich das falsch?«

»Sieht ganz danach aus«, tat ich mich mit der Antwort schwer, folgte dem Blick meiner Mutter und sagte: »Weißt du, wenn man seit der Schulzeit zusammen ist, dann ...«

»Schweißt das zusammen, auch wenn man sehr verschieden ist?«

Ich nickte.

Hiernach Mutter: »Und die Kaiserin?«

»Was soll mit ihr sein?«

»Ich meine, während einem deiner Gastspiele in Wien, hast du sie da mal getroffen?«

Ich verneinte. »Ich nehme an, mein Auftritt in der Gruft hat ihr gereicht, war ja auch nicht die feine Art, sie und ihre Tochter einfach stehenzu...«

»Schau mal, da vorn – was ist denn das für ein Getümmel?«, würgte mich meine Mutter ab, suchte Halt an meiner Schulter und stand auf. »Komm, lass uns nachsehen, vielleicht benötigt jemand Hilfe.«

Von hier an, als das Schiff vom Kai ablegte und Fahrt aufnahm, erlebte ich das, was sich zutrug, wie im Traum. Umringt von hinzudrängenden Passagieren, die eine Traube um die Bank auf dem Vordeck bildeten, war eine Frau Mitte 30 über ihre Begleiterin gebeugt, die mit erschlafften Gliedmaßen auf dem Sitz kauerte. Neben der Bank lag ein schwarzer Fächer auf dem Boden, weiter rechts ein Schirm aus Seidenstoff, dem Anschein nach im Getümmel abhandengekommen.

Den Fächer aus schwarzen Marabufedern in der Hand, fuhr mir der Schreck in sämtliche Glieder.

»Na, nimm!«, forderte ich meine Mutter auf und drängte mich durch die Reihen nach vorn, ungeachtet der Schelte, die es setzte. »Ein Arzt, ist hier jemand Arzt?«, brach sich meine Panik lautstark Bahn, während ich dabei zusah, wie sich die Begleiterin der Kaiserin an deren Kleid zu schaffen machte. Ein beherzter Griff, und die Bänder des Seidenfigaros rissen entzwei, unter dem ein Batisthemd zum Vorschein kam.

Mit einem Einstich in der Herzgegend, aus der Entfernung nur mit Mühe zu erkennen.

Atemlose, mit Händen zu greifende Stille.

Der Dampfer kehrte um.

Doch es war zu spät.

Der Verzweiflung nah, sah sich die Hofdame nach Hilfe um. Richtete das Wort an mich und raunte: »Sind Sie Priester? Wenn ja, wären Sie so gut und würden …« Zutiefst erschrocken, brach sie ihre Rede ab. »Würden Sie so gut sein und in der Nähe bleiben?« Und fügte im Flüsterton hinzu: »Für alle Fälle, man … Man weiß ja nie.«

Kaum hatte sie geendet, öffnete die Kaiserin die Augen, kaum mehr fähig, Atem zu schöpfen, der Blick wie entrückt, fernab von Raum und Zeit. Und flüsterte mir kaum hörbar ins Ohr: »Ach, da sind Sie ja, Pater. Wie schön, Sie wieder mal zu treffen.«

Einen dicken Kloß im Hals, suchte ich nach den passenden Worten.

Vergeblich.

Ein klägliches Krächzen, mehr brachte ich nicht zustande.

»Jetzt bin ich an der Reihe, stimmt's?«

Verzweifelt bemüht, die Tränen zu unterdrücken, deutete ich ein schwaches Nicken an.

»Sie werden mich doch begleiten, oder?«, hauchte mir die Kaiserin ins Ohr, bäumte sich auf und sprach: »Sie wissen ja, dort drunten ist es ziemlich dunkel, und wenn sich bei den Kapuzinern jemand auskennt, dann …« Stille. Halblautes Röcheln. Gefolgt von kaum wahrnehmbarem Flüstern:

»Einen besseren Begleiter kann man sich nicht wünschen. Und danke für alles, was Sie … was du für mich getan, Stiefsohn, ich … Lebwohl, ich werde dich vermissen!«

»*Ich* habe zu danken«, erwiderte ich matt, blickte auf, um nach meiner Mutter Ausschau zu halten, und vollendete: »Adieu, Majesté, es war mir eine Ehre!«

POSTSKRIPTUM

Kapuzinerkirche am Neuen Markt, 17. September 1898, *16.15 Uhr*

Klopfen.

»Wer begehrt Einlass?«

»Elisabeth, Kaiserin von Österreich, gekrönte Königin von Ungarn, Königin von Böhmen, Königin von Dalmatien, Kroatien, Slawonien, Galizien, Lodomerien, Illyrien und Jerusalem, Großherzogin der Toskana und von Krakau, Herzogin von Lothringen, Bar, Salzburg, Steyr, Kärnten, Krain und der Bukowina, Großfürstin von Siebenbürgen, Markgräfin von Mähren, Herzogin von Ober- und Niederschlesien, Modena und Piacenza, Fürstin von Trient, Brixen und so weiter.«

»Wir kennen sie nicht!«

Klopfen.

»Wer begehrt Einlass?«

»Elisabeth, die Kaiserin und Königin!«

»Wir kennen sie nicht!«

Klopfen.

»Wer begehrt Einlass?«

»Elisabeth, ein sterblicher, sündiger Mensch!«

»So trete sie denn ein.«

ENDE

GLOSSAR (I)

aans = ein(e)s

Ah geh! = Jetzt mach aber mal einen Punkt!

Beidl = geiler Bock (vulg)

Blunzn = hier: dickleibige Person

Buam = Jungs

Bürscherl = Bursche, Junge

deppert = verrückt, bescheuert

Fetzenschädel = Dummkopf, Idiot

foan = fahren

Glaserl = Glas

Goschn = Maul (vulg)

gscheit = intelligent

g'spritzt = angetrunken, beschwipst

Häfn = Gefängnis

Hallodri = Lebemann

Hosn = Hose

hot = hat

i = ich

Kiberer = Kriminalbeamter, Polizist

Knira = Feigling

Krepierl = schwächliches Wesen (Mensch oder Tier)

Kreuzkopferter = bigotter Mensch

Kruzifix noamoi = frei: Himmel, Arsch und Zwirn

Marie = Kohle, Penunzen

mi = mich

Naderer = Spitzel

ned = nicht

Oasch = Gesäß (vulg)

Oide = Alte

ois = alles

Plaisir = Vergnügen

Rutschn = alte Frau

Schlankerl = Spitzbube

Schmankerl = besonderer Leckerbissen

Schmarrn = Unfug, Blödsinn

Semmerl = Semmel

vierafunfzg Joa nächa = 54 Jahre später

Vollkoffer = kompletter Versager

woan = waren

wos = was

zwaa = zwei

GLOSSAR (II)

Carpe diem = Nütze den Tag!

Deus ex Machina = unerwarteter, im richtigen Moment auftauchender Helfer in einer Notlage; überraschende, unerwartete Lösung einer Schwierigkeit

Do ut des! = Gib, und so wird dir gegeben!

Ilias von Homer, erster Gesang:

»Singe, Göttin, den Zorn des Peleussohnes Achilleus – den Verderben bringenden –, der unzählige Schmerzen den Achaiern bereitete, und viele Seelen von starken Helden dem Hades vorwarf.«

Lacrimosa:
  Lacrimosa dies illa
  Tränenreich ist jener Tag,
  Qua resurget ex favilla
  an welchem auferstehen wird aus dem Staube
  Judicandus homo reus.
  zum Gericht der Mensch als Schuldiger.
  Huic ergo parce, deus,
  Gewähre ihm Schonung, Gott,
  Pie Jesu Domine.

treuer Herr Jesus.
Dona eis requiem. Amen.
Schenke ihnen Ruhe. Amen)

Media in vita morte sumus. = Mitten im Leben sind wir vom Tag umfangen.

Mortui vivos docent. = Die Toten lehren die Lebenden.

Ora et labora! = Bete und arbeite!

Pecunia non olet. = Geld riecht nicht.

Primus gradus humilitatis est oboedientia sine mora. = Gehorsam ohne zu zögern stellt den höchsten Grad der Demut dar.

Quo vadis? = Wohin gehst du? (frei: Wie soll es weitergehen?)

Requiescat in pace. = Möge er/sie in Frieden ruhen.

Si tacuisses, philosophus mansisses. = Wenn du geschwiegen hättest, wärst du ein Philosoph geblieben. (Boethius)

Ausschnitt: Grabmal Karls VI. in der Kapuzinergruft (© C.Stadler/Bwag)

Link zum Lageplan der Kapuzinergruft:
https://www.kapuzinergruft.com

AUSWAHLBIBLIOGRAFIE

Egon Caesar Conte Corti, Sissi. Glück und Tragödie einer großen Kaiserin, Lizenzausgabe o. J.

Eva Demmerle / Gigi Beutler, »Wer begehrt Einlass?« Habsburgische Begräbnisstätten in Österreich, Wien 2019

Lisbeth Exner, Elisabeth von Österreich. Reinbek bei Hamburg 2004

Wilhelm Frick Verlag, Das Mayerling-Original. Wien 1955

Sigrid-Maria Größing, Elisabeth. Kaiserin aus dem Hause Wittelsbach, Wien 2013

Sigrid-Maria Größing, Franz Joseph und seine Familie: Ein Kaiser blickt zurück. Wien 2016

Sigrid-Maria Größing, 99 Fragen zu Kaiserin Sisi. Wien 2015

Brigitte Hamann, Elisabeth. Kaiserin wider Willen, Wien – München 1982

Brigitte Hamann, Kronprinz Rudolf. Ein Leben, München – Berlin 2006

Joan Haslip, Sissi. Kaiserin von Österreich, Köln 2001

Franz Herre, Kaiser Franz Joseph von Österreich. Sein Leben – seine Zeit, Köln 1988

Renate Hofbauer, Kaiserin Elisabeth von Österreich. Das Schicksal einer Frau in den Zwängen des kaiserlichen Hofes, Wien 1998 / 2011

Anton Holzner, Ganz Wien in 7 Tagen. Ein Zeitreiseführer in die k.u.k. Monarchie, Darmstadt 2010

Eugen Ketterl, Der alte Kaiser wie nur Einer ihn sah. Wien 1929

Michaela Lindinger, Kaiserin Elisabeths Hermesvilla. Refugium einer rastlosen Seele, Wien 2020

Luigi Lucheni, »Ich bereue nichts!«. Die Aufzeichnungen des Sisi-Mörders, herausgegeben von Santo Cappon, Wien 1998

Marie Valerie von Österreich, Das Tagebuch der Lieblingstochter von Kaiserin Elisabeth, München 2005

Georg Markus, Katharina Schratt. Die zweite Frau des Kaisers, Wien – München 1982

Georg Markus, Kriminalfall Mayerling. Leben und Sterben der Marie Vetsera, Wien – München 1992

Maria Matras / Answald Krüger, Das Attentat. Der Tod der Kaiserin Elisabeth und die Tat des Anarchisten Lucheni, München 2000

Hans Petschar, Der Ewige Kaiser. Franz Joseph I. 1830-1916, Wien 2016

Dietmar Pieper / Johannes Saltzwedel (Hg.), Die Welt der Habsburger. Glanz und Elend eines europäischen Herrscherhauses, München 2011

Helmut Reinmüller, Cold Case Mayerling. Der Tod von Kronprinz Rudolf und Mary Vetsera, Berndorf 2021

Martha Schad, Elisabeth von Österreich, München 2013

Martha Schad, Kaiserin Elisabeth und ihre Töchter. München 2014

Martha Schad / Horst Schad, Das Tagebuch der Lieblingstochter von Kaiserin Elisabeth. München – Berlin 2015

Anna Maria Sigmund, Tatort Genfer See. Kaiserin Elisabeth im Fadenkreuz der Anarchisten, Wien – Graz 2020

Christoph Schmetterer, Kaiser Franz Joseph I. Wien – Köln – Weimar 2016

Johannes Thiele, Elisabeth. Das Buch ihres Lebens, München 1996

Katrin Unterreiner, Franz Joseph. Eine Lebensgeschichte in 100 Objekten, Wien 2016

Katrin Unterreiner, Die Habsburger. Eine europäische Dynastie im Porträt, Wien – Graz – Klagenfurt 2011

Katrin Unterreiner, Die Habsburger. Mythos und Wahrheit, Wien – Graz – Klagenfurt 2011 und 2014

Katrin Unterreiner, Kaiser Franz Joseph. Mythos und Wahrheit, Wien 2015

Katrin Unterreiner / Werner Grand, Kaiserzeit. Vom Alltagsleben der Habsburger, Erfurt 2010

Katrin Unterreiner, Kronprinz Rudolf. »Ich bin andere Wege gegangen«, Wien – Graz – Klagenfurt 2008

Katrin Unterreiner, Sisi. Mythos und Wahrheit, Wien 2015

Karl Vocelka / Martin Mutschlechner, Franz Joseph 1830 - 1916. Wien 2016

Michaela und Karl Vocelka, Franz Joseph I. Kaiser von Österreich und König von Ungarn, München 2015

Michaela und Karl Vocelka, Sisi. Leben und Legende einer Kaiserin, München 2014

James Wilkie, Die Kaiservilla in Bad Ischl. Akademische Druck- und Verlagsanstalt 2004

Martina Winkelhofer, Der Alltag des Kaisers. Franz Joseph und sein Hof, Innsbruck – Wien 2010

Martina Winkelhofer (Autor) / Krone-Verlag GmbH & Co KG (Hrsg.), Kriminalfall Mayerling. (2015)

Martina Winkelhofer, Sisis Weg. Vom Mädchen zur Kaiserin – Kaiserin Elisabeths erste Jahre am Wiener Hof, München 2021

Weitere Titel finden Sie auf den folgenden Seiten und im Internet:

WWW.GMEINER-VERLAG.DE

Uwe Klausner im Gmeiner-Verlag:

Clayton Percival ermittelt:

1. Fall: Pseudonym – das Shakespeare-Komplott
ISBN 978-3-8392-1817-4

2. Fall: Der Sturz des Ikarus
ISBN 978-3-8392-2013-9

Aurelius Varro ermittelt:

1. Fall: Die Stunde der Gladiatoren
ISBN 978-3-8392-1464-0

2. Fall: Die Ehre der Prätorianer
ISBN 978-3-8392-2299-7

Sisis letzte Reise
ISBN 978-3-8392-2261-4

Sisis schwerste Stunden
ISBN 978-3-8392-0731-4

Bruder Hilpert und Berengar von Gamburg ermitteln:

1. Fall: Die Pforten der Hölle
ISBN 978-3-89977-729-1

2. Fall: Die Kiliansverschwörung
ISBN 978-3-89977-768-0

3. Fall: Pilger des Zorns
ISBN 978-3-8392-1019-2

4. Fall: Die Bräute des Satans
ISBN 978-3-8392-1072-7

5. Fall: Engel der Rache
ISBN 978-3-8392-1267-7

6. Fall: Die Fährte der Wölfe
ISBN 978-3-8392-1649-1

7. Fall: Die Krypta des Satans
ISBN 978-3-8392-2555-4

8. Fall: Die Stunde der Sühne
ISBN 978-3-8392-0255-5

9. Fall: Die Hüter der Gralsburg
ISBN 978-3-8392-0470-2